HERMES

在古希腊神话中,赫耳墨斯是宙斯和迈亚的儿子,奥林波斯神们的信使,道路与边界之神,睡眠与梦想之神,死者的向导,演说者、商人、小偷、旅者和牧人的保护神……

西方传统 经典与解释 HERMES
Classici et Commentarii

古希腊肃剧注疏

刘小枫 ● 主编

希腊肃剧与政治哲学
——索福克勒斯忒拜剧作中的理性主义与宗教

Greek Tragedy and Political Philosophy:
Rationalism and Religion in Sophocles' Theban Plays

[美] 阿伦斯多夫 Peter J. Ahrensdorf | 著

袁莉 欧阳霞 蒋丹 江欣柯 | 译

崔嵬 | 校

华夏出版社

"古希腊肃剧注疏"出版说明

古希腊肃剧源于每年一度的酒神祭(四月初举行,通常持续五天),表达大地的回春感(自然由生到死、再由死复生的巡回),祭仪内容主要是通过扮演动物表达心醉神迷、灵魂出窍的情态——这时要唱狂热的酒神祭拜歌。公元前六百年时,富有诗才的科林多乐师阿瑞翁(Arion)使得这种民俗性的祭拜歌具有了确定的格律形式,称为酒神祭歌(διϑύραμβος = Dithyrambos),由有合唱和领唱的歌队演唱。古希腊肃剧便衍生于在这种庄严肃穆的祭歌之间有情节的表演,剧情仍然围绕祭神来展开。

我国古代没有"悲剧"、"喜剧"的分类,只有剧种的分类。我们已经习惯于把古希腊的 tragedy 译作"悲剧",但罗念生先生早就指出,这一译名并不恰当,因为 tragedy 并非表达"伤心、哀恸、怜悯"的戏剧。的确,trag - 的希腊文原义是"雄兽", - edy(ἡ ᾠδή[祭歌])的希腊文原义是伴随音乐和舞蹈的敬拜式祭唱,合拼意为给狄俄尼索斯神献祭雄兽时唱的形式庄严肃穆的祭歌,兴许译作"肃剧"最为恰切——汉语的"肃"意为"恭敬、庄重、揖拜",还有"清除、引进"的意思,与古希腊 Trag - edy 的政治含义颇为吻合。古希腊的 Com - edy 的希腊语原义是狂欢游行时纵情而又戏谑的祭歌,与肃剧同源于酒神狄俄尼索斯崇拜的假面歌舞表演,后来发展成有情节的戏谑表演,译作"喜"剧同样不妥,恰切的译法也许是"谐剧"——"谐之言皆也。辞浅会俗,皆悦笑也"。肃剧严肃庄重、谐剧戏谑浅俗,但在歌队与对白的二分、韵律及场景划分等形式方面,肃剧和谐剧基本相同。约定俗成的译法即便不甚恰切也不宜轻举妄动,但如果考虑到西方文明进入中国才一百多年光景,来日方长,译名或术语该改的话也许不如趁早。

古希腊戏剧无论严肃形式（肃剧）抑或轻快形式（谐剧），均与宗教祭祀相关。从祭仪到戏剧的演化，关键一步是发明了有情节的轮唱：起先是歌队的领唱与合唱队的应答式轮流演唱，合唱队往往随歌起舞——尽管轮唱已经可以展现情节，但剧情展示仍然大受限制，于是出现了专门的演员，与合唱歌队的歌和舞分开，各司其职，从此，合唱歌队演唱的英雄传说有了具体的人物再现。起初演员只有一个，靠戴不同的面具来变换角色、展开戏剧情节。演戏的成分虽然增多，合唱歌队的歌和舞仍然起着结构性的支撑作用。

僭主庇西斯特拉图（Peisistratus，约公元前 600 – 前 528）当政（公元前 560 年）后，把狄俄尼索斯祭拜表演从山区引入雅典城邦，搞起了酒神戏剧节，此时雅典正在加快步伐走向民主政制。创办戏剧节对雅典城邦来说是一件大事——有抱负的统治者必须陶铸人民的性情，为此就需要德育"教材"。从前，整个泛希腊的政治教育都是说唱荷马叙事诗和各种习传神话，如今，城邦诗人为了荣誉和奖赏相互竞赛作诗，戏剧节为得奖作品提供演出机会，城邦就有了取代荷马教本的德育教材。剧场与法庭、公民大会、议事会一样，是体现民主政治的制度性机制——公民大会有时就在剧场举行。总之，古希腊戏剧与雅典城邦出现的民主政制关系密切，通过戏剧，城邦人民反观自己的所为、审查自己的政治意见、雕琢自己的城邦美德——所有古代文明都有自己的宗教祭仪，但并非所有古代文明都有城邦性质的民主政制。古希腊肃剧的内容，明显反映了雅典城邦民主制的形成、发展和衰落的过程，展现了民主政制中雅典人的自我认识、生活方式及其伦理观念的变化。追问中国古代为什么没有肃剧，与追问中国古代为什么没有演说术，同样没有意义。把古希腊戏剧当作一种普遍的戏剧形式来衡量我们的古代戏曲并不恰当，我们倒是应该充分关注雅典戏剧的特殊性及其所反映的民主政治与传统优良政制的尖锐矛盾。

古代戏剧的基本要素是言辞（如今所谓"话剧"），戏剧固然基于行动，但行动在戏台上的呈现更多靠言辞而非如今追求的演技。由此引出一个问题：如何学习和研究古希腊戏剧。结构主义人类学兴起以来，古希腊肃剧研究不再关注传世的剧作本身，而是发掘戏剧反映的所谓历史文化生态和社会习俗，即便研读剧作，也仅仅是为了替人类学寻找材料。亚里士多德在《论诗术》中说，肃剧作品即便没有演出，也值得一读——人类学的古典学者却说，要"看戏"而非"读戏"，甚至自负地说，亚里士多德根本不懂肃剧。然而，后世应当不断从肃剧作品中学习的是古希腊诗人在民主政治时代如何立言……"不有屈原，岂见《离骚》"——没有肃剧诗人，岂见伟大的传世肃剧！不再关注诗人的立言，而是关注社会习俗，我们失去的是陶铸性情的机会。按照亚里士多德的教诲，即便如今我们没有机会看到肃剧演出，也可以通过细读作品，"洞性灵之奥区，极文章之骨髓"。

　　幸赖罗念生、周作人、缪灵珠、杨宪益等前辈辛勤笔耕，至上世纪末，古希腊肃剧的汉译大体已备，晚近则有张竹明、王焕生先生的全译本问世（译林版 2007）。"古希腊肃剧注疏集"乃注疏体汉译古希腊肃剧全编，务求在辨识版本、汇纳注疏、诗行编排等方面有所臻进，广采西方学界近百年来的相关成果，编译义疏性专著或文集，为我国的古希腊肃剧研究提供踏实稳靠的文本基础。

古典文明研究工作坊
西方典籍编译部乙组
2005 年 1 月

目 录

中译本前言 …………………………………… 1

致　谢 ………………………………………… 1

引　言 ………………………………………… 1

一　《俄狄浦斯王》与政治理性主义的局限 ………… 1

二　《俄狄浦斯在科罗诺斯》中的盲目信念与启蒙治邦术 …… 38

三　安提戈涅的虔敬英雄主义 ………………… 77

结语:尼采、柏拉图和亚里士多德论哲学与肃剧 ………… 146

参考书目 ……………………………………… 178

索　引 ………………………………………… 189

中译本前言

何者为王？

崔嵬

诗与哲学之争的问题，让人怀疑：作为肃剧大师的索福克勒斯，是否亦是高明的哲人？诗制作影像，满足欲望，应是等而下之。索福克勒斯能否在诗中埋藏罕见的思想宝藏？如若没有，何以尼采、海德格尔与荷尔德林等人均于此驻足？索福克勒斯自小厮混于戏剧界，曾担任歌队领队，也独得天资，拥有一副好嗓子，再加上，索福克勒斯亦热心政事，曾任财务官、将军、寡头委员等职，绝非空谈理论之辈。① 或许，索福克勒斯没有理论文字传世，当是故意而为：不愿书写显白的理论文字。

理解索福克勒斯的难度增大，如若施特劳斯字里行间的阅读方法成立，索福克勒斯必定会为细心的读者留下重大的线索。② 那么，阅读索福克勒斯不能放过每一种细小的可能。关注表面的文学手法，成为哲学思索的命题。索福克勒斯存世剧作并不太多，忒拜三联剧声名远播，历史久远。历史上应有其他忒拜剧作，均未完整留存下来，无法与索福克勒斯剧作直接对堪。③ 但可以肯定，索福克勒斯对故事情节的选择有其独到的考虑。后世的研究，理应寻觅线索，尽力回到索福克勒斯的本意。如何发掘线索，领悟作者本意？

---

① 参刘小枫选编，《古典诗文绎读·西学卷·古代编 上》，李世祥 等译，华夏出版社，2008，页115。

② 参施特劳斯著，《迫害与写作艺术》，刘锋译，华夏出版社，2012。

③ 参荷马，《英雄诗系笺释》，崔嵬、程志敏译，华夏出版社，2011。

阿伦斯多夫的研究文字,正显出此方面的努力。

如何展现索福克勒斯创作忒拜三联戏的意图?先来关注标题。奇特的是,明显的忒拜三联剧却在标题上并未提到"忒拜"二字。第一部《俄狄浦斯王》,其中"俄狄浦斯"并非索福克勒斯首创,一位名叫基纳厄同的人也写过类似的题目,名叫"俄狄浦斯之歌"。以此而言,"王(tyrant)"或更准确地译为"僭主",成为三部剧作的标题中唯一点明俄狄浦斯身份的词,也是索福克勒斯故意为之,此举意在告知读者,该剧讨论的是"僭主"的相关问题,也即是"何者应为城邦之王"的问题。俄狄浦斯依靠人的理智,破解斯芬克斯之谜,成为忒拜僭主,犯下不可饶恕的罪行。俄狄浦斯作为人之理智与人之力量的象征,以看似高贵的方式,维护着忒拜的统治长达15年,却最终走向失败。阿伦斯多夫发现俄狄浦斯理智行为的自私品质,虽能逞一时之意,却无法持久。本属哲人的理性主义,到治邦者手中,即所谓僭主手中,却成为实现私欲的工具。俄狄浦斯的理智为何是自私的?俄狄浦斯自私地追求着什么?阿伦斯多夫的论述基于对情节的细致分析,正欲解答此问题。

第二部《俄狄浦斯在科罗诺斯》,俄狄浦斯不再是"王",标题中也没有了"王",而是成了一位被"解职"的国王。无论如何,对于政治人物而言,被解职均不是什么好事。被解职的政治人物,往往不会去从事别的事业,如思索哲学,而是尽力证明自己政治生涯的伟大,应得神恩。治邦者退休后总是爱写自传以为自己的行为申辩。① 不过,在忒拜三联剧中,此剧按故事情节而言正处于正中心,也是唯一一部在标题中指明地点的剧作。地点科罗诺斯有三个特别之处,第一是索福克勒斯的诞生地,第二是埋藏俄狄浦斯的地方,第三是后来的柏拉图学园建于此地。从时间上而言,第三点应与索福克勒斯的创作无关,但索福克勒斯标题中点明的却似乎是一处

---

① 参罗维著,《〈政治学〉中的目标和方法》(Christopher Rowe, "Aims and Methods in Aristotle's *Politics*", presented at a seminar at the Center for Hellenic Studies, Washington, DC, In April 1975)。

"生死之地"。何者死？俄狄浦斯王死，不再活着，也未必能获永生。因为阿伦斯多夫发现此情节中，俄狄浦斯利用双重标准，对自己宽容，对他人严苛，盲目的昔日王者，没有真正变得虔敬，还是一如既往地自私。阿伦斯多夫发现，俄狄浦斯身上具有多重冲突：口中的高贵与真正的利己；回归虔敬信念与笃信理智；双重的理智标准；双重的愤怒态度。这些冲突指明，表面上放弃理智，拒绝理性主义的俄狄浦斯，并未能实现高贵，而是利用虔敬的说辞再次谋求自己的私利。何者生？索福克勒斯生，诗人生，也极有可能实现永恒。阿伦斯多夫看到与诗人最接近的戏剧形象竟然是忒修斯，原因在于忒修斯能高贵地站在他人的立场上考虑问题。或许诗人的伟大也正在于能深入地思索每类人，设身处地地为每个人物着想，这就是高贵。阿伦斯多夫立足情节的分析会让上述论断极具说服力。

第三部《安提戈涅》，标题中，"安提"意即"反抗"，而"戈涅"意即"出生"。安提戈涅要反抗自己的"出生"，实则应是反抗自己的命运。已经无法知晓此名称是否为索福克勒斯首创，但此剧中对人反抗自然、反抗命运的描述却不绝于耳。借由此剧，略微用心的读者即能见识到人的狂妄。不过，剧中言论却未直接指明狂妄的究竟是安提戈涅，还是另有其人。当读者对这个英勇的弱女子抱有同情之时，阿伦斯多夫却借由情节的分析发现了安提戈涅自身的问题所在。读者从片面地责备克瑞翁，转而发现克瑞翁与安提戈涅两人真正的问题所在：克瑞翁颁布法令违抗传统，曝露死亡，而安提戈涅自杀，否定了自己对神法的信念，失去了抗争的力量。两人都受制于对永生的渴望，难以抗拒真正的命运，恰与标题中的"反抗命运"形成张力。克瑞翁与安提戈涅都不那么高贵，都难以摆脱命运的束缚。克瑞翁反抗命运，无法成为最好的国王，安提戈涅只想成就自己的高贵，更不能引领国家。

何人能真正高贵？何人能真正摆脱命运的束缚，不再恐惧死亡？何人能真正成为国家之王？阿伦斯多夫在结语部分，分析尼采、苏格拉底及亚里士多德对肃剧的基本态度。尼采批评苏格拉底传统,他认为传统对真理的看法太过乐观,真理应恢复那可怕的模样,而肃剧能给人带来面对真理的勇气。肃剧的经验就是哲学的经验,二者并不冲突。阿伦斯多夫将对苏格拉底的分析放于对尼采的分析之后,或意在指出苏格拉底的态度与苏格拉底传统不相同。苏格拉底认为哭哭啼啼的肃剧会让人变得更加软弱,无法直接面对死亡。虽然肃剧中的英雄奋勇杀敌,看上去很勇猛,但他们认为这样的英勇能为他们赢得不朽。也即是说,英雄们还是无法顺应死亡,接受死亡,依然渴望那种本不应属于人的东西。亚里士多德在《诗学》中的论述被放到了最后。《诗学》谈及肃剧不仅能帮助人们净化怜悯和恐惧,还能帮助读者接受人必有一死的宿命。

　　行文至此,已能明白阿伦斯多夫对何者为王的回答了。阿伦斯多夫也认为这个答案亦是索福克勒斯肃剧中隐藏的答案。能高贵地接受死亡的人方能为王。如何找到这样的人?阿伦斯多夫以亚里士多德《诗学》作为落脚点,主旨也较为明确:历经肃剧训练,能顺从地接受人的命运之人。以更符合中文习惯的表达:得道之人,方能为王。"朝闻道,夕死可矣"的境界,自然是属于真正的王者。哲人与王者,在此地已经没有了多大的区分。

　　古老的哲学与王者,与修身的政治教养并不可分开。但历经各种社会思潮之后,哲学与王者修为逐步分离,于是民众心中对文学、哲学的质疑与否定已越来越明显。这种反诘与否定,已经进入了现今大学的课堂,进而影响着我们修德进业的积极性。文学何用的问题并非简单的文艺理论所能回答,即便理论家们深入回答了该问题,民众们也会对深刻的理论答案不以为然:那不是他们的专业。诸多理论上升到更高的云层,不再贴近地面。理论家们在云层之上,为阳光所伤,不再有力量回归洞穴。无人带来光明的信息,洞穴也陷入了更深的黑暗之中。理论的艰深突显了理论家们以及从事理论研究者的聪明,却拉大了具体文学文本与普通大众之间的距离。专业成为文学科目的划分标准,也挖掘出普通大众与文学文本之间的巨大鸿沟。理论、专业等衡量标准进入文科大学教育,使我们的心智忙于理解纷繁的理论,却没有精力与时间在文学经典的帮助下反思人生,考察自己的言行。一旦得半日闲暇,便将全部的时间交给电视、电影与流俗歌曲,不知不觉中已深受现代传媒影响,而经典大师的教育已完全被大众所遗忘。同时,大众们又按自己的心情对现代传媒做出选择,逼迫现代传媒以大众们的心情为旨归,尽管传媒会赢得市场,却难以坚持自己的价值与判断。文学无用论的情绪直接影响到大学教育,以至于读书无用的想法开始在普通民众中蔓延。遗憾的是,不少坚定的学者仍然在系统地对普通大众宣讲高深的理论,而与此同时大众们却在积极地关注现代传媒的每一个细小的变化。如何重新引导我们直接面对文学经典,并细细品味大师们的思索,将是文学研究不得不面对的问题。问题的关键在于,如何让我们牺牲掉沉迷于快乐而又舒适的现代传媒的部分时间,转而更多地关注文学文本,随大师们一起反思言行,提升品位,和睦家庭,安定国家。"正心诚意,修身齐家,治国平天下"的古训,不能被文学研究完全抛弃。文学文本,尤其是戏剧文本,关注人的言与行,不仅能反映现实生活,更重要的是,能让作为读者的我们跟随大师一起反思人的言辞与行动。"听其言而观其行",真正实现根本意义上的修身,而非显得很高明的样子。

本文系阿伦斯多夫研究作品之一,文本关注情节,发人深思,应是努力复回经典文学活力的有益尝试。本书翻译由四位译者分工合作:引言与结语由欧阳霞翻译,第一章由蒋丹翻译,第二章由江欣柯翻译,第三章由袁莉翻译,笔者统校。全书还请廖一清全文通读,谨此致谢。刘小枫先生要求严格,对本书译文数次提出整改意见,笔者水平有限,或恐有负先生苦心。文中所犯之错,理应由本人承担,望读者给予批评和指正。

2012 年 12 月 2 日

致　谢

很多人对写作此书做出了贡献,在此笔者向他们表达真挚的感谢。第一章和第二章此前刊发过,收入此书已修订和扩展。第一章原题为"政治理性主义的限度:《俄狄浦斯王》中的启蒙与宗教",刊于 *Journal of Politics*, 66.3（August 2004）,页 733 - 799,Southern Political Association,2004,获得剑桥大学出版社认可收录于此。第二章节原题为"索福克勒斯的《俄狄浦斯在科罗诺斯》中的盲目信念与政治理性主义", *Review of Politics*, 70:2（春季卷 2008）,页 165 - 189,获得 *Review of Politics* 和 University of Notre Dame 的许可收录于本书。笔者很感谢 *Journal of Politics* 和 *Review of Politics* 允许笔者使用该材料。

感谢大卫森学院埃尔哈特基金会（Earhart Foundation）以及人文国际基金会（National Endowment for the Humanities）给予的慷慨的基金支持。笔者也感谢剑桥大学出版社的编辑雷尔（Beatrice Rehl）,他为笔者提供了最有价值和最及时的建议、鼓励以及帮助。笔者同样向那些提供深刻而有益建议与评论,以及在重要方面帮助笔者修改手稿的无名评论家们,表示诚挚的感谢。

感谢大卫森学院的施劳德尔（Kristen Schrauder）和剑桥大学出版社的夏贝尔（Shari Chappell）的帮助,柯亨（Ronald Cohen）认真负责、严谨的作风对此书的修正和出版做出了巨大的贡献。

与布鲁姆（Allan Bloom）同在芝加哥大学研习索福克勒斯,对笔者来说,是一笔巨大的财富。他的讲座、作品和例子,教会了笔者重视从过去的伟大诗人和哲学家身上寻求智慧。与格雷（David Grene）同在芝大研习索福克勒斯,亦荣幸至极。

笔者向凯尼恩学院(Kenyon)和大卫森学院那些充满活力生机的学生致谢,他们参与了索福克勒斯课程,还教会了笔者很多有关此戏剧的内容。笔者从该两所学院里的同事中也学到了很多,特别是韦尔斯(Stephen Wirls)。笔者也向鲍曼(Fred Baumann)、鲍洛金(David Bolotin)、丹豪泽(Werner J. Dannhauser)、高兹(Steven J. Kautz)、梅吉尔(Rafe Major)、欧文(Judd Owen)、鲁德曼(Richard S. Ruderman)、肖傲(Brian J. Shaw)和斯托弗(Devin Stauffer)致谢,他们阅读了笔者部分手稿,所提意见深刻,建议有益,亦有友好的鼓励。

最后,笔者向家人给予的所有支持表示感谢。可爱的孩子们,露西亚(Lucia)和玛提亚斯(Matias),他们于不知不觉中给予巨大帮助,正是他们的爱意、耐心和开朗支持着我;爱妻亚历杭德拉(Alejandra Arce Ahrensdorf)给予我长期的支持,慷慨大方,于我必不可少。创作期间,妻子明智的建议,精神上的鼓励,正是爱的见证。有她,才有我创作的灵魂,而言语却无法传达我的感激。此书应献给爱妻。

引 言

[1]自上世纪末以来,自由主义与共产主义爆发冷战,遍及世界的冲突日益反映出自由主义及其理性主义者的命题遭遇到一种宗教性的挑战,这个命题即:理性是我们"唯一的救星和指南针"(洛克,1988,182)。宗教具有永久的政治重要性,这是我们时代的关键事实,而这一事实着实令人惊讶,它绝非仅仅假定,冷战的终结兴许会宣告"历史终结"的来临——宣告"人类意识形态演化的终结,西方自由民主制的全球化乃是人类政府的最终形式"(福山,1989,4),①更为重要的是,这一事实也增强了自由主义奠基者们的启蒙信心,用托克维尔的话说,"宗教热诚……会随着自由与启蒙的增长而消亡"(2000,282)。② 鉴于现代政治理论明显倾向于低估宗教的力量,考虑前现代的、古典的宗教论析和政治启蒙,就显得合理。正如本书所要表明的那样,索福克勒斯的忒拜剧清楚而生动地建立起了这种论析。

在现代时期,尼采尤为重视索福克勒斯笔下宗教的反理性主义以及政治理性主义论题的重要性,而尼采正是后现代主义最深刻的哲学资源。的确,尼采对自由民主理性主义的西方传统发起的攻击,对后现代世界来说十分重要(参罗蒂[Rorty],1989,27-30,39-43,61-66,96-121;1991,32-33),但尼采的攻击恰恰借用的

---

① [译按]福山所著《历史的终结及最后之人》已有中译本,但未作原文编码,难以查询,未采用。

② 托克维尔自己并未曾拥有这样的自信。参2000,283-284,510-511。

是索福克勒斯和埃斯库罗斯笔下众英雄的悲壮形象(tragic grandeur)。尼采争辩道,苏格拉底建立和体现的是懦弱、武断的理性主义和科学世界观的肤浅乐观主义,与此形成对照的是埃斯库罗斯和索福克勒斯所阐明的肃剧世界观,它勇敢而诚实地面对这个真实的世界:对人的理性而言,真实的世界混乱、残酷,而且最终无法看透。①然而,世界的冷漠和冲突这一景象并未击碎肃剧的人生(tragic human being),毋宁说,肃剧的人生反倒满怀爱意地肯定"生存的无限的原初快乐",肯定存在内核中(at the heart of Being)的"永恒苦难",进而颂扬"个体世界游戏般的建构和解构,视之为原初快乐的流溢"(1967,105,112,142)。肃剧诗人及其笔下的英雄们"强有力的悲观主义"(pessimism of Strength)使得他们得以建立并完成一种肃剧文化,直面生存的悲伤,存在的神秘以及对生命的肯定,"即使置身最怪异、最艰难的问题之中,也要肯定生活"。② 希腊人的肃剧时代构筑的文化,是人类所创造的最深刻、最高贵的文化,这种文化"肯定了我们令人惊异的崇敬感"(1967,88;另参87;93-94)。

可是,苏格拉底毁灭了这个文化,用一种理性主义的文化取而代之,这种文化基于一种乐观的、反肃剧的"信仰"或"幻象",即相信理性"能够穿透存在深渊的尽头",相信幸福是生活的本来目的,理性能够引领人们走向幸福,进而相信,基于理性的生活是一个人的最佳生活方式(1967,95-97;也参86-88,91)。因此,苏格拉底"是世界史的转折点和所谓的漩涡"(96)。苏格拉底所建立的文化就是存留至今的我们的文化,其特征是"乐观主义赢了,理性主义、实践的和理论的功利主义日益流行起来,还有民主制也流行起来"(21,重点为原文所加;另参109-114,91)。然而,苏格拉底式

---

① 1967,17-18,89-90,94-97,106;另参1954a,473-474,478;1969,272-273。

② 1967,17-18,文中重点;1954a,562-563;另参1968,434-435,448-453。

政治理性主义的胜利预示的是"人的全面蜕化",因为,苏格拉底式文化不仅仅沉溺于其对世界的理性理解,沉溺于其对理性的自相矛盾的"信念"之中,更为重要的是,苏格拉底式文化由于无力[3]直面人的生存的高贵肃剧性而声名狼藉(1989,页118;重点为原文所加;另参54,103-104,112-114,158-159)。

快乐的"末人"民主而温和,仿肃剧(subtragic)而似人(subhumanly),为了避免此末人的最后胜利,自封"第一肃剧哲人"的尼采呼吁复兴肃剧,重建一种肃剧的与尚武的文化,此文化拒斥政治理性主义,也"肯定消逝和毁灭……[并]欣然接受反对和战争"(1954b,128-130;1969,273,重点为原文所加;另参274)。

> 是的,我的朋友,请相信我吧……肃剧的重生……苏格拉底时代已经终结……只有勇敢地成为肃剧人,你才会获得救赎。(1967,124;另参99,106,121-123;[译按]据英文直译)

如果理性主义者苏格拉底预示了准精神性的(subspiritual)、似人的末人,那么反理性主义者,即"希腊肃剧的苦难英雄,俄狄浦斯或普罗米修斯,则是尼采übermensch[超人]的原型"。①

尼采提到最能代表肃剧世界观的典型人物是索福克勒斯笔下的俄狄浦斯。② 首先,俄狄浦斯真诚面对世界,勇气可嘉,还"有一双勇敢无畏的眼睛"(1989,161)。其次,

> 在索福克勒斯看来,不幸的俄狄浦斯这个希腊舞台上最悲

---

① 斯尔克(Silk)和斯特恩(Stern),1981,296。另参丹豪泽(Dannhauser),1974,114-115。有关索福克勒斯的重要性,尤其是俄狄浦斯的重要性以及尼采对这些内容的思考,参斯尔克和斯特恩,1981,162,255-257,272。

② 尼采赞赏的另外一位有远见卓识的肃剧英雄——普罗米修斯,是一位极受崇敬的神。

惨的人物是一位高尚的人。他虽然聪慧过人,却命中注定要犯
错受苦,但是由于他承受了巨大的痛苦,最终他对四周产生了
一种神秘的、福气四溢的力量,这力量在他去世后仍然起作用。
(1967,67;[译按]重点为原文所加,参尼采著,《悲剧的诞
生》,赵登荣译,漓江出版社,2007,页44)

"明智的俄狄浦斯"聪慧过人,也无比高贵,由于经历了苦
难——无"罪"而受的不公平的苦难——他开始理解,也开始接受,
并最终肯定世界无比残忍,神秘难测,仅靠理智难以理解,也无法好
好生活(42,68 - 69;另参46,73)。最重要的是,"最悲惨的人物,
不幸的俄狄浦斯"发现了神秘存在(mystery of being)之中的慰藉,
一种形而上学的和虔敬的慰藉(1967,67)。[4]因为"从神界降下
超凡的欢快"(68;[译按]参赵登荣译文,前揭,页45)"。

> 在旧肃剧中,在剧本结尾处总是感觉到形而上的安慰,没
> 有这种安慰,对肃剧的乐趣就无法解释。也许在《俄狄浦斯在
> 科罗诺斯》一剧中,从另一世界传来最清纯的和解之声。(108;
> [译按]参赵登荣译文,前揭,页78)
> 而索福克勒斯却在他的俄狄浦斯剧中奏起了圣徒。([译
> 按]或译高贵者)凯旋的序曲。(70,重点为原文所加;[译按]
> 参赵登荣译文,前揭,页47)

索福克勒斯将俄狄浦斯描述为肃剧英雄,这英雄排斥理性,却最终
在苦难中找到了希望与救赎(1974,219),尼采据此认为索福克勒斯是
反理性主义者。这个所谓的反理性主义的索福克勒斯,一直被认为是
最伟大的肃剧诗人,[1]尼采正是这样引用索福克勒斯来证明自己的总体

---

① 如参色诺芬的《回忆苏格拉底》(*Memorabilia*)1.4.3,尤参西格尔(Segal)
对索福克勒斯《俄狄浦斯王》声名的历史性描述,颇有助益(2001,114 - 157)。

论析,即在排斥苏格拉底理性主义的基础上,建立起人性的精神复兴。

索福克勒斯真的是反理性主义者吗?索福克勒斯笔下的俄狄浦斯真是明智且高贵的反理性原型吗?索福克勒斯预示了尼采的教诲吗,即人生从根本上讲是肃剧性的,而宇宙从根本上讲是神秘的,因而仅靠人类理智难以理解?抑或是索福克勒斯与同时代的年轻人苏格拉底和修昔底德一样,私底下是理性生活的信奉者,但却怀疑公开的(popular)政治理性或启蒙是否切实可行?

尼采对索福克勒斯戏剧的解释,璀璨耀眼,立意新奇,且影响深远,不过令人失望的是,尼采的解释缺乏可信而翔实的文本分析。例如,《悲剧的诞生》对《俄狄浦斯王》和《俄狄浦斯在科罗诺斯》的整个解释立足于如下观点之上,即俄狄浦斯解答斯芬克斯之谜证明他的确明智,并且他的智慧是"神圣之人"的智慧(1967,42,46,67-70)。不过,在《俄狄浦斯王》中俄狄浦斯宣称,他解答斯芬克斯之谜,仅凭人的理性,并无他助,他还据此否认了宗教先知和神谕所声称[5]的智慧(390-398)。① 在本书中,笔者根据对忒拜剧文本的细节分析——即《俄狄浦斯王》、《俄狄浦斯在科罗诺斯》和《安提戈涅》,尼采的解释正以这些文本为基础——评估尼采对索福克勒斯的解释,以此作为对理性主义的批判。然而,笔者解读戏剧并未假定个别人物,如俄

---

① 许多学者对忒拜戏剧的解释,极具魅力,发人深省,大部分以斯芬克斯之谜和俄狄浦斯的答案为基础(如韦尔南[Vernant]和那奎特[Vidal-Naquet],1988,113-140,207-236;伯纳德特(Benardete),2000,71-82,126-135;舒瓦茨[Schwartz],1986,198-199;威尔逊[Wilson],1997,14-18;罗科[Rocco],1997,46-51)。伯纳德特认为"解释俄狄浦斯,必须面对这个谜语——俄狄浦斯解答斯芬克斯之谜的方法与他的两项罪行之间有什么必然联系?"(2000,126)然而,既然索福克勒斯从未提及谜语和俄狄浦斯的解答,并据诸多后续资料看,笔者认为,抛开谜语来解释忒拜戏剧或更合理。谜语内容的古典来源,参韦尔南和那奎特,1988,468。在韦尔南的描述中,公元前1世纪的西西里的狄奥多洛斯(Diodorus Siculus)似乎为谜语内容最古老的来源:"那是个什么生物?什么时候有两条腿,什么时候三条腿,什么时候四条腿,但仍然是同一个生物?"(4.64.3-4)

狄浦斯或者忒瑞西阿斯是索福克勒斯的代言人,而是认为诗人的思想只能在每部戏剧的整体情节中,审视每个人物的言辞来加以呈现。

索福克勒斯是尼采学说的原型(proto – Nietzschean),或是他已成为理性主义的宗教敌人,此观点已广泛盛行于各思想家和学者之间,尤其是自尼采以来——如布鲁姆(Harold Bloom)称尼采为"《俄狄浦斯王》最真的指导者"(1988, 4)。① 例如海德格尔断言俄狄浦斯"揭露在的热情",即"希腊人的知与学"的"根本热情",导致了俄狄浦斯的"没落"(1980, 107)。② 诺克斯(Bernard Knox)声称《俄狄浦斯王》"再次肯定了神圣有序宇宙的宗教观点",以反对"15 世纪哲人和智术师们"的[6]"理性主义"(1998, 47 – 48)。西格尔(Charles Segal)不太肯定索福克勒斯的虔敬,但强调了索氏对理性主义的拒斥:

> 《俄狄浦斯王》语带反讽,恰好体现俄狄浦斯的终极失败,无法解开戏剧的真正"谜底"——宇宙之中机运治下,或遥远而神秘的诸神手中,生命究竟何意——亦可体现,宇宙的极端无序,难以凭借作为理性言辞的逻各斯加以理解。(1986, 73;[译按]据英文直译)③

---

① 西格尔的观察更加全面,"自尼采以来,普遍认为借助希腊肃剧可以理解存在的尽头,以及人与世界中的非理性和暴力"(1986, 45)。据斯尔克所述,尼采代表着"现代有关肃剧理论的顶峰"(1996, 10)。

② [译按]参海德格尔,《形而上学导论》,熊伟、王庆节译,商务印书馆,1996,页 108。

③ 另参莱因哈特(Reinhardt, 1979, 130 – 134)、多兹(Dodds, 1968, 25 – 28)、古尔德(Gould, 1988)、艾伦伯克(Ehrenberg, 1954,尤参 66 – 69, 136 – 166)、拉提莫尔(Lattimore, 1958,94 – 95)、沃德科克(Waldcock, 1966,168)、韦尔南和那奎特(1988, 104 – 107)、威尔逊(1997, 171 – 172);另参怀特曼(Whiteman, 1971,如 146, 251[另参 123,134])和罗科(1997, 34, 38 – 39, 43, 55 – 56, 64)。从更古老的观点看来,古典肃剧诗人与古典哲学家之间存在着密切联系,拉辛(Racine)在 *Phèdre* 一书引言中说:"他们的剧场是一所学校,在该学校里,美德的教育并不比哲学家少"(1965, 32)。

在过去的20年间,欧本(J. Peter Euben, 1986, 1990, 1997)和萨克森豪斯(Arlene Saxonhouse, 1986, 1988, 1992)深研索氏政治思想,开拓新解,挑战着学界共识,他们强调索氏思想与苏格拉底之间有重要的相似点及连续性。① 这些研究对笔者帮助不小,不过笔者依然认为,尽管索氏批判政治理性主义,警惕仅凭理性建立政治社会的图谋,但他仍明确点明了对理论理性主义的需求,即应该由独立的理性来指引个人生活。② 举例而言,欧本指出,"尤其是这部肃剧[《俄狄浦斯王》]与苏格拉底政治理论联系紧密"(1990, 127注72;另参30-31, 108, 202-203)。但欧本意在强调,[7]索福克勒斯戏剧塑造的俄狄浦斯,已远超索氏的理论理性主义范畴,成为"理性局限与神圣存在的鲜活证据"(115;另参26-27, 101, 105, 122-123;1986, 28, 35;1997, 194-196, 199-201)。此外,笔者完全同意萨克森豪斯的看法,认为该剧是对政治理性主义的警告,这种政治理性主义"试图让世界转而依靠抽象与审慎的理智",但是笔者仍有保留,不同意她的如下看法,即认为该剧(至少部分地)批评了仅靠理性的理论式、苏格拉底式的智慧追求(1988, 1272;尤参1263, 1265, 1270-1273)。

研究索福克勒斯可知,他并非反理性主义者,不会赞同摒弃理性,如忒瑞西阿斯和盲目的俄狄浦斯那样,不过,索福克勒斯也不会赞同现世的、反传统的及政治的理性主义,如俄狄浦斯的"僭政"统治那样。举例而言,索福克勒斯相信,俄狄浦斯在《俄狄浦斯王》剧中最终走向失败,不是因为他完全信服理性,而是因为他摒弃理性,

---

① 另参鲍洛汀(Bolotin, 1980)和特斯托尔(Tessitore, 2003)。

② 表面看来,尼采有时似乎以为索福克勒斯与苏格拉底式理性主义不同,却更与埃斯库罗斯的(据说的)反理性主义接近:"在肃剧中,从索福克勒斯开始……我们已经进入一种理论世界的氛围中,这种氛围更看重科学知识,却忽视普世法律的艺术性"(1967, 108;[译按]据英文直译;另参85, 87, 92)。

变得虔敬。但索福克勒斯也认为,政治统治者一旦遭遇致命政治危机,必然会如俄狄浦斯在戏剧开场所为一样,摒弃理性,支持虔敬的希望。笔者也表明,《俄狄浦斯在科罗诺斯》中的英雄俄狄浦斯,笃信宗教,反对理性,与忒修斯截然不同。忒修斯仁慈而具有启蒙理性(enlightend),正是忒修斯的治邦术建立起一条中间道路,以介于以下两者之间:消除宗教力量的极端政治理性主义(以《俄狄浦斯王》为例)与排斥理性的虔敬精神(以《俄狄浦斯在科罗诺斯》为例)。最后笔者论证,安提戈涅最终证明了自己比克瑞翁优越,靠的不仅仅是她英雄般的虔敬,还有她英雄般的意愿,即主动质疑她最为珍视的信念——关于正义、关于永生幸福的可能性。笔者认为,《安提戈涅》让读者体会了从安提戈涅的虔敬英雄主义下降到索福克勒斯人性智慧的过程。这些忒拜剧作可以表明,真正的理性主义模型正是索福克勒斯自己,他冷静而深刻,极具哲学精神,清晰地展现了政治、理性与虔敬的问题,但他的理性主义不同于苏格拉底,甚至不同于修昔底德,尤其体现在他严肃而冷峻的写作风格中。[8]笔者以审视尼采、苏格拉底和亚里士多德在哲学与肃剧关系上的教诲作为结尾。尽管笔者的看法与尼采冲突,但笔者认定,苏格拉底和亚里士多德的理性主义并非纯粹乐观的,反而对人类存在的肃剧维度十分敏感,因而在重要方面他们的理性主义均与索福克勒斯的严肃理性主义相似。

一 《俄狄浦斯王》与政治理性主义的局限①

罪与罚？

乍看起来,《俄狄浦斯王》的故事事关正义战胜非正义。恰如标题所示,对大多数民主制下的雅典观众而言,俄狄浦斯当属僭主——他的即位与统治摆脱了人法与神法之限。② 俄狄浦斯违背神法,即保护家庭的法律,犯下了令人发指的罪行,弑父娶母。③ [10] 俄狄浦斯的罪行的确有违神法,歌队说这些神法:

---

① [校按]*Oedipus the Tyrant* 一书常译为《俄狄浦斯王》,但明显 Tyrant 之意与"王"并不完全吻合,另一相近概念即是"僭主",本书的处理方式,书名仍保留,但行文中的 Tyrant 均译为"僭主"。

② 如修昔底德,6.15,53,59-61;色诺芬,《希耶罗》,4.5,7.10;《希腊志》,5.4.9,13,6.4.32,7.3.4-12,尤参7;伊索克拉底, *Nicoles*,24。这些文章质疑诺克斯的观点,即俄狄浦斯的"僭主头衔赢得了雅典民众的同情",因为雅典人想要成为希腊的僭主(1998,99;参58-77)。俄狄浦斯在整部戏中都被认为是僭主(380,408,514,535,541,588,592,873,925,1096)。唯一一次被当作国王是在知道他是国王拉伊俄斯(Laius)的儿子之后(1202)。科林斯(Corinthian)的报信人说俄狄浦斯将会被任命为科林斯的僭主,即使他明显是前任统治者波吕玻斯(Polybus)的养子(939-940)。但是,很可能俄狄浦斯并非波吕玻斯的亲生儿已众所周知。俄狄浦斯事实上称拉伊俄斯为僭主(128,799,1043),不过也称他为国王,并清楚地表明拉伊俄斯是王室的一员,忒拜王位的继承人(257,264-268)。俄狄浦斯称拉伊俄斯既是僭主又是国王,这或许表明"僭主"一词在剧中意义有些宽泛。但也可能是为了俄狄浦斯的利益,混淆了王位继承人如拉伊俄斯与非继承人如俄狄浦斯之间的区别。

③ 参柏拉图,《王制》,568d4-569c9,571a1-575a7,尤其是571c3-d4;《法义》,838a4-e1。参沃尔(Whol),2002,250。

它们出生在高天上，他们惟一的父亲是俄林波斯，不是凡人，谁也不能把它们忘记，使他们入睡；诸神是靠了这些律条才有力量，得以长生不死。(836–871；另参899–910。[译按]参《罗念生全集》卷二，上海：世纪出版集团，上海人民出版社，2004，页369)

俄狄浦斯犯下罪行，充分表明了他的肆心(hubris)，①歌队解释说正是这种肆心产生了僭主(873)。② 因而，乍看之下，僭主俄狄浦斯的失败符合正义，确切地说，反映了法律战胜僭政。

然而，细细研读《俄狄浦斯王》就会发现，谴责俄狄浦斯的最初印象似有不妥。俄狄浦斯似乎是一个真正伟大的统治者，他既有真智慧，又愿高贵地献身于他人，非索福克勒斯笔下其他英雄所能比。③ 凶残的怪物斯芬克斯威胁要毁灭忒拜，除非有人解开谜语忒拜才会得救，而在这时，所有预言家都无法解开此谜，唯有俄狄浦斯能做到(390–400)。拯救忒拜，俄狄浦斯展示的不仅仅是智慧，还有高贵。尽管俄狄浦斯是一个外邦的徒步旅行者，对忒拜没有兴趣，也无须为忒拜尽义务，但他挽救了忒拜，使城邦免遭毁灭。在后来的剧中，俄狄浦斯敦促忒瑞西阿斯帮助忒拜，因为忒拜"养育"了忒瑞西阿斯，现在还照管着他的生活，俄狄浦斯唤起忒瑞西阿斯对自身利益的关注和他身上的国人责任感。但是，俄狄浦斯当初拯救忒拜，并非出于利益心，也非基于责任感。俄狄浦斯的慷慨大方，纯粹无私，也非义务，似倒生动地诠释了他的信念，[11]"一个人最大的事业就是尽他所能，尽他

---

① [校按]肆心(hubris)，参刘小枫译，《凯若斯：古希腊语文教程》，华东师范大学出版社，2005，页44。

② 另参伯纳德特，2000，72–73。正如沃尔所述，"俄狄浦斯的僭政……代表一种形而上学的观点，一种非法的存在与权力的关系……"

③ 俄狄浦斯似乎集索福克勒斯笔下众多人物的优点于一身，如奥德修斯、伊斯墨涅(Ismene)和克丽索忒米斯(Chrysothemis)的智力或智慧，尼奥普托列墨斯(Neoptolemus)、埃阿斯、安提戈涅与伊莱克特拉(Electra)的高贵。

所有帮助别人"(314-315,[译按]参罗念生译文,前揭,页354)。①

的确,俄狄浦斯拯救忒拜的直接结果是他成为该城的僭主。可是,如俄狄浦斯所强调的,他从未要求忒拜人选他为僭主。即使忒拜人不认识这个年轻的外邦人,他们也仍自愿地选俄狄浦斯为统治者,因为他曾使城邦免遭毁灭(380-389;亦参《俄狄浦斯在科罗诺斯》,539-541)。俄狄浦斯并非凭借武力、财富或欺诈的常见方式获得僭主权力(参《俄狄浦斯王》,540-541),而是凭借他的智慧与高贵,他大方地接受了统治地位,并同意为新近移居的城邦无私奉献。

而且,俄狄浦斯的僭主统治明显优于其前任,即王位世袭者拉伊俄斯(忒拜人在斯芬克斯危机之后的许多年里未曾调查拉伊俄斯的遇害事件),②也优于国王克瑞翁,其即位仅凭与伊俄卡斯忒、俄狄浦斯的亲情关系。在《俄狄浦斯王》中,克瑞翁似乎无心于公众利益,他与安提戈涅的冲突不可调和,统治陷入了混乱(参124-136,255-258,264-268,729-737,754-764;另参577-600;《安提戈涅》155-161)自从俄狄浦斯成为忒拜僭主后,该城繁荣昌盛长达十五年,俄狄浦斯赢得民众支持,一直受人称颂,被视为英明无私、忠于城邦的领袖(《俄狄浦斯王》,31-57,103-104,497-511,689-696,1196-1203,1282-1283,1524-1527)。当忒拜再次遭遇灭顶之灾时(即瘟疫),忒拜人又期望俄狄浦斯能解救他们。[12]德尔菲神谕告诉俄狄浦斯,为挽救忒拜,他必须调查罪案,严惩杀害拉伊俄斯的凶手,俄狄浦斯竭尽全力去完成任务,例如他曾立下誓言,无论凶手为何人,即使是他的亲人,他亦将惩罚凶手(249-251)。为劝说忒瑞西阿斯解开这起谋

---

① 欧里庇得斯笔下的伊俄卡斯忒说(《腓尼基妇女》,45-54),克瑞翁已宣布破解斯芬克斯之谜的人应与王后结为夫妻,但索福克勒斯无此类描述。

② 当忒拜受斯芬克斯威胁时,他们忽略调查国王被杀事件,似乎情有可原。可事实上,在威胁消除之后,他们仍然未调查弑君者,这表明忒拜人漠视拉伊俄斯的统治,正如俄狄浦斯在133-136与255-258所讲一样。

杀案,俄狄浦斯甚至在公开场合向他屈尊纡贵(300 – 315, 326 – 327)。当忒瑞西阿斯拒绝帮助时,俄狄浦斯愤慨不平,不是为他自己而是为整个城邦(339 – 340;另参 322 – 323, 330 – 331)。忒瑞西阿斯的回答令俄狄浦斯困惑,他说俄狄浦斯战胜斯芬克斯成为忒拜僭主之时,就已毁灭了自己,俄狄浦斯答道,"只要能拯救城邦,那也没什么关系"(442 – 443 页 357;另参 669 – 672)。最终,俄狄浦斯意识到自己正是杀害拉伊俄斯的凶手,还因此招来瘟疫,于是他毫不犹豫地退位并对自己加以惩罚。俄狄浦斯似乎仍然英明而高贵,为了城邦,他愿意牺牲一切——家庭、尊严、权力甚至是仅有的幸福。①

[13] 再者,俄狄浦斯似乎十分热爱自己的家庭。尽管他是科林斯(Corinth)的王位继承人,如他自己所述,他是该城"最伟大的"人

---

① 俄狄浦斯控告克瑞翁杀害拉伊俄斯,还控告他与忒瑞西阿斯密谋造反,这似乎既愚蠢又不公正(如参拉提莫尔, 1958, 92;韦拉柯特[Vellacott], 1971, 161;韦尔南与那奎特, 1988, 106;关于俄狄浦斯的辩护,参怀特曼[Whitman], 1971, 130 – 131;伯纳德特, 2000, 129 – 131)。事实上在剧末,俄狄浦斯责备自己误把克瑞翁当"恶人"(1419 – 1421)。然而在开场,俄狄浦斯没有理由怀疑自己杀死了拉伊俄斯或犯了弑父罪与乱伦罪,同样无端怀疑克瑞翁也不合情理。身为年轻王后的兄弟,克瑞翁拥有王位继承权,或有作案动机,也有机会实施暗杀(124 – 125)。克瑞翁从未调查过拉伊俄斯死因,即使有人怀疑是忒拜人雇凶杀人(126 – 1240)。克瑞翁敦促俄狄浦斯传召忒瑞西阿斯,而忒瑞西阿斯此前曾振振有词,要推翻俄狄浦斯的统治,公开指控他是凶手,招致了瘟疫,使忒拜受灾,还犯下弑父与乱伦重罪。现在,克瑞翁可以继承王权,又是土生土长的忒拜人,德高望重,他完全有理由怨恨这个年轻的外邦人俄狄浦斯取得王权(参 639 – 641, 674 – 675)。克瑞翁还是俄狄浦斯妻子的兄弟,大概也是俄狄浦斯王权的自然继任者。但克瑞翁向俄狄浦斯否认了自己有取代他的野心(577 – 602)。不过,克瑞翁对现任忒拜僭主否认自己有取而代之的野心,有外在的原因(另参克瑞翁在 626 – 630, 673 – 675 的激烈言辞)。事实上,无论是在该剧或《俄狄浦斯在科罗诺斯》与《安提戈涅》中,克瑞翁对取代俄狄浦斯成为忒拜的统治者一事没有表现出丝毫犹豫或不情愿。最后,如俄狄浦斯向歌队指出的,即使他不是十分确信克瑞翁在密谋反叛他,他也不能在闲暇时间调查克瑞翁,但俄狄浦斯必须灵活应对,以维护自己,保障统治(618 – 621)。

物,而离开科林斯意味着不再可能当上统治者,但离开家乡是为了避免应验德尔菲神谕,犯下弑父娶母的罪(774 - 797,822 - 833, 991 - 1013)。俄狄浦斯非常爱他的妻子——他甚至说过"最亲爱的"伊俄卡斯忒,他尊重伊俄卡斯忒胜过尊重歌队(950,772 - 773; 另参700,800)。虽然俄狄浦斯对他的儿子有些冷淡,却对"亲爱的"(他自己的话)女儿安提戈涅和伊斯墨涅有着深沉的父爱,这份浓浓的父爱可用克瑞翁的话为证(1458 - 1514)。剧中俄狄浦斯最后一句话是请求克瑞翁"不要从我怀抱中把她们抢走!"(1522,[译按]参罗念生译文,前揭,页386)。

最后,虽然俄狄浦斯犯了弑父罪与乱伦罪,却终属无意,因为他不知道拉伊俄斯与伊俄卡斯忒是自己的父母。① 当他从德尔菲神谕了解到自己会弑父娶母之后,[14]他竭尽全力,不惜牺牲巨大,也要回避波吕玻斯与墨洛珀。俄狄浦斯把他俩当作亲生父母,合情合理。由于俄狄浦斯不知道亲生父母是谁,所以他的所作所为情有可原。但就算拉伊俄斯有些粗暴无礼,俄狄浦斯杀死拉伊俄斯,也确实太过鲁莽(spirited),如俄狄浦斯在该剧(804 - 813)和《俄狄浦斯在科罗诺斯》中所述(270 - 274,521 - 523,546 - 548,962 - 999)。

---

① 俄狄浦斯在《俄狄浦斯在科罗诺斯》里反复辩解,他犯下弑父与乱伦重罪,并非故意,不应受罚(如参 270 - 274,521 - 523,546 - 548 与 962 - 999 整个内容)。《俄狄浦斯王》中的第二个报信人依然强调区分自愿与非自愿的重要意义(1227 - 1231)。关于俄狄浦斯的"道德本质无辜论",参多兹,1968,18 - 22。多兹还提到,即使俄狄浦斯知道自己道德上是无辜的,他还是出于"负罪感"惩罚了自己(23 - 24;参威尔逊,1997,145 - 149)。另参基托(Kitto), 1958,比较47,49 - 50,57 - 58,62 - 63。关于俄狄浦斯弑父娶母是故意所为的讲法,以及"这里的每一次灾难都源自于人类的选择",可参韦拉柯特,1971, 238 及其整个内容。韦拉柯特为使其论文与全剧中俄狄浦斯非故意犯罪的深刻印象相符,他毫无根据却又自相矛盾地断言了两个内容,俄狄浦斯在心中抑制了对罪行的了解,又精心策划让自己的罪行慢慢为忒拜人所知晓,方式则是如他假装与忒瑞西阿斯、克瑞翁不和(参 119 - 122 及 137,167 - 169,198 - 199,225,233)。

俄狄浦斯与寡居王后伊俄卡斯忒的结合,是由忒拜人提议促成的,他们希望此婚姻能增加统治的合法性,巩固这个年轻外邦人的统治(参《俄狄浦斯在科罗诺斯》,525 - 526,539 - 541;另参《俄狄浦斯王》,255 - 268)。必须补充的是,无论这次婚姻起因的政治意义多强,但从文中可见俄狄浦斯与伊俄卡斯忒确为真心相爱(参 577 - 580,700,772 - 730,800,861 - 862,911 - 923,950)。

一个英明而高贵的统治者也是一个凡人,他怎么能忍受如此不幸的命运:犯下弑父罪与乱伦罪,失去权力、城邦与心爱的妻子,以一个盲目的流浪者身份度过余生?俄狄浦斯为无意犯下的罪行负责,怎么会是正当的呢?俄狄浦斯似乎英明而高贵,而他的失败又合情合理,那么尼采所述就不无道理了,即索福克勒斯的戏剧教导我们,世界对人类冷漠至极,难以凭靠人类理性加以理解。① 但俄狄浦斯果真英明而高贵,且绝不应为其失败负责吗?

从启蒙至神权政治

剧中俄狄浦斯的失败,直接原因如下:俄狄浦斯先是派遣克瑞翁到德尔菲神庙询问拯救忒拜免于瘟疫的方法——此行动紧随戏剧的开场——接着传召忒瑞西阿斯,这些均为戏剧最开始的内容。如果俄狄浦斯未曾求助于阿波罗的预言家及其神谕,他就不会去调查拉伊俄斯遇害的事,也不会宣布凶手必须遭流放或处死,更不会最终发现自己就是凶手,必须自我惩罚。无可否认,科林斯的报信人透露俄狄浦斯的父母并非波吕玻斯与墨洛珀,俄狄浦斯恍然大

---

① 另参瓦德洛克(Arthur Waldlock)的结论:"《俄狄浦斯王》并无深意。只有可怕而强大的巧合,而我们最终记得的是人承受苦难的能力,以及借由此能力而显示出的人的伟大"(1966,168)。另参努斯鲍姆(Nussbaum),1992,262 - 263,285 - 287。

悟,想到自己或已犯下乱伦弑父重罪。在报信人说明情况之前,俄狄浦斯就已决定向神示与预言家求助,表明他真想惩罚杀害拉伊俄斯的凶手,以拯救忒拜,但是他的求助却引来了忒瑞西阿斯的公开指控,挑明俄狄浦斯犯有弑君、弑父与乱伦重罪,也是真正的杀人凶手(参216-275,305-309,350-353,362,499-560,644-673,697-706,744-745,747,836-863,1041-1052)。俄狄浦斯向诸神寻求帮助有何重大意义?

为解答此疑问,有必要再次研究该剧标题的意义——俄狄浦斯是僭主——并更加仔细地思考俄狄浦斯统治独有的特征。俄狄浦斯政治事业的铁定事实是战胜了斯芬克斯,才成为忒拜的统治者,这一切并非依靠出身或武力,而是凭借成功破解谜语(如参31-57,505-511,1196-1203)。战胜斯芬克斯使得俄狄浦斯可与赫拉克勒斯、忒修斯之辈相提并论,他们都因消灭怪物而享有盛名。①然而,俄狄浦斯战胜斯芬克斯,纯属一次智力的胜利,无关乎体力。他解开谜语,打败斯芬克斯,拯救了忒拜。纵使俄狄浦斯能单独杀死五个人,他的伟大之处也在于他的头脑而非力量。②

[16]战胜斯芬克斯表明脑力优于体力,人的理性高于神的启示。正如俄狄浦斯对预言家忒瑞西阿斯说:

> 喂,告诉我,你几时证明过你是个先知?那只诵诗的狗在这里的时候,你为什么不说话,不拯救人民?它的谜语不是任何过路人破得了的,正需要先知的法术,可是你并没有借鸟的帮

---

① 参《特拉基斯妇女》,1-41,555-577,680-722,831-840,1010-1014,1058-1061,1089-1111,1162-1163;《菲洛克忒忒斯》,141-120;《俄狄浦斯在科罗诺斯》,562-569;普鲁塔克,《忒修斯》,6-20。

② 798-813,438-441;另参390-398,1524-1527。如萨克森豪斯所说,"他头脑睿智,以智服人"(1988,1264)。拉提莫尔认为"他的悲剧是知识人的悲剧"(1958,95)。另参威尔逊,1997,178;罗科,1997,34-41;诺特维克(Van Nortwick),1998,25。

助,神的启示显现出这种才干来。直到我无知无识的俄狄浦斯来了,不懂得鸟语,只凭智慧就破了那谜语,征服了它。(390 - 398,[译按]参罗念生译文,前揭,页 356)

俄狄浦斯断言,忒瑞西阿斯身为阿波罗的预言家与神智代表,却无法解开斯芬克斯之谜,俄狄浦斯还说,他仅凭人的理性便破解了谜语。① 就此而言,俄狄浦斯似乎否定了预言家与神谕的真实性,认为无须寻求神助,仅凭独立理性,已足以打败可怕的怪物斯芬克斯,拯救政治共同体忒拜。俄狄浦斯的僭政统治不合传统,却宣告要从预言家与神谕的蒙昧中解放人类的智慧与审慎。

由忒拜长者组成的歌队陈述了传统的观点,即"万能的主"宙斯的统治"不死而永恒",宙斯统率的诸神才是人类的真正统治者,他们保护城邦免受伤害,惩罚恶人,赐予人类永恒的神律,并通过神示与预言家向人传达神的意志(904 - 905,497 - 499,158 - 167,188 - 215,863 - 872,879 - 903)。例如,歌队认为忒瑞西阿斯知道阿波罗所有旨意,还认为忒瑞西阿斯是"神圣的先知……人们当中只有他才知道真情"(284 - 286,297 - 299,[译按]参罗念生译文,前揭,页 354,355)。确实,歌队敬重神示与预言家,如果神示与预言家都会犯错,那歌队将不再相信诸神会关心人类(897 - 910)。

[17]拉伊俄斯执政期间,预言家与神示的影响巨大,他们说服国王与王后杀害唯一的儿子,以致断了子嗣(711 - 722,1173 - 1176;另参 114 - 115,558 - 563)。后来,克瑞翁曾力劝俄狄浦斯向忒瑞西阿斯求助,哪怕身为统治者,也要依靠神示以做决定,这与俄狄浦斯的做法

---

① 可对比 31 - 39,46 - 53 中祭司对俄狄浦斯战胜斯芬克斯的描述,此版本更为可信。

正好相反。① 在俄狄浦斯的统治之前与之后,虔敬的国王们都或多或少受到预言家与神示的影响。而在俄狄浦斯统治时却与之相反,他的妻子伊俄卡斯忒毫不犹豫地公开否认所有预言家与神示的真实性:"你所说的这件事,你尽可放心;你听我说下去,就会知道,并没有一个凡人能精通预言术。"② 她还表明人类没有死后的生活(955 - 956;比较 971 - 972,[译按]参罗念生译文,前揭,页 365)。后来她再次公开深入阐述无神论的观点,即人类的真正统治者是偶然而非诸神:"偶然控制着我们,未来的事又看不清楚,我们为什么惧怕呢?"(977 - 979,[译按]参罗念生译文,前揭,页 372)虽然俄狄浦斯未曾如此偏激,但他确曾公开否认德尔菲神谕的真实性及所有预言家的真实性(964 - 967)。更重要的是,该剧表明,在俄狄浦斯统治的十五年多的时间里,从即位到瘟疫的降临,他仅凭个人才智施行统治,从未询问过神示或预言家。派克瑞翁到德尔菲阿波罗神殿询问的决定是俄狄浦斯的最后一招,此时他已束手无策,想不出其他办法来消除瘟疫,拯救忒拜(58 - 72)。虽然在俄狄浦斯即位之前忒瑞西阿斯已被忒拜人尊称为英明的预言家,可是俄狄浦斯认为他是个骗子,从未问过他的意见,而现在这样做仅是应克瑞翁的请求。③ 从战胜斯芬克斯到瘟疫降临的这十五年多的时间里,[18]俄狄浦斯的统治是政治启蒙或政治理性主义的一次实验,在此之下,宗教与政治分离,理性而非神启才是统治者唯一的星辰与指南针。

同样,俄狄浦斯的统治代表理性高于血统。即使并非(明显不是)王室一员或卡德摩斯的一员,俄狄浦斯依然是忒拜的统治者

---

① 555 - 557,1422 - 1431,1438 - 1445,1515 - 1520;另参《安提戈涅》,163 - 164,278 - 289,304 - 314,尤其是 991 - 995。我不能同意莱因哈特的观点,他认为克瑞翁"代表着那个时代理性、启蒙的生命"(bios,1979,121;另参 132)。

② 参 707 - 709;另参 723 - 725,857 - 858,973,975。在俄狄浦斯的统治下,甚至歌队对预言家的真实性都有些许怀疑(497 - 501)。

③ 558 - 563,284 - 286,297 - 299,390 - 398,555 - 557;比较 300 页及以下与《安提戈涅》,991 - 995。

(参14,255－268,另参诺克斯,1998,54)。传统认为,唯有本共同体成员才能受委任统治城邦,而俄狄浦斯的统治否定了此观点。俄狄浦斯的统治者头衔是由于他客观的美德(即异乎常人的智力与品性)而不是他的出身,而且他对忒拜的热爱(可超剧中任何人)源于他的灵魂而非肉身。①

俄狄浦斯的统治代表理智胜过年龄。因为俄狄浦斯成为统治者时,非常年轻,最多不过二十多岁,而他的母亲也还年轻,还能生下四个孩子。习惯做法是阻止天才般的年轻人统治下级,而是如克瑞翁一样的长者统治,因为长者比年轻人更英明。在《安提戈涅》中,克瑞翁因拥护传统观点而被儿子海蒙质疑时,他愤慨地问道:"我们这么大年纪,还由他这年轻人来教我们变聪明一点吗?"(726,[译按]参罗念生译文,前揭,页314;另参639－640,742;《俄狄浦斯在科罗诺斯》)事实上,波吕玻斯的死亡提醒我们,如果不出意外,[19]俄狄浦斯留在科林斯,只有年近四十时才会成为统治者(《俄狄浦斯王》,939－942),然而在忒拜,俄狄浦斯已经由于美德与智慧被选为统治者。

俄狄浦斯的僭主统治标志着对黑暗领域的强烈反抗——预言家、神示、诸神、国王与长者传统的统治——也标志着启蒙战胜迷信,理智优于血气,智慧胜于年龄。它是对政治理性主义的一次实验,尝

---

① 参63－64,93－94。俄狄浦斯与忒瑞西阿斯在一起时有七次提到城邦(πολις,302,312,322,331,340,383,442),而忒瑞西阿斯从未提过城邦,也未提过城邦遭受的瘟疫,还拒绝帮助俄狄浦斯调查拉伊俄斯谋杀案来消除灾难(参伯纳德特,2000,73,128)。克瑞翁宣称自己不关心政治生活,似乎无心于城邦的利益(参582－602),不过后来的政治事业表明,在俄狄浦斯统治时期克瑞翁不过是隐藏了自己的政治情怀(Spiritedness)与抱负。最后一位提到瘟疫的人是伊俄卡斯忒(634－636;另参660－668),她力劝俄狄浦斯不要再问那个牧羊人(拉伊俄斯的仆人),哪怕这样做就必然终止调查拉伊俄斯谋杀案,不再努力解除忒拜的瘟疫(1054－1072)。最后,除俄狄浦斯之外,剧中每个人对未破解的拉伊俄斯谋杀案似乎都非常冷漠,尽管这违背了整个城邦的利益。

试让政治从非理智的约束中解放出来,这些约束是由习俗与法律,人与神所强加的。俄狄浦斯僭政的真正意义不在于暴力的统治——也不会如此——也不在于个人的统治,而在于其统治形式不受习俗、律条与传统的束缚,却主要受独立的人类理性的引导。就此意义而言,俄狄浦斯统治的僭政特征成就了他的伟大,因为僭政特征促成了统治的启蒙性质。如此看来俄狄浦斯确为僭主,但也仅就此意义而言才是僭主,因为毕竟俄狄浦斯是一个纯粹的理性统治者。

就俄狄浦斯的僭政是政治理性主义的实验而言,本剧的开场就标志着该实验的结束。因为事实上,开场提到的行动最终导致了俄狄浦斯的失败——派克瑞翁去询问德尔菲神示,并传召预言家忒瑞西阿斯——这些行动表明,俄狄浦斯与曾经仰仗的独立的人类理性决裂,转而寻求神示和预言家乃至诸神的指引。俄狄浦斯失败的原因并不是由于他坚持以理性的僭政形式加以统治,而是由于他抛弃了这种统治。

俄狄浦斯自己也曾与德尔菲神谕、忒瑞西阿斯打过交道,他向神求助着实令人惊讶,甚至令读者困惑不解。俄狄浦斯年轻时向阿波罗神示求助,询问阿波罗自己的亲生父母是谁,神示没有直接回答他,却说他将会弑父娶母,可见答案何其重要(779 – 797)。由此看来,神示对俄狄浦斯无比残酷,只讲他会犯下弑父乱伦罪,与却又不告知他如何避免此事发生。[20]俄狄浦斯知道,当忒拜遭受斯芬克斯的灭顶之灾时,阿波罗的预言家忒瑞西阿斯并不能拯救该城(390 – 398)。俄狄浦斯以往关于神示、预言家们的经验似可得出以下结论,人类期待诸神的帮助并不合理,要么诸神都随心所欲、残忍无情,要么如伊俄卡斯忒所言,掌管人间事务的是偶然而非诸神,诸神并不存在,而神示与忒瑞西阿斯这些自称是诸神发言人的家伙实则都是骗子(977 – 979)。

同样,该剧的整个情节亦可证明,要么诸神随心所欲、残忍无情,要么诸神根本不存在,而神示与预言家都是骗子。假如德尔菲神示确实代表阿波罗的意志,那么阿波罗的确对待俄狄浦斯太过残酷。阿波罗告诉俄狄浦斯他会弑父娶母,实质上就是逼他逃离父母(786-797,994-998,1001,1011,1013)。但阿波罗又拒不告诉俄狄浦斯其父母是谁,这使得俄狄浦斯不可能真正执行阿波罗的命令。最后俄狄浦斯尽力避免弑父娶母,而阿波罗却引着茫然的(unwitting)俄狄浦斯完成罪行。就像在《埃阿斯》中,盲目的埃阿斯本想杀害敌人,却受雅典娜误导,屠杀了希腊军队的畜群。① 事实上,与雅典娜对待埃阿斯的态度相比,阿波罗对待俄狄浦斯更加不公正,因为俄狄浦斯本人并无过错。② 此外,还可质疑,为什么阿波罗到这时才降瘟疫于忒拜?俄狄浦斯此时宣称要惩罚的罪行,早已过了大约十五年。俄狄浦斯与伊俄卡斯忒已生有四个孩子,才来揭露乱伦弑父重罪,如此漫长的等待,目的何在?(参558-569,另参1207-1212)阿波罗似对俄狄浦斯及其家族极度残酷。如果忒瑞西阿斯真为阿波罗代言,那么阿波罗的残酷确凿无疑。忒瑞西阿斯毫无同情心,没有给俄狄浦斯解释清楚,即使俄狄浦斯犯下重罪,也均属无心之失,[21]不应为这些罪行负责。相反,忒瑞西阿斯含糊其辞,迷惑难解,还对俄狄浦斯心怀恨意,说他将历经痛苦煎熬,先会愤怒不愿接受事实,再变得恐惧而怀疑,最后才会悲痛地接受事实——正是他自己犯下了乱伦弑父重罪。③ 再者,忒瑞西阿斯斥责与嘲讽俄狄浦斯的无知之罪,严厉而苛刻,却从未指明,他的无心之罪或可免责(364-367,372-373,412-428),正如俄狄浦斯在《俄狄浦斯在科罗诺斯》中的辩白一样(270-274,521-523,546-548,962-999)。最后忒瑞西阿斯还建议俄狄浦斯刺瞎双眼以惩罚这无心之罪(《俄狄浦斯王》,415-419,454-456)。所以该剧表明如果诸神真的存在,他们的的确确非常残忍。

---

① 参774-833,992-1013,1329-1330;《埃阿斯》,1-126。
② 参《埃阿斯》,127-133,749-780。另参455-456,121-126。
③ 参350-355,362-364,435-440,449-462,551-568,703-706,726-748,836-847,1182-1185;比较316-344与447-448。

该剧还表明或许诸神根本不存在,并且伊俄卡斯忒的看法也不无道理——预言家们与神示都是骗子,盲目的偶然操纵着宇宙。值得注意的是,《俄狄浦斯王》中的诸神从未在舞台上出现过,这与《埃阿斯》(1-133)和《菲罗克忒忒斯》(1409-1471)中的情形相反。我们从未见到诸神,仅从神示与预言家们那儿听说他们。听说的内容并不可靠。不可否认,忒瑞西阿斯没有解开斯芬克斯之谜(他自己并不否认这一失败),而且神谕讲俄狄浦斯会弑父和弑亲,明显有误,至少字面上有误(参390-398,438-442,1171-1176;另参1252-1264)。此外,神谕之间也相互矛盾。德尔菲的阿波罗神示告诉克瑞翁,众人杀死拉伊俄斯,而阿波罗的预言家忒瑞西阿斯却说是俄狄浦斯一人杀害拉伊俄斯(106-107,305-309,350-353,362)。① 事实上,我们没有详细了解俄狄浦斯杀害拉伊俄斯的过程,[22]没有人向关键的目击者询问杀人的过程(比较834-862与1039-1053,1119-1185)。② 俄狄浦斯犯有弑父乱伦重罪,忒瑞西阿斯有十五年的时间来调查,正如俄狄浦斯后来所做的调查一样,他也可凭自己的能力从牧羊人那里了解真相,不一定非要从阿波罗那里了解此案。③ 而且我们仍无法确信,俄狄浦斯惩罚了自

---

① 韦拉柯特仍坚持认为德尔菲神示的权威是"不会错的","所有人"都相信忒瑞西阿斯是"不会错的",所以俄狄浦斯必定一直都知道拉伊俄斯与伊俄卡斯忒是他的亲生父母(1971,118,161;另参148,152,158-159,163,165,171)。

② 参伯纳德特,2000,101,132-123;奥尔曼德(Ormand),1999,127-128。

③ 笔者不同意诺克斯的如下看法,"该剧立场明确"支持"预言的……真实性",并因而再次重申与"5世纪的哲学家、哲人的新概念"相反的虔诚(1998,43-44,47;另参古尔德,1988)。艾伦伯克认为该剧表现了索福克勒斯的虔诚警告,此警告用以对抗苏格拉底的理性主义,以及伯里克勒斯的理性主义(1954,66-69,136-166)。怀特曼质疑那些"把该剧当作是对索福克勒斯基本信念与纯粹虔诚的生动说明"的人,并指出"如果索福克勒斯想重建唤醒公众的宗教,那他很难找到比这种写法更糟的了,即宣扬诸神冷漠的力量和人的一无是处——而事实上以上信念正是雅典人无法无天、道德堕落的附产物"(1971,123,134;另参如146,251;及罗科,1997,55-56,63-64)。

己,瘟疫是否就一定结束,我们也不清楚瘟疫是否真由诸神所降(参 305 – 309)。① 许多看似机缘巧合的事件对该剧起着举足轻重的作用——牧羊人的同情、波吕玻斯的无子、科林斯的醉者(参 776)、三岔路口拉伊俄斯与俄狄浦斯的相逢、俄狄浦斯来到忒拜、波吕玻斯之死、科林斯报信人的身份的确认——所以至少也有可能,这次瘟疫只是偶然事件(如伊俄卡斯忒在 977 – 978 所说),瘟疫无法表明诸神对忒拜的义愤或诸神的极度残酷,而是表明自然对人类冷漠无情。②

[23] 既然从整体上看该剧,特别是俄狄浦斯的经历表明,诸神要么极其残酷,要么根本就不存在,他们的神示与预言家都是骗子,可是现在为什么俄狄浦斯抛弃其理性主义而向诸神求助呢? 为什么他传召预言家忒瑞西阿斯呢? 根据他自己的说法,忒瑞西阿斯不过是个骗子(比较 390 – 397 与 300 – 315;另参 432)。为什么俄狄浦斯会向神示求助呢? 此前神示连他的亲生父母是谁都不愿吐露。

俄狄浦斯向诸神求助的直接原因是瘟疫。瘟疫严重威胁着俄狄浦斯的统治,也使忒拜面临灭顶之灾。如祭司所言,"使卡德摩斯的家园变为一片荒凉,幽暗的冥土里倒充满了悲叹与笑声"(29 – 30,[译按]参罗念生译文,前揭,页 347;参 14 – 57,151 – 215)。俄狄浦斯的回应是,就此次危机他已思考良久,考虑每一可能的补救措施,仅剩最后一条路,即派克瑞翁向阿波罗询问如何拯救城邦(58

---

① 相反,荷马在《伊利亚特》卷一中清楚地写道,阿伽门农遵从神的要求,将克律塞伊斯(Chryseis)归还给阿波罗的祭司之后(女孩父亲),阿波罗所降的瘟疫就消失了(9 – 100,430 – 474)。

② 依西格尔之见,"在索福克勒斯之前的神话中并未提到瘟疫,这也许是他编造的……索福克勒斯也许受到公元 430 年雅典突发瘟疫的影响"(2001,27;另参 11 – 12;怀特曼,1971,49 – 50,133 – 134;拉提莫尔,1958,94 – 95;莱姆[Rehm],1992,111)。关于修昔底德的观点,即降临于雅典的瘟疫不是诸神愤怒的标志,而是自然对人类冷漠无情的标志,参 2.54。

—72)。俄狄浦斯所说的似乎是,经过理性思考——冥思苦想($ευ\ σκοπων$ – 68)——得出结论,解救忒拜逃离瘟疫的唯一办法是向阿波罗神示求助。但据我们了解,就俄狄浦斯与阿波罗神示、预言家打过的交道来看,向诸神求助并不理智。俄狄浦斯知道要么阿波罗拒绝了他的请求,要么神没有能力告诉他父母是谁,要么根本没有能力从斯芬克斯的威胁下拯救忒拜。俄狄浦斯理智地得出结论,这场瘟疫没有消除之道,它可能会摧毁忒拜,也可能会慢慢消失,但面临致命的力量,俄狄浦斯显得十分无助。

显然,俄狄浦斯不能接受这个结论。他排斥看似理智的结论:如同人终有一死,政治共同体也同样会消亡一样。俄狄浦斯无法接受他深爱的城邦消亡。他也无法接受,世界或诸神冷漠地无视忒拜的遭遇。因此,当理智指向这种可能性时,他便否定了理性,反而去积极拥护歌队的虔敬希望与信念,相信人类由仁慈而正派的诸神统治,而非冷漠的诸神或偶然。俄狄浦斯不仅派克瑞翁向阿波罗神示询问如何使忒拜免遭毁灭,[24]而且宣称自己定会遵从阿波罗的旨意,否则他便是坏人了。他祈求阿波罗拯救忒拜,祈求诸神惩罚为恶之人,还说他是阿波罗的正义盟友,忒拜只有在神的帮助下才会繁荣,阿波罗的预言家忒瑞西阿斯可能是城邦唯一的拯救者(76 - 77,80 - 81,246 - 254,269 - 272,135 - 136,244 - 245,145 - 146,303 - 304)。俄狄浦斯从德尔菲神示了解到,阿波罗要求他破解拉伊俄斯谋杀案,以便把忒拜从瘟疫中解救出来,然而俄狄浦斯既没有独自调查,质问唯一的目击者,也没有询问他的妻子伊俄卡斯忒,而是听从克瑞翁的建议传召了阿波罗的预言家忒瑞西阿斯。① 最重要的是,俄狄浦斯为正义的忒拜人祈祷,"愿我们的盟友正义之神和一切别的神对你们永远慈祥,和你们同在"(273 - 275,[译按]参罗念生译文,前揭,页353)。从以上方面来看,俄狄浦斯认定诸神

---

① 比较 276 - 289(及 555 - 557)与 116 - 123,698 - 862,尤其是 754 - 768。

统治人类,他们正义凛然,惩恶扬善,赐永福于善者(另参816,830-833)。俄狄浦斯抛弃政治理性主义,认为只要人正义虔敬,就能逃脱死亡,与诸神同在,这便是俄狄浦斯的方式,以应对无法逃避的命运,即在意的一切终将不可避免地走向死亡。

索福克勒斯以俄狄浦斯为例说明,政治团体或个人生活若仅由人类理性统治,最终无法解决人终有一死的问题。理性要我们接受人终有一死,以及死亡强加于人的可怕脆弱。理性要求我们必须接受我们所关心的一切——我们的祖国、我们深爱的人与我们自己——随时都有可能从身边被夺走,也定将会被夺走。索福克勒斯还借俄狄浦斯的例子表明,简单地接受死亡事实上已超出所有人类的极限,因为它要求我们放弃最大的希望。诚然,索福克勒斯似乎借伊俄卡斯忒的形象描述了一类人,他们坦然接受生活由偶然掌控的事实。[25]伊俄卡斯忒说,一个人只有在依赖意志或幻想($εικη$-979)而非理性时,生活才最轻松,这种说法也表明理性所要求的严酷(austerity)太难承受,所以她尽量避免去想偶然的可怕力量(977-983)。再者,伊俄卡斯忒向阿波罗祈祷保佑俄狄浦斯幸福,在她最深爱的人身处困境时,伊俄卡斯忒像俄狄浦斯一样虔敬(911-923;另参646-648)。索福克勒斯塑造俄狄浦斯与伊俄卡斯忒两个形象表明,人们总是期望保护爱人免受伤害,逃避死亡,而这政治理性主义无法满足。此类愿望将引导看似理性的人相信,正义的诸神统治着我们,还会奖励正义之士以永恒的幸福。虔敬给人希望:诸神会"永远"保护我们所爱的人(273-275)。

虽然索福克勒斯告诉我们,政治理性主义在死亡面前会分崩离析,且理性也太过脆弱,但是他仍然认为我们需要具备理性,才能获得凡人的幸福。如该剧所示,俄狄浦斯面对毁灭性的死亡,不顾理性主义的接受命运的要求,排斥理性主义而转向诸神求助,以求保护最珍爱的忒拜。俄狄浦斯排斥理性,转向虔敬,最终走向失败。①

高贵与自私

忒拜或可毁于瘟疫,俄狄浦斯无法对之弃而不顾,因为他深爱着忒拜。如他向祭司说,灵魂的悲痛是为受苦的城邦(63 – 64)。他对克瑞翁说,"我是为大家担忧,不单是为我自己"(93 – 94,[译按]参罗念生译文,前揭,页349)。[26]俄狄浦斯表明,他全心全意爱着城邦,已远远超出关心自己,因而他为城邦谋利远胜过为自己。因此,忒瑞西阿斯后来说俄狄浦斯破解斯芬克斯之谜害了自己,俄狄浦斯则回答说:"只要能拯救城邦,那也没什么关系"(442,[译按]参罗念生译文,前揭,页357)。俄狄浦斯对忒拜的爱尤其引人注目,因为这只是收留他的城邦。俄狄浦斯不曾亏欠忒拜什么,他未生养于忒拜(参322 – 323;另参1378 – 1383)。在所有人中,只有俄狄浦斯最清楚,被逐出城邦的人,可以在另一城邦寻得机遇。但俄狄浦斯的爱似乎不是基于责任感或对忒拜的依赖,而是基于他一心想成为一个高贵者。正如他说,"一个人最大的事业就是尽他所能,尽他所有帮助别人"(314 – 315,[译按]参罗念生译文,前揭,页354)。

俄狄浦斯热爱高贵,所以在面对瘟疫时,他排斥理性,求助于诸神,并相信自己值得诸神的帮助。据俄狄浦斯所述,高贵者不仅要努力让他人受益,而且还要能成功地做到这一点。但为惠及他人并为了实现高贵,高贵者必须拥有权力。直到现在,俄狄浦斯的统治为忒拜人带来不少好处,首先破解了斯芬克斯之谜,拯救了他们,接着将忒拜治理得井井有条。所以他的权力已足以使他高贵。可现

---

① 所以笔者不同意如下观点,认为俄狄浦斯追求真相的热情导致他失败。参海德格尔,1980,106 – 107;罗科,1997,53。另参布鲁姆的总结,言简意赅:"你应该知道真相,它会使你疯狂"(1988,4)。

在,瘟疫威胁着俄狄浦斯深爱的共同体,这瘟疫暴露了俄狄浦斯权力的缺陷和高贵的脆弱性。如忒拜的祭司对俄狄浦斯说,

> 将来我们想起你的统治,别让我们留下这样的记忆:你先前把我们救了,后来又让我们跌倒。快拯救这城邦,使它稳定下来……假如你还想像现在这样治理国土,那么治理人们总比治理荒郊好。(49-55;[译按]参罗念生译文,前揭,页348;楷体为英文作者所加的强调)

祭司指出,如果忒拜遭受毁灭,俄狄浦斯的高贵不再有用武之地,俄狄浦斯将失去荣誉,不再被视为忒拜的救星,甚至就连高贵本身也不再得到认可。

这场瘟疫将最大程度判定俄狄浦斯是否高贵。如果理性的结果正确,瘟疫无法解决,那么俄狄浦斯就不可能挽救忒拜,也不再高贵。假如俄狄浦斯服从理性,[27]他将不得不接受现实,认可高贵并非总能达到,因为这不仅仅由自己决定,而且还由偶然或随心所欲的诸神掌控。俄狄浦斯最终不得不承认,避免那些"最可耻"之事(即弑父罪与乱伦罪),远在他所掌握的力量之外。这场瘟疫使俄狄浦斯怀疑自己对高贵的热爱,以及为高贵所做的牺牲是否有意义。如果一个人为城邦无私而高贵地付出,然而城邦却终将毁灭,那么他的付出不就是徒劳无益的吗?广而言之,如果变化无常的机遇或诸神将决定某人是否高贵,那么将高贵作为人生目标并为此牺牲幸福,合理吗?

然而,俄狄浦斯并未继续思考这些问题来回应所面临的瘟疫。他心存希望,认为会有支持高贵的诸神,诸神会帮助他将忒拜从致命的瘟疫中拯救出来,并帮助忒拜获得永恒的幸福,就算在最可怕的情况下,诸神也可成就俄狄浦斯的高贵(尤参76-77,80-81,135-136,145-146,244-254,269-275,300-315)。俄狄浦斯热爱高贵,对诸神深信不疑,并始终保持着这种真挚的热爱。俄狄浦

斯深深地热爱着高贵,才会宣布杀害拉伊俄斯的凶手必须受到惩罚。当发现正是自己犯了弑君罪、弑父罪与乱伦罪时,俄狄浦斯不得不自我惩罚,走向失败。

然而,索福克勒斯戏剧情节的发展,表明事实上俄狄浦斯最关心的不是高贵。理由是在与忒瑞西阿斯发生争执后,他就放弃为忒拜服务的高贵愿望。比如,到这次争执并包括这次为止,俄狄浦斯共十次提及城邦(πολις),可此后仅有一次提到城邦,且在该剧的后半部分就再也没有言及城邦(4,64,72,302,312,322,331,340,383,442,629)。① 同样,在与忒瑞西阿斯争吵时俄狄浦斯反复提到瘟疫,[28]之后仅有一次言及,该剧的后半部分从未提及(58-69,93-94,143-146,216-218,300-315,330-331,671-672)。更重要的是,在本剧的前三分之二的篇幅里,俄狄浦斯都在破解发生在忒拜的拉伊俄斯谋杀案,据德尔菲神示,此案亦是忒拜遭受瘟疫的原因。在后面的三分之一的内容中,俄狄浦斯一直在查明自己是否犯有弑父乱伦重罪,这些罪行与家庭格格不入,但与正在毁灭忒拜的瘟疫没有直接联系。事实上,俄狄浦斯已把忒拜抛诸脑后,当他终于有机会审问拉伊俄斯谋杀案的唯一目击者时(据传此案招致了瘟疫),他只问自己的亲生父母是谁,却忘记审问谁是弑君者(比较 836-862 与 1037-1085,1119-1181)。作为统治者的俄狄浦斯,有两个显著特征,即政治理性主义与服务忒拜的高贵愿望,但随戏剧的发展,俄狄浦斯把两者都抛弃了。

俄狄浦斯开始放弃服务于城邦的高贵愿望反映在和忒瑞西阿斯对话那一场。此场的关键是忒瑞西阿斯控告俄狄浦斯杀死拉伊俄斯,因而招致瘟疫。俄狄浦斯非常愤怒地回应了该控告,他的愤怒可以理解,忒瑞西阿斯的言辞充满恶意,且其内容与德尔菲神谕、

---

① 在第 1378 行,俄狄浦斯提到了忒拜的城邦(αστυ)与塔楼,在第 1405 行他提到了母邦(αστυ),但在这两个例子中他都没有把忒拜当作政治共同体或城邦。

目击者的说法之间也不吻合(例参 350 – 353,360 – 362,435 – 442,447 – 448,另参 100 – 107,305 – 309)。当控告日益趋向事实时,俄狄浦斯的心灰意冷、悲伤不已,倒可以理解(738,744 – 745,747,754,813 – 833)。然而,或许读者本以为,俄狄浦斯热爱忒拜,所以他知道杀害拉伊俄斯的凶手是谁,忒拜可以得救,他至少应稍感宽慰。但俄狄浦斯从未表现出这样的宽慰。① 反而他只忙着证实自己的清白。[29]在他第一次召见拉伊俄斯被杀案的唯一目击者时,俄狄浦斯仅盘问自己会不会是凶手,丝毫没有问及凶手是谁以便破解此案,消除瘟疫(836 – 834)。俄狄浦斯谈到审问时的希望时,他希望自己清白无辜,而非城邦得救。

俄狄浦斯不再服务于城邦,放弃了对高贵的热爱,反映出他对高贵本质的理解十分模糊。俄狄浦斯强调高贵者应无私地帮助他人。忒瑞西阿斯宣称俄狄浦斯解开斯芬克斯之谜毁了他自己,对此俄狄浦斯的回答正是他的高贵观的清晰体现,他说,"只要能拯救城邦,那也没什么关系"(443,[译按]参罗念生译文,前揭,页 357)。他还说,"一个人最大的事业就是尽他所能,尽他所有帮助别人"(314 – 315,[译按]参罗念生译文,前揭,页 354),这同样清楚地表明了上述观点。俄狄浦斯也认为成为高贵者,可使高贵者自己受益。如忒拜祭司所指出的,高贵者会流芳百世(49 – 55)。他可从惠及他人的行为中获得内心的满足感。最重要的或许是,高贵完善自我,使自己受益。因此,在第 443 行,俄狄浦斯表明自己并不担心失

---

① 在 669 – 672 行,俄狄浦斯似乎表达了些许宽慰之感,即如果自己被证明是杀害拉伊俄斯的凶手,那么至少瘟疫就会消除,城邦可以得救。在那里,俄狄浦斯应受瘟疫之苦的忒拜长者的请求,认为应相信克瑞翁在拉伊俄斯被杀一案中是清白的,他说"那么让它去吧,尽管我命中注定要当场被杀,或被放逐出境。打动了我的心的,不是他的,而是你的可怜话。他不论在哪里,都会叫人痛恨的"(669 – 672,[译按]参罗念生译文,前揭,页 363)。但即使在那里,这些话也如克瑞翁指出的那样(673 – 675),表现出不快与愤懑,而在后面的篇章中连这样的话也再没有出现了。

败,他关心的不是忒拜是否得救,而是关心他自己作为忒拜的拯救者,要成就他自己的高贵。同样,这也是俄狄浦斯派克瑞翁去问德尔菲神示的初衷,不是了解如何拯救忒拜,而是他本人该怎样拯救忒拜(69–72)。在第314–315行,俄狄浦斯真正想表达的是帮助他人是最高尚的事业,其字面意思是"一个人最大的事业就是尽他所能,尽他所有帮助别人"。所以,该句的含义也许是帮助别人,哪怕这人是自己或者说尤其是自己时,这样做就是最高贵的。[30]随之的问题是俄狄浦斯追求高贵的原因,究竟是他想帮助别人,还是想帮助自己呢?整部戏里,俄狄浦斯都强调,想要变得高贵,必须要服务于他人。他强调——帮助他人,也帮助自己——比起关心自己来,他更关心他人。然而似乎正是他使忒拜受灾而没能拯救忒拜,也未能实现高贵(noble),却反而显得卑劣(ignoble)。就在无法实现高贵之时,俄狄浦斯置城邦的不幸于不顾,一心一意地证实自己的无辜,显得无比自私。该变化表明,尽管俄狄浦斯对高贵有自己的理解,但他关注高贵主要是为帮助自己。那么似乎可以说,俄狄浦斯不能接受忒拜的毁灭主要不是因为他想要挽救忒拜,想要帮助忒拜人获得永恒的幸福,而是如祭司所说,由于担心自己的名声与高贵随着城邦的毁灭而一起丧失,也由于俄狄浦斯为了追求自己的不朽(比较58–67,93–94,442与49–57;另参273–275)。

在俄狄浦斯听说波吕玻斯(即他所认为的父亲)去世的场景中,俄狄浦斯自命不凡、心胸狭窄的本性表现得尤其明显,不仅对城邦如此,对家庭也是如此。科林斯的报信人告诉伊俄卡斯忒,他为俄狄浦斯带来了好消息,可这消息也会令人悲伤(934–936)。报信人期望俄狄浦斯会因为成为科林斯的统治者而感到高兴,也为父亲的去世而悲伤。然而俄狄浦斯在问了两个有关父亲是如何去世的问题之后,却说,

> 啊!夫人呀,我们为什么要重视皮托颁布预言的庙宇,或空中啼叫的鸟儿呢?它们曾指出我命中注定要杀我父亲。但

是他已经死了,埋进了泥土;我却还在这里,没有动过刀枪。
(964 – 969,[译按]参罗念生译文,前揭,页371)

可以理解的是,此时俄狄浦斯颇感宽慰,因为神示没有应验,自己的双手没有沾上父亲的鲜血。但俄狄浦斯对父亲的逝世没有感到丝毫悲伤,反而显得比较高兴,因为他不用为父亲的死负责,背上弑父之罪。但俄狄浦斯马上又想到,波吕玻斯或许是因为太过思念自己而死,[31]因为父亲是如此疼爱俄狄浦斯,父子的分离令父亲心碎。"除非说他是因为思念我而死的,那么倒是我害死了他"(969 – 970,[译按]参罗念生译文,前揭,页371)。

有趣的是,俄狄浦斯想到了正是自己使父亲心碎,却没有丝毫后悔之意。他只关心究竟他会不会为父亲的死负责。由此我们可以看出,关于弑父的神示,俄狄浦斯关心的不是父亲是否会受到伤害和被杀,而是关心他自己是否要对父亲的死负责。后来,俄狄浦斯在向科林斯的报信人说明,在听说自己会弑父的神示后,他远离该地,原因并非他自己不想父亲被害,而是说"啊,老人家,还因为我不想成为杀父的凶手"(1001;[译按]参罗念生译文,前揭,页372)。俄狄浦斯并不害怕父亲的死,而是担心害死父亲,罪不可赦。

事实上,上述场景表明,自从俄狄浦斯知道神示之后,他一直期盼父母去世,以让自己不用再担心会犯弑父乱伦重罪。既然俄狄浦斯的父亲已经死了,伊俄卡斯忒就劝他不要再担忧神示,俄狄浦斯的回答是"要不是我母亲还活着,你这话也对;可是她既然健在,即使你说得对,我也应当害怕啊!"(984 – 986,[译按]参罗念生译文,前揭,页372)伊俄卡斯忒答道,"可你父亲的死总是个很大的安慰",俄狄浦斯说,"我知道是个很大的安慰,可是我害怕那活着的妇人"(987 – 988,[译按]参罗念生译文,前揭,页372)。此处俄狄浦斯清楚地表明他曾期望父亲去世,现在又希望母亲死去。他害怕因弑父而定罪,却对期盼父亲去世的想法没有丝毫惭愧。与伊俄卡斯忒想法一样,他将犯罪的想法与实际的犯罪完全分隔开来(参

976－983）。在第969－970行,俄狄浦斯将期望父亲逝世与为父亲的死负责联系在一起。我将这些句子翻译如下,"除非说他是因为思念我而死的,那么倒是我害死了他",还可以更加直白地译为:"除非是我期望他死而死的,那么倒是我害死了他。"[32]再一次,俄狄浦斯对自己期盼父亲去世毫无愧疚,只担心自己可能成为父亲去世的原因。或许可以说,俄狄浦斯并不害怕弑父,也未对弑父心存愧疚。他真正担心的是因弑父乱伦重罪而声誉受损,担心诸神因他犯下的重罪而惩罚他。俄狄浦斯竭力向科林斯的报信人表明,自己"一直"担心犯下弑父乱伦重罪,害怕因这些罪行受污染,害怕阿波罗因此而惩罚他(1011－1013)。以前,他向诸神祈祷勿让他犯下这些罪行,以免带有"不幸的污点"而受到诸神的惩罚(823－833)。后来俄狄浦斯发现自己犯有这些罪行时,他又害怕在冥府里受到惩罚,还害怕被迫面对死去的父母(1371－1374;另参971－972与955－956比较)。确实,剧中俄狄浦斯对死后之事表现出强烈的兴趣。除了祭司,他是唯一一个提到冥府的人(29－30)。每次他都提到冥府,而这样做是为了否认伊俄卡斯忒以及歌队的观点,他们都认为没有死后之事(比较971－972与955－956,1371－1374与1367－1368)。俄狄浦斯害怕犯下弑父罪,不是因为他害怕伤害父亲,从本质上讲是因为怕伤害自己,也不是害怕污染或降低了自己的灵魂,而是害怕引起诸神的愤怒,不仅仅在此时此地如此,还担心在死后亦如此。所以,在听到弑父娶母的神示后,俄狄浦斯远离科林斯,放弃王子身份,失去继承王位的希望,不是因为爱父母,而是因为爱自己。

此外,俄狄浦斯知道波吕玻斯逝世的那一幕提醒着我们,他离开科林斯并没有牺牲成为统治者的宏愿,反而朝它更进了一步。科林斯的报信人带来的"好"消息是波吕玻斯已逝,俄狄浦斯已被选为科林斯的僭主,报信人以这两点提醒我们,如果俄狄浦斯一直留在科林斯,只有到波吕玻斯去世时,他才会是一个统治者,而此时他已在忒拜为王长达十五年(934,936－937,939－940)。在那些年里,[33]俄狄浦斯的处境会和克瑞翁在俄狄浦斯手下的处境十分相似,可以追求私人的快乐,但无法实现统治的宏愿。克瑞翁宣称自己不关心政治权力,而俄狄浦斯却热衷于享受统治的乐趣(577 – 602)。再者,俄狄浦斯说自己在刚二十岁左右就被认为是科林斯"最伟大的城邦人(townsmen)",依此可以说明人们也许认为俄狄浦斯比他的父亲,即身为统治者的波吕玻斯更伟大(774 – 776)。俄狄浦斯预知自己作为一个年轻人,若按正常时序在数年之内都将无法实现政治宏愿,只能生活在父亲的阴影下直到其父逝世才能成为统治者。他对弑父娶母的神示尤其敏感,准确来讲,是因为他已意识到自己的政治宏愿与自己作为父亲的一个臣属之间相冲突。①至少,离开科林斯,俄狄浦斯有可能会实现政治宏愿,不必因父亲是科林斯健在的统治者而受阻。此外,俄狄浦斯离开科林斯却并未放弃对政治权力的渴望。他欣然接受赢得荣耀的机会,战胜斯芬克斯,拯救忒拜(390 – 398,439 – 444)。即使俄狄浦斯没有要求做忒拜的僭主,但他也没有拒绝忒拜人的请求。因此,俄狄浦斯起初牺牲自己在科林斯地位的行为似乎并非无私。尽管俄狄浦斯为自己不得不离开科林斯深感惋惜,但他也向科林斯的报信人承认这是"难得的机遇",很幸运自己离开了科林斯(822 – 833,994 – 999)。[34]所以,俄狄浦斯离开科林斯并不高贵,反而是自私自利的行为,

---

① 弗洛伊德的论述,引人深思,他认为俄狄浦斯反映出"我们对母亲最初的性冲动,对父亲最初的敌意与暴力相向",但这忽略了索福克勒斯的看法,即并非俄狄浦斯的性欲而是其政治宏愿使得他与父亲发生冲突。至于例子,莎士比亚笔下的亨利(Hal)王子就是因其政治宏愿与父亲发生冲突(弗洛伊德,1927,221 – 224;《亨利四世》,第一幕,I. ii. 199 – 221; II. iv. 432 – 436;《亨利四世》,第二幕,IV. v. 20 – 137;另参萨克森豪斯,1988,1262)。拉伊俄斯与俄狄浦斯之间发生冲突,原因是双方都很勇猛(spirited),互不相让,索福克勒斯试着描绘出一直存于某些勇猛(spirited)的父亲与儿子之间的潜在冲突"(800 – 813)。关于弗洛伊德的一篇《俄狄浦斯王》的评论文章,参韦尔南与那奎特,1988,85 – 111。

因为他既想避免弑父娶母的惩罚又想完成当统治者的宏愿。

俄狄浦斯非人性的虔敬与索福克勒斯人性的理性主义

该剧的结局证明了俄狄浦斯的话,他立誓要成就自己的高贵,难道不是吗?俄狄浦斯知道自己犯了弑君罪、弑父罪与乱伦罪后,他惩罚了自己,还要克瑞翁与忒拜人都来惩罚他,这种行为还用怀疑吗?他遵从德尔菲神示,拯救忒拜免于瘟疫,这不高贵吗?他没有因自己不知情、非自愿地犯罪为自己辩护,不是吗?① 事实上,俄狄浦斯害怕给所爱的人造成伤害,所以刺瞎双眼来对自己加以惩罚,已远远超出德尔菲神谕的要求,难道不是这样吗?(1327 – 1331)俄狄浦斯自我惩罚表明了他的高贵,毕竟他并非献身于自己,而是献身于家庭与城邦,谁又能提出异议呢?

俄狄浦斯自己表明,他的自我惩罚,行为高贵。歌队批评他刺瞎双眼的行为,俄狄浦斯首先辩称,自己的做法是"最好的"(1367 – 1390)。接着,他哀叹自己的出生,悔恨弑父,最重要的是为乱伦的婚姻深感痛惜,他称这桩婚姻为人类可能做的"最可耻"的事(1391 – 1408)。在这时,他停下来说,

> 不应当做的事情就不应当拿来讲。看在诸神面上,快把我藏在远处,或者把我杀死,或者把我丢到海里你们不会在那里再看见我了。(1409 – 1412,[译按]参罗念生译文,前揭,页383)

俄狄浦斯说,谈论那些不高贵的行为也是不高贵的,这些行为

---

① 1340 – 1346,1409 – 1415,1432 – 1441,1449 – 1454,1517 – 1521。关于此观点,可参多兹:"俄狄浦斯是伟大的,因为他为自己的所有行为负责,包括那些客观上可怕而主观上无辜的行为"(1968,28;强调为原文所加)。

明显指那"最可耻的"罪行,即弑父罪与乱伦罪,[35]而非俄狄浦斯的自我惩罚。俄狄浦斯还表明自我惩罚不仅是"最好的",而且是高贵的。事实上可以认为,俄狄浦斯强调阿波罗要为他的罪行和苦难负责,而他自己仅需为刺瞎双眼负责,因为他只想为自己的高贵行为负责(1327 - 1331)。

然而,如果俄狄浦斯之前对高贵的定义正确无误,即"一个人最大的事业就是尽他所能,尽他所有帮助别人",那么剧末俄狄浦斯的行为就不高贵(314 - 315,[译按]参罗念生译文,前揭,页354)。我们不知道俄狄浦斯自我惩罚,是否结束了那摧毁忒拜的瘟疫。更为重要的是,在该剧的后半部分俄狄浦斯从未提到瘟疫,也未提到希望瘟疫消除。所以,该剧的结局表明,俄狄浦斯并不是高贵地献身于城邦,因为该剧没有表明俄狄浦斯的自我惩罚会给城邦带来益处,或是行为本身带有使城邦受益的意愿。①

该剧的结局同样也表明,俄狄浦斯对家人的态度并不高贵。事实上,该剧表明他主动地伤害家人。尤其是,俄狄浦斯知道自己犯有乱伦弑父重罪之后的第一反应是想杀死伊俄卡斯忒,那个他深爱了十五年的妻子,孩子们的母亲。他冲进宫中,对仆人大喊大叫,要他们给他一把剑,问伊俄卡斯忒在哪里。然后,俄狄浦斯手中拿着长剑,歇斯底里冲进伊俄卡斯忒的卧房,显然想要杀死伊俄卡斯忒。尽管伊俄卡斯忒在俄狄浦斯杀她之前就自缢了,可事实上,俄狄浦斯至少间接地导致了她的死亡。在伊俄卡斯忒知道俄狄浦斯是自己的儿子时,她似乎说过,想要自杀,离开俄狄浦斯,但她自杀行为的真正完成,却是她正心烦意乱时,又听到俄狄浦斯发了狂,叫嚣着取她性命(1237 - 1266,1071 - 1072)。[36]可是俄狄浦斯一点也不为母亲的死自责。虽然俄狄浦斯在伊俄卡斯忒死后,真的刺瞎了双眼(1266 - 1279),但是他在冲进房间之前,就已打算这样做了

---

① 俄狄浦斯希望自己从未出生,这样就不会给自己或深爱的人,包括忒拜的长者带来痛苦(1349 - 1355;参 1321 - 1326,1337 - 1339)。

(1183-1185)。该剧最引人注目的矛盾之一是,俄狄浦斯为弑父乱伦重罪自责,即使这是在不知情、不自愿的情况下犯的,而他却不为弑母罪、为导致母亲之死而自责,实际上他弑母之时,已是知晓整个事件了,可以讲是故意弑母。显而易见,俄狄浦斯责备伊俄卡斯忒,因乱伦罪而惩罚她。俄狄浦斯在找伊俄卡斯忒时说的是乱伦的事,而非杀婴未遂,根据第二个传报人所说,

> 他跑来跑去,叫我们给他一把剑,还问哪里去找他的妻子,又说不是妻子,是母亲,他和他儿女共有的母亲。(1257-1259,[译按]参罗念生译文,前揭,页380)

在伊俄卡斯忒死后,俄狄浦斯还称她是"恶毒的"、"不清洁的"(1397,1360)。但这些责备显然不公正,因为伊俄卡斯忒像他一样,无意犯下乱伦罪,并非自愿。伊俄卡斯忒的乱伦罪确实值得原谅,不同于俄狄浦斯,她没有神谕告知她会犯乱伦罪,因而也就没有外在原因的推动,可像俄狄浦斯那样出走,拒绝和任何可能导致自己犯乱伦罪的人结婚(比较711-714,720-722,851-858,1173-1176与785-793)。① [37]俄狄浦斯想杀死伊俄卡斯忒,这并不公

---

① 仍有其余理由可证明,似乎伊俄卡斯忒在科林斯的报信人来之前已经知道俄狄浦斯是她的儿子(但时间是在她与俄狄浦斯结婚之后),保密俄狄浦斯的身份是为了保护她的家庭与城邦:她注意到俄狄浦斯的"体型"或"身材"与拉伊俄斯相差无几;知道儿子的脚踝曾被刺穿过,也一定知道俄狄浦斯的脚踝被刺穿了;她曾明确地,又或许是自卫性地宣称"许多人"都曾"在梦中"与清醒时娶过母亲(743,717-719,1030-1038,977-983)。然而,伊俄卡斯忒没有听过她将与儿子结为夫妻的预言;她并没有把上述线索放在心上,认为没有必要告诉俄狄浦斯,他与拉伊俄斯相像,还有她儿子的脚踝也被刺穿了,这种隐瞒让俄狄浦斯认为他是清白的;报信人说是从拉伊俄斯的仆人手中接过俄狄浦斯,伊俄卡斯忒听后十分震惊,所有这些事实表明伊俄卡斯忒在这之前并不知道俄狄浦斯的真实身份(705-719,740-743,1060-1072,1241-1250)。

正的举动把她逼向死亡,俄狄浦斯在她死后还一直责备她,所以俄狄浦斯对伊俄卡斯忒的所作所为并不高贵。

此外,俄狄浦斯给女儿们也带来了不必要的伤害,不仅逼死她们的母亲,还刺瞎了自己的双眼。不过,俄狄浦斯对女儿疼爱有加,在一次对话中,俄狄浦斯情真意切,悲伤不已,他知道女儿们今后的生活艰辛困苦,令人哀伤扼腕。他恳求克瑞翁照顾她们:

> 墨诺叩斯的儿子啊,你既是她们唯一的父亲——因为我们,她们的父母,两人都完了——就别坐视她们,你的甥女在外流浪,没衣没食,没有丈夫,别使她们和我一样受苦受难。看她们这样年轻,孤苦伶仃——在你面前,就不同了——你得可怜她们。(1503 – 1509,[译按]参罗念生译文,前揭,页386)

俄狄浦斯逼得伊俄卡斯忒自缢,刺瞎了自己的双眼,破坏了女儿们原本平静的生活。俄狄浦斯罪行被揭发之后,按照自己颁布的惩罚凶手的法令,他必须流亡。但他可以将女儿们留在忒拜,由伊俄卡斯忒来照管,或让家人随自己一起流放——俄狄浦斯仍是一个不满四十岁(late thirities)的年轻人——以便加以保护。但俄狄浦斯逼死伊俄卡斯忒,又刺瞎了自己的双眼,女儿们便毫无选择,要么向舅舅寻求保护度过余生,要么跟随盲眼罪人一起流亡。依据俄狄浦斯的说法,女儿留在忒拜和克瑞翁在一起是更好的选择。可在剧末,俄狄浦斯再次让女儿们失去选择,他自私地恳求克瑞翁让女儿永陪左右,以便在漫长而艰难的流放旅途中有人照顾(1522)。该剧的结局也未能证明俄狄浦斯对家庭或城邦的所作所为是高贵的。

为什么俄狄浦斯知道自己犯了乱伦弑父重罪的反应是杀死伊俄卡斯忒与刺瞎自己双眼?这些行为似乎并不一定与他的失

败相关。① [38]俄狄浦斯发现并公开自己无意中犯下的弑君罪、弑父罪与乱伦罪之后,他已不能再统治忒拜,甚至也不能在这里居住。然而他仍可以回归到以前漫游者的生活,要么独自一人,让伊俄卡斯忒和孩子们留在忒拜与克瑞翁在一起,要么带家人一起漂泊。俄狄浦斯依然年轻,有能力照顾自己与家人,也可以像当时离开科林斯一样,另寻出路。发现与公开罪行后,俄狄浦斯无法再享有统治权,但他仍有能力照顾自己与保护家人。然而,俄狄浦斯却想要杀死伊俄卡斯忒——逼得她自缢——还弄瞎了自己。这些行为让他不可能再有能力照顾家人与自己,以致破坏了自己的家庭——他的妻子和女儿们——完全毁了自己。为什么俄狄浦斯想杀死伊俄卡斯忒与弄瞎自己呢?

或许,俄狄浦斯惩罚伊俄卡斯忒与他自己的动机,在于他十分惧怕他们之间的乱伦关系。毕竟,虽然伊俄卡斯忒认为偶然——而非有先见之明的诸神——掌管人间事务,人类不用害怕会犯下违背神律的罪,包括乱伦,但伊俄卡斯忒在知道自己犯有乱伦罪之后,却非常害怕,精神失常,自杀了(参977 – 983,1062 – 1072,1241 – 1250)。俄狄浦斯称乱伦罪为人间"最可耻"的事,比弑父罪更严重(1408)。正如我们所知,俄狄浦斯还认为,因乱伦罪而自我惩罚是高贵的。在他看来,乱伦罪太可怕,以致在任何情况下,按高贵与正义的要求,这种罪行都应受到最严厉的惩罚,即使犯罪者并非自愿(参多兹,1968,23 – 25)。俄狄浦斯严厉惩罚自己违背神律的罪行,试图以此赎罪,不仅因为他自己犯有乱伦罪,还因为他的僭政式统治基于人类理性,忽略了传统与法律。俄狄浦斯看透了不受法律约束的统治与生活——人总是主动(至少想如此)打破禁忌,违背神律——或许俄狄浦斯终于胆寒,不再坚持,所以疯狂地严惩骇人的

---

① 据荷马所述,俄狄浦斯犯有弑君罪与乱伦罪,并在他母亲自杀之后,俄狄浦斯仍是忒拜的统治者,不过却被复仇三女神缠扰,最终死于战场(《奥德赛》,2. 271 – 289;《伊利亚特》,23. 679 – 680)。

罪行。

[39]为什么乱伦会引发如此之大的恐惧?俄狄浦斯反复强调,乱伦罪混乱亲人关系、破坏家庭:

> 婚礼啊,婚礼啊,你生了我,生了之后,又给你的孩子生孩子,你造成了父亲、哥哥、儿子以及新娘、妻子、母亲的乱伦关系,人间最可耻的事。(1403-1408,[译按]参罗念生译文,前揭,页383)

> 什么耻辱你们少得了呢?你们的父亲杀了他的父亲,把种子撒在生身母亲那里,从自己出生的地方生了你们。(1496-9,[译按]参罗念生译文,前揭,页385-386;参1361-1362,1480-1485)

俄狄浦斯的话呼应着忒瑞西阿斯此前对俄狄浦斯与伊俄卡斯忒乱伦关系的神秘描述:

> 我说你是在不知不觉之中和你最亲近的人可耻地住在一起,却看不见自己的灾难……你不知道,你是你的已死的和活着的亲属的仇人;你父母的诅咒会鞭打着你,可怕地向你追来,把你赶出这地方;你现在虽然看得见,可是到了那时候,你眼前只是一片黑暗……你猜想不到那份无穷无尽的灾难,它会使你和你自己的身份平等,使你和自己的儿女成为平等……你刚才大声威胁,通令要捉拿的……他将成为和他同住儿女的父兄,他生母的儿子和丈夫,他父亲的凶手和共同播种的人。(364-365,415-419,424-425,449-451,457-460,[译按]参罗念生译文,前揭,页355-358)

乱伦导致的结果是丈夫与妻子、父母与孩子、哥哥与妹妹,这原本清晰、单一且纯洁的关系变得混乱、双重而不纯洁。① 俄狄浦斯既是伊俄卡斯忒的儿子又是其丈夫,既是安提戈涅与伊斯墨涅的父亲又是哥哥。乱伦使他变成了混合物或怪兽——一种有两个头的怪物——就其家庭而言如此:对伊俄卡斯忒而言,俄狄浦斯是半夫半子;对安提戈涅与伊斯墨涅而言是半父半兄。像忒瑞西阿斯一样,俄狄浦斯认为,这畸形的混乱关系不仅是生理上的,还是心灵上的。② [40]因为从生理上讲,俄狄浦斯既是伊俄卡斯忒的丈夫又是她的儿子,既是安提戈涅与伊斯墨涅的父亲又是她们的哥哥,所以俄狄浦斯不知如何爱他们,也不知道如何受他们的爱戴,丈夫与父亲的身份变得含混。含混的生理关系影响着他们之间的爱意,这种情感变得复杂、可怕且不再高贵。忒瑞西阿斯说,乱伦之罪,广为人知之后,俄狄浦斯"最亲近的"人也"讨厌"他(366 - 367,415 - 419)。乱伦太过可怕——远甚弑父——它完全颠覆与败坏了家庭的自然秩序,原本的家庭关系纯洁、清晰且单一,儿子与父母、父亲与孩子、哥哥与妹妹。俄狄浦斯惧怕乱伦罪,反应强烈,因乱伦罪本身非常可怕,应受严惩。乱伦可怕,有违自然,歌队也这样认为,还怀疑自然怎会纵容此行为:

> 哎呀,闻名的俄狄浦斯! 那同一个宽阔的港口够你使用了,你进那里做儿子,又扮新郎做父亲。不幸的人呀,你父亲耕种的土地怎能够,怎能够一声不响,容许你耕种了这么久?(1207 - 1212,[译按]参罗译文,前揭,页379)③

---

① 俄狄浦斯虔敬地关注纯洁,可参99,256,823 与830。
② 由于这个原因,我不太同意伯纳德特的观点,"忒瑞西阿斯就他所拥有的影响力而言,只能对俄狄浦斯的弑父罪与乱伦罪保持沉默"(2000,133)。
③ 据奥尔曼德所述,歌队害怕了,他们想说"人们已认识到,乱伦禁忌有违自然……且此界限也并非永久,无法自我限定,也难以自然固定"(1999,141)。

然而，如该剧所示，乱伦确实可能。俄狄浦斯既是伊俄卡斯忒的丈夫又是她的儿子，既是安提戈涅与伊斯墨涅的父亲又是她们的哥哥。由于他最早想成为科林斯的统治者，后又想成为忒拜的统治者，所以对他父亲而言，俄狄浦斯既是儿子又是竞争对手。更重要的是，索福克勒斯描述俄狄浦斯与家人的关系，没有呈现骇人、败坏或卑贱的那一面。在不知道伊俄卡斯忒是母亲之前，俄狄浦斯与伊俄卡斯忒相亲相爱。再者，在知道安提戈涅与伊斯墨涅既是妹妹又是女儿后，俄狄浦斯依然是爱她们的，以他自己的方式爱她们，即使不是简单地作为父亲或哥哥来爱她们，至少俄狄浦斯仍然在乎她们，同情她们，还请求别人帮助她们。索福克勒斯所描绘的俄狄浦斯与家人的关系引人深思：家庭关系的纯洁、清晰或独特是从本性上讲如此，或者主要是法律与习俗的产物？［41］家庭内部的爱是否必须纯洁、清晰和独特，以名副其实？简而言之，通过描绘俄狄浦斯与伊俄卡斯忒、安提戈涅、伊斯墨涅之间的浓浓爱意，而非他们之间的庸俗与可怕，索福克勒斯降低了读者对乱伦罪愤怒与厌恶的感觉。索福克勒斯甚至以这种方式让我们对俄狄浦斯勇猛惩罚乱伦罪的行为，就算没感到惧怕，也感到哀伤与惋惜。俄狄浦斯惩罚伊俄卡斯忒与自己，伤害了那些无辜的人，也伤害了已受苦难的人，这难道是必要的吗？

索福克勒斯的戏剧还引导读者思考，在乱伦的问题上，有意识与无意识的行为是不是没有区别。乱伦混淆家庭关系，十分可怕，却只能是有意识的乱伦行为才有如此效果。但伊俄卡斯忒与俄狄浦斯结合时并不知道他们之间是母子关系。事实上严格来说，他们只是在生理上是母与子，心理上或道德上并不如此。没有任何迹象表明他们之间的爱有别于妻子与丈夫之间的爱。他们的关系不模糊、不混乱，也很纯洁。① 由此看来，俄狄浦斯的乱伦罪，并非有意

---

① 参韦尔南与那奎特，1988，108："……俄狄浦斯情感生活中的母亲形象只有墨洛珀……［伊俄卡斯忒］于他而言绝不是母亲。"

所为,不必感到恐惧与厌恶,也不必惩罚伊俄卡斯忒与自己。

如果俄狄浦斯遵从理性,他就不会为无意中犯下的罪行惩罚或责备伊俄卡斯忒与自己,如他在《俄狄浦斯在科罗诺斯》中所说的那样(270 – 274,521 – 523,546 – 548,962 – 999)。俄狄浦斯知道自己弑父娶母之后,他得出了这种理智的结论。他说:

> 天光啊,我现在向你看最后一眼!我成了不应当生我的父母的儿子,娶了不应当娶的母亲,杀了不应当杀的父亲。(《俄狄浦斯王》,1183 – 1185,[译按]参罗念生译文,前揭,页 378)

[42]俄狄浦斯的话清楚表明,他所犯之罪行,均为不知情,也绝非自愿,所以因这些罪受罚,从理性的角度而言并不公正。俄狄浦斯的自责不仅为乱伦弑父,也为自己的降生。俄狄浦斯借此暗示,他无须为弑父乱伦重罪负责,像无须为自己的出生负责一样。俄狄浦斯确已竭尽全力,以避免罪行,高贵地生活。然而,事与愿违,盲目的偶然,又或者是残忍的诸神,引导着他犯下重罪(1403 – 1407)。所有这些,尤其是瘟疫的发生可以表明,人类是偶然或冷漠的诸神的玩物,因此人类不可能活得高贵或赢得诸神的帮助与保护。理性规定俄狄浦斯顺从偶然或诸神的力量,他们的力量强大无比,不会遂人心意,还能逼人犯下最卑贱的罪。理性要求俄狄浦斯面对并接受人世间的冷漠,认可高贵的脆弱。尽管此结论似乎太过悲伤,极端消极,但这种理性的行为还是有效地维护了俄狄浦斯及其家人的利益。尽管遭受流放,俄狄浦斯至少还能保护自己和家人。

第二个传报人的信息至关重要,他是剧中最像诗人本人的人物。因为唯有他在剧中清楚地区分俄狄浦斯"非自愿"的恶,如无意中犯的乱伦弑父重罪,与"自作"的恶,如刺瞎双眼(尤参 1227 – 1231 与 1280 – 1285;另参杰布 1966,129 页 379,380)。传报人指出,俄狄浦斯之前对忒拜的统治,符合"正义",也带来了城邦的繁荣,但俄狄浦斯不自愿犯下的罪行结束了这一切(280 – 285)。他还说,"自己招来的苦难总是最使人痛心啊!"(1230 – 1231,[译按]参罗念生译文,前揭,页379)传报人强调,俄狄浦斯的苦难,有些是自作自受,这些苦难的危害性比不自愿犯下的恶更大,正是自作自受的恶导致了他的毁灭。如果没有刺瞎双眼,俄狄浦斯至少可以照顾自己与家人。[43]为什么俄狄浦斯会失去理智,毁人毁己呢?

俄狄浦斯热爱高贵,因而排斥理性。俄狄浦斯惩罚自己,伤害了自己所爱的人,然而,刺瞎双眼不正是俄狄浦斯高贵的象征吗?他愿意因罪而惩罚自己,牺牲幸福,表明他超越了纯粹的自私自利。但他在知道犯了乱伦与弑父重罪之后,为什么不自杀呢?歌队对他没有自杀感到惊讶,"你最好死去,胜过瞎着眼睛活着"(1368,[译按]参罗念生译文,前揭,页382)。歌队认为人死后就不再存在,伊俄卡斯忒也认为波吕玻斯死后就不再存在,俄狄浦斯无法接受这些看法。俄狄浦斯确信有死后的生活,并说刺瞎双眼正是为了死后的生活:

> 别说这事做得不妙,别劝告我了。假如我到冥土的时候还看得见,不知道用什么样的眼睛去看我父亲与我不幸的母亲,既然我曾对他们作出死有余辜的罪行。(1369 – 1374,[译按]参罗念生译文,前揭,页382;比较971 – 972与955 – 956)

俄狄浦斯刺瞎双眼而非自杀,是因为他害怕在冥府看见父母,他对父母所犯的罪,应遭受比死亡更严厉、更可怕的惩罚(另参269 – 272)。俄狄浦斯害怕的可能不仅是看见父母,还害怕在冥府里受到严厉惩罚。他拒绝自杀,唯恐在冥府面对父母,这事想来就已十分痛苦,还要接受诸神的惩罚,更难以承受。不仅如此,在他自己看来,自己的罪行是人间最恶毒的,自己已成为诸神的众矢之的。

显而易见,俄狄浦斯刺瞎双眼而非自杀,并非无私地牺牲自身利益,而是为了自身利益,至少推迟了到冥府受惩罚的时日。然而他最终会死去,去往冥府。在与歌队的最后对话中,俄狄浦斯要求流放,甚而求死,[44]这表明他已不再害怕冥府中诸神的惩罚

(1409 – 1412)。俄狄浦斯肯定觉得刺瞎双眼已安抚了诸神。他舍弃视力,丢掉幸福,已是高贵的牺牲,能阻止诸神的惩罚,博得诸神的同情,从而保全自身利益。这种希望理由是否充分仍不清楚。即使有人不顾剧中事实,认为诸神是仁慈的,那也不清楚俄狄浦斯为了诸神的奖励所做的牺牲是否是真正的牺牲,是否值得诸神的回报。

俄狄浦斯为何逼死伊俄卡斯忒与刺瞎自己双眼,关键在于,这两个行为都被神示与预言家所预言。忒瑞西阿斯告诉俄狄浦斯他已犯下弑父与乱伦重罪,也说他会刺瞎自己(415 – 419,454 – 456)。牧人则交代是伊俄卡斯忒命令他杀死襁褓中的俄狄浦斯,因为神示说俄狄浦斯长大之后会杀死父母(1171 – 1176)。俄狄浦斯听说以后,立即就想听从神示,杀死母亲。知道犯有乱伦弑父重罪之后,俄狄浦斯不是想着毁灭自己,而是想避免诸神的愤怒,赢得诸神的同情,尤其是来自冥府的同情。在他为正义的忒拜人祈祷之前,"愿我们的盟友正义之神和一切别的神对你们永远慈祥,和你们同在",俄狄浦斯此刻想惩罚伊俄卡斯忒与自己,以确保获得奖励得享永生(273 – 275,[译按]参罗念生译文,前揭,页353)。俄狄浦斯现在努力成为歌队所说的永恒神律的捍卫者,以赢得宙斯的永恒支持,"万能之主"宙斯的统治"不死且永恒"(867 – 871,903 – 905;比较738)。俄狄浦斯满怀希望,想要避免永恒的惩罚,确保自己永恒的奖励,所以他才会逼死母亲,弄瞎自己,牺牲家人的幸福。

我们知道俄狄浦斯最终宣布放弃他的理性主义,转而向诸神求助,并不是他不敢面对人世间的冷漠,接受高贵的脆弱,而是不敢承认世界会漠视他最深切的希望,即个人的永生。[45]俄狄浦斯渴望永生,因此在面对致命的瘟疫时,想惩罚杀害拉伊俄斯的凶手来赢得诸神的支持。后来,在知道自己犯有乱伦弑父重罪之后,他又想惩罚伊俄卡斯忒与自己来赢得诸神的支持。俄狄浦斯追求永生的愿望如此强烈,宁愿牺牲家庭与刺瞎自己也不愿放弃。可以说真正使俄狄浦斯盲目的是他自己的利益,他渴望永生,却从不审视此渴望,形成了对私利的盲目。俄狄浦斯不假思索地笃信一种自相矛盾的信念,即自己是无私而高贵的,而诸神将会因高贵奖励自己。这种信念最后导致他残忍地对待家人,也残忍地对待自己。①

俄狄浦斯的政治及家庭生活违背了传统,也反映出传统的局限与虚假。来自科林斯的年轻人,籍籍无名的俄狄浦斯一跃成为忒拜的杰出统治者,远优于忒拜国王拉伊俄斯,尽管俄狄浦斯并非传统意义上的合法统治者。俄狄浦斯还是一个好父亲、好丈夫,这两方面也胜过了拉伊俄斯,不过他却违背了保护家庭的神律。但俄狄浦斯的生活,太过含混,缺乏明晰性,又失去了传统的支持,找不到希望,所以他不敢面对世界的真实。俄狄浦斯所生活的世界,只能诸神掌控,不能落入偶然之手,否则会失去意义与品德,而他的家庭,必须单一而纯洁,不能陷入双重混乱之中。习俗使本性多样化的事物看似简单而清楚,习俗还可让那些本来冷漠对待人类希望的事物,显得有助于人类的希望。俄狄浦斯用自己的方式随本性与理性而活,但最后还是回到了习俗的律条与虔敬。

索福克勒斯概述了俄狄浦斯的生活与命运,以此揭示为何纯粹的政治理性主义——即按照苛刻的理性来统治政治社会的尝试——必定失败,[46]以及为何传统、习俗与虔敬对于政治生活而言是必要的(参萨克森豪斯,1988,1272)。尽管俄狄浦斯已走到极端,只凭理性生活,但他不能如理性所规定的那样,接受他所关心的一切必然走向死亡,包括城邦、亲人和他自己。如果没有一丝希望能逃脱恶(ills),尤其无法逃脱人命定的死亡,俄狄浦斯就不敢面对世界。所以,面对死亡,俄狄浦斯的政治理性主义的实验失败了,他

---

① 所以,第一,我不同意欧布林(O'Brein)的看法,他认为俄狄浦斯"愿意面对真相"(1968,15);第二,我也不同意多兹的看法,他认为俄狄浦斯的行动"基于最高动机",而且展现出"不计任何个人代价追求真相的能力"(1968,23,28);第三,我不同意罗科的看法,他认为俄狄浦斯"追求真相的愿望极其强烈"(1997,53)。

转向了那虔敬的信念——由剧中歌队所传达——信仰惩恶扬善的诸神,诸神的统治是"不死而永恒的"(904 - 905)。索福克勒斯以俄狄浦斯的僭政为例表明,政治必须从某种程度上满足人对永生的渴望,顾及人对永生的希望,所以对于稳定的政治社会而言,某种虔敬的因素是必不可少的。

该剧并非一味赞美虔敬,因为正是俄狄浦斯不合情理的虔敬希望与信念才导致他伤害了自己的最爱与自己,这种伤害恰如传报人所述,并不必要。索福克勒斯鼓励我们同情俄狄浦斯,甚至鼓励我们敬佩他追求永生的希望,因为那希望反映的不仅是一种逃脱死亡的渴望,也是一种与不朽相配的渴望,一种比普通人过得更伟大、更高贵的渴望。然而无论怀抱这种宏伟希望的人多么令人钦佩,索福克勒斯透过故事情节真正想要表明的是,真正理解与接受死亡,才能孕育出更为璀璨的人类智慧与情感。索福克勒斯在以下三方面思虑周全:政治理性主义的局限、政治舞台下接纳虔敬愿望的审慎以及虔敬的高贵。但无论如何,他都平静而明确地肯定了遵循理性的个人生活会在智慧与人性方面显示出更高的水平。[1]

俄狄浦斯的命运有力地控诉着理性,他放弃理性就是控诉理性。在剧末俄狄浦斯说道:"不应当做的事情就不应当拿来讲",他认为连想一想不光彩的事都是不高贵的(1409 - 1412,[译按]参罗念生译文,前揭,页 383)。[47] 显而易见,索福克勒斯并不同意俄狄浦斯的看法。如果该剧不是描述俄狄浦斯高贵与卑贱的行为,不是对这些行为与其永恒命运的反思,那么索福克勒斯的戏剧目的何在呢?索福克勒斯敦促读者思考那些俄狄浦斯在剧末不愿思考的罪行。如果俄狄浦斯在剧末听从理性——听从了所谓的索福克勒斯人性的理性主义——他将会使家人与自己都受益,就此意义而言,他也就能生活得更高贵。

---

[1] 关于理性生活的困难,参鲁德曼,1999,尤参 154 - 156,159 - 160。

二 《俄狄浦斯在科罗诺斯》中的盲目信念与启蒙治邦术

善人得善终？

索福克勒斯的《俄狄浦斯王》可算是一部完美的肃剧。因其成功地激发了怜悯与恐惧(参亚里士多德,《诗学》,1452a32 – 33,1453a5 – 22,1455a16 – 18)。故事引起我们怜悯的原因是:俄狄浦斯突逢变故,从巨大的幸福坠入巨大的苦痛与耻辱之中,虽然他已拼尽全力避免犯罪,但最终还是犯下弑父与乱伦的罪愆。然而,更为重要的是,该剧还引发了我们对人类可怕的不确定性的恐惧。一个如此幸运的人,竟会败落得如此惨痛,如此迅速,我们还能对什么好运抱有信心呢? 就算好运确定无疑亦是如此。如若神明不但默许而且乃至于驱使此等伟人犯下这般滔天罪行,于我等凡夫岂能希冀过正直而体面的生活? 我们必然得出如下结论:我们所生活的世界正为乖戾的时运或残酷的众神所统治,这样的世界直接与我们对美德和幸福的期望相对立。难道不是这样吗?

然而索福克勒斯的俄狄浦斯故事并未以骇人听闻的《俄狄浦斯王》结束,而是以《俄狄浦斯在科罗诺斯》对俄狄浦斯的颂扬收场,此结局满含希望。剧目伊始,犯下发指罪行的俄狄浦斯饱受谴责,人神竞相唾弃,不得不过着颠沛流离的困苦生活。以失明残躯在乡间行乞,只有命运同样悲惨的女儿安提戈涅为伴。① 然而,在戏剧结尾,我们却得知他受到雅典人的保护和拥戴,战胜了他的敌人,似乎神明还赐予其最高奖赏,让其死后得享永恒福址。索福克勒斯的俄狄浦斯故事,是典型的肃剧,却有了一个不可思议的幸福结局。②

在《俄狄浦斯王》中,俄狄浦斯的命运遭遇了惊天逆转,而在《俄狄浦斯在科罗诺斯》里,命运又再次转变(怀特曼,1971,196 - 197)。《俄狄浦斯王》的结尾处,歌队的评论反映了人类命运的悲惨与脆弱(1524 - 1530)。《俄狄浦斯在科罗诺斯》却以俄狄浦斯死后终获神恩作结。起初,雅典元老歌队祈祷俄狄浦斯得到恩典:"多少灾难平白无故地落到了他身上,但愿有一位公正的神扶助他"(1565 - 1567,[译按]参罗念生译文,《罗念生全集》卷二,前揭,页539)。后来信使、安提戈涅、歌队以及忒修斯都说,俄狄浦斯最后确实获得神恩(1661 - 1665;参见 1705 - 1708,1722 - 1723,1751 - 1753)。显然,索福克勒斯有关俄狄浦斯的故事在结局处肯定了众神保护正义之士,"众神之王,全知的"宙斯领导众神,"正义"当然会与宙斯相伴,即便正义之士十分软弱,也会受到众神的鼓励,哪怕曾跌落至命运的万丈谷底。如此看来,该剧似乎证明了我们对于神

---

① 参 1 - 4,20,140 - 141,149 - 152,220 - 236,324 - 330,345 - 352,551 - 559,740 - 752,939 - 949,1254 - 1263;另参 75 - 76。

② 《俄狄浦斯在科罗诺斯》的解释均认为,索福克勒斯意在赞美虔敬的俄狄浦斯的"神化"(瓦尔多克[Waldock],1966,219;西格尔,1981,406)和"变容"(格勒内[Grene],1967,157)。如诺克斯所说:"索氏肃剧中的众神形象,在所有希腊文学作品中是最为久远、最为神秘的。此处,众神以明确的语汇尊崇这位英雄;他们让巨人埃阿斯(Ajax)死得其所,使安提戈涅父仇得报,成全了厄勒克特拉(Electra)的胜利,帮助了菲洛克忒忒斯(Philoctetes)死而复生。但对于苦难深重的俄狄浦斯,他们则在其死后,赐予其所渴望的不朽的生命与权力"(1964,162)。另参威尔逊,1977,153 - 154,177 - 186。

圣正义与永恒幸福的期待是值得肯定的。①［50］

"盲目"的美德和理性的反驳

然而,是什么使得众神认为这个曾遭其重责的人值得如此嘉奖呢？第一种解释是,众神怜悯"俄狄浦斯,这个人类悲剧命运的象征"(109 - 110)。曾几何时,俄狄浦斯作为将忒拜城从妖兽斯芬克斯口中解救出来的英雄而"众所周知"(《俄浦狄斯王》,8.35 - 48)。如今,"每一个希腊人"都知道他,因为他杀害了生父,并和生母发生了关系(《俄狄浦斯在科罗诺斯》,595 - 597,203 - 236,299 - 301,510 - 545)。在《俄浦狄斯王》的开篇处,忒拜城杰出的统治者询问他优秀的臣民,"老卡德摩斯的现代儿孙们",有谁可以解救众生,逃脱可怕的瘟疫,正如过去他自己将忒拜人从恐怖的妖兽之口拯救出来一样(1 - 57)。而在《俄狄浦斯在科罗诺斯》的开篇处,俄狄浦斯唤其女为"瞎眼老人我的女儿啊",还要女儿为他引路,这样他俩可以在城邦间流浪,乞讨食物,乞求庇护(1 - 13)。剧本开篇的俄狄浦斯,国破家亡,妻离子散。他跌落至人所能至的命运谷底,比起青年时代,他逃离科林斯之际,境况更为悲惨。彼时的他足够强壮,只

---

① 1085 - 1086,1380 - 1382;关于神意的论述,见 143,275 - 291,864 - 870,1010 - 1013,1544 - 1578。鲍腊(Bowra)评论道:"相较其他希腊戏剧,该剧触及了希腊宗教的核心……在《俄狄浦斯在科罗诺斯》结尾,不存在无解的纷争,没有无答案的疑惑……众神的正义体现在对俄狄浦斯和阿提卡的态度(1944,307,349,351)。"另参莱因哈特,1979,221 - 222;亚当斯(Adams),1957,164;怀特曼,1971,191,212,215 - 216;西格尔,1981,404;比尔(Beer),2004,155,164 - 165。故而,笔者并不赞同考夫曼(Kaufmann)将此剧视为索福克勒斯"最黑暗"的作品(1968,236)。但该剧中只有俄狄浦斯和雅典人得到善终,而俄狄浦斯的后人则不然。参英格拉姆(Winnington - Ingram),1980,275 - 275;西格尔,1981,402;米尔斯(Mills),1977,175。

手敌五,不在话下;足够明智,破解斯芬克斯之谜,不费吹灰之力。而今,他软弱得难以想象,无法保护自己,甚至不知道自己所处何方(参诺克斯,1964,145;西格尔,1981,365–366)。

失明表现了俄狄浦斯的软弱。从开篇至克瑞翁带领士兵抓住俄狄浦斯和他女儿的那一幕,剧本已再三向我们强调,一个必须永远生活在黑暗当中的人,会是多么软弱而令人怜悯,他将无法独立行走坐卧,也无法保护自己和所爱的人(1–32,144–202,299–300,493–502,800–866,1096–1109)。如果俄狄浦斯没有失明,他虽会一直受人嫌恶,但至少可以照顾自己,正如其当年离开科林斯时那样。① [51]失明,把他的无助体现得淋漓尽致,令人同情。失明削减了愤怒,读者若是看到弑父乱伦、臭名远扬的人,身体强健、精神饱满,活得津津有味,会有莫名的愤怒。随着剧情发展,歌队、忒修斯、波吕涅克斯甚至克瑞翁都对俄狄浦斯的遭遇流露出了同情(254–255,551–559,1254–1266,740–752)。或许众神同情俄狄浦斯,因为他已因其罪孽受了足够的苦,或甚至可说是超量的苦。

然而,仅就怜悯一项,并不足以解释众神为何改变对俄狄浦斯的态度。从众神对他的恩典可以看出,众神坚信他确实应得恩典,享有恒久的福祉。更为重要的是,俄狄浦斯的苦难因其失明而起,但他的失明却是自身造成的(参551–554,866–867,1197–1200)。弑父乱伦,他并非有意为之,但刺瞎双眼确是主动选择,故

---

① 众多学者强调了俄狄浦斯的年纪而非他的失明(如英格拉姆,1980,266)。但由于安提戈涅在俄狄浦斯死后仍然年轻——在《安提戈涅》中,四次提到她为"少女"($\kappa o \varrho \eta$)(395,769,889,1100),七次作为"孩子"($\pi \alpha \iota \varsigma$)(378,423,561,654,693,949,987),且她的舅舅克瑞翁依然健在,故据此推算,在《俄狄浦斯在科罗诺斯》中,俄狄浦斯的年纪并没有那么大。威尔逊认为"由于弄瞎了双眼,他加速了衰老"(1977,181;及见蔡特林[Zeitlin],1986,129)。欲了解俄狄浦斯失明重要的戏剧效果,参埃德蒙[Edmunds],1996,39–48,57–58,63–69。

而也就选择了悲惨的命运,成为无助的人。若神明最终给予俄狄浦斯恩典,在某种程度上而言,是神明因其自残双目的行为而赏赐他。可是,为什么神明要赏赐一个自残双目的人呢?

欲回答该问题,我们必须先提出另一个问题。俄狄浦斯的失明仅仅象征软弱吗? 一般而言,失明确是软弱的表现。俄狄浦斯不知道自己所处何方,也不知道自己往何处去,于何处安坐。然而,当他视力尚存,还是忒拜城英明神武的统治者时,俄狄浦斯对他的国家、他的双亲、他的罪行,全都一无所知。最关键的是,他对自己全无了解。他双目健全,但什么也看不见。阿波罗的盲人预言家忒瑞西阿斯,不知怎么地,就知道了俄狄浦斯的这些重大秘密。他在《俄狄浦斯王》中如是说:"你虽然有眼也看不见你的灾难,看不见你住在哪里,和什么人同居"(413 - 414,[译按]参罗念生译文,《罗念生全集》卷二,前揭,页 357)。

或许可以讲,俄狄浦斯的无知,仅仅在于他缺乏信息——谁是他真正的父母——而此关键信息可使他理性地弄清一切,要么早就可以避免犯下乱伦杀父的罪孽,要么[52]在事后能够知道自己已犯下的罪行。忒瑞西阿斯却表明,俄狄浦斯的无知有更深层次的原因。忒瑞西阿斯告诉他:"我说你是在不知不觉中和你最亲近的人可耻地住在一起,却看不见自己的灾难。"俄狄浦斯则认为忒瑞西阿斯并没有"真实的力量","因为你又瞎又聋又懵懂"。而忒瑞西阿斯却如此回答:"你这个会骂人的可怜虫,回头大家就会这样回敬你"(366 - 373)。此处忒瑞西阿斯指出,俄狄浦斯才是"心智上"的瞎子——尽管只是比喻性的说法——他对整个"真相"的理解,对真实世界的理解,均是盲目的,因而他比忒瑞西阿斯更加盲目,忒瑞西阿斯失去的只是视力而已,只是对感官世界不再有反应。

在关于俄狄浦斯解开斯芬克斯之谜的对话中,忒瑞西阿斯指出了俄狄浦斯"无知"的根本原因。俄狄浦斯认为,作为阿波罗的预言家,神明智慧的代表,忒瑞西阿斯未能解开斯芬克斯之谜,而他俄狄浦斯,仅凭理智便将其解答(390 - 398)。因此他表明,既然理性就可以使人类免遭斯芬克斯这妖兽的侵扰,那么神的启示便毫无必要。事实上,我们从第一节知道,俄狄浦斯成功统治忒拜十五年有余,而其间并未咨询过神谕或预言家。但忒瑞西阿斯却认为,俄狄浦斯过分依赖人的理性指引生活,蒙蔽了他的心灵。

> 忒瑞西阿斯:今天就会暴露你的身份,也叫你身败名裂。
> 俄狄浦斯:你老是说些谜语,意思含含糊糊。
> 忒瑞西阿斯:你不是最善于破谜吗?
> 俄狄浦斯:尽管拿这件事骂我吧,你总会从这里头发现我的伟大。
> 忒瑞西阿斯:正是那运气害了你。(438-442,[译按]参罗译文,前揭,页357)[53]

此处,忒瑞西阿斯认为,俄狄浦斯相信理性,他解开斯芬克斯之谜仅凭一时"运气",这蒙蔽了俄狄浦斯的双眼,使他不能发现世界的本质:世界由众神统治,而我们离不开众神的指引。看清可见世界的能力至少是潜在地让人盲目,因为它使我们相信,单靠天生的理性,我们便足以认识这个世界,保卫我们自身,无需神的力量的帮助。目之所见将我们引入理性至上的罪愆。相反忒瑞西阿斯的双目失明则给人以启迪:我们整个人类十分无助,迫切需要神的指引,因此,我们明白了理性至上的愚昧以及虔敬的真谛。

于是在《俄狄浦斯在科罗诺斯》中,俄狄浦斯的失明非但不是软弱的象征,反而代表了他的智慧。盲目的俄狄浦斯看到了那个视力健全的僭主未曾看到的东西:众神的真理和他对众神的需要。那个过去骄纵一时的启蒙化统治者,如今变得彻底虔敬了。他坚信众神的正义(1380-1382),宣称自己绝对忠诚于阿波罗和宙斯(605-628,642,791-793),却闭口不谈自己曾战胜过斯芬克斯的事实(539-541)。现在,俄狄浦斯反复地提起众神并向众神祈求,因为他在黑暗中见到了众神,让自己完全听从众神的指引(44-45,

49—50,83—110,275—291,421—424,1010—1013,1124—1125,1370—1396)。剧中俄狄浦斯最后一次出场时,他对女儿们说:

> 朝这个方向,朝这边,朝这个方向走;因为护送神赫耳墨斯和冥土的女神正朝这个方向给我引路。这不算阳光的阳光啊,从前你曾经是我的,现在我的身体最后一次接触到你;因为我就要去结束我的生命,藏身于冥府。([译按]参罗译文,前揭,页538—539)

以前,俄狄浦斯夸耀自己仅凭理性就战胜了斯芬克斯,而今失去光明的他,让众神引向冥界。①

在索福克勒斯有关忒拜城的所有戏剧中,只有科罗诺斯里的俄狄浦斯与忒瑞西阿斯最为相像。与忒瑞西阿斯一样,俄狄浦斯对神明十分虔敬,[54]以谜一般的语言说话,并毫无节制地咒骂敌人。②最为重要的是,与忒瑞西阿斯一样,他也双目失明,而失明好像让他对世界有了更为深刻的体会,而感官的或好探究的头脑无法认知这个世界,笃信的及虔敬的心灵却可以做到。俄狄浦斯亦如忒瑞西阿斯一样,也认识到,盲目之人最为虔敬,这类人能够透过自然世界的

---

① 故而,笔者不同意怀特曼的观点,认为和过去相比"俄狄浦斯是同一个人"(1971,202)。

② 比较《俄狄浦斯在科罗诺斯》,72—74,576—580 与《俄狄浦斯王》,438—442,并比较《俄狄浦斯在科罗诺斯》,864—870,1370—1396 与《俄狄浦斯王》,449—463,《安提戈涅》,1064—1086。

表象深刻领悟其内在的神圣真理。① 因而,似乎正是由于俄狄浦斯发现自己弑父娶母,他才彻底放弃了理性至上的观念,开始效仿忒瑞西阿斯。事实上,俄狄浦斯的虔敬或已超过忒瑞西阿斯。不同于忒瑞西阿斯,俄狄浦斯自残双目,自己选择成为一个瞎子。他主动拒绝了感官与理性的引导。俄狄浦斯弄瞎自己的双眼,代表他打算与理性彻底决裂。通过这一行为,他试图毁掉自己的思想,彻底向众神屈服。

后来,神明似乎给予了俄狄浦斯最高的恩典,这并非出于对其失明的怜悯,而是他们发现失明所带来的美德。确切说来,他们恩赐俄狄浦斯,因为他虔敬地与理性至上决裂。表面看来,《俄狄浦斯王》和《俄狄浦斯在科罗诺斯》表明索福克勒斯对神的虔敬胜过对理性的赞美。这两部剧让人模糊地认识到,俄狄浦斯企图靠理性生活,最终酿成灾难和痛苦,但他放弃理性,坚持盲目的信念,找到了拯救与救赎之路。② [55]

---

① 参诺克斯,1964,144;西格尔,1981,384;卡蓝默(Calme),1996,23;罗科,1997,43 - 44;诺特维克,1998,94;比尔,2004,167。为解决斯芬克斯之谜(正如引言所述,谜语内容从未出现在索福克勒斯的作品里),俄狄浦斯的确运用理性来反思感官世界和谜语隐喻,但他这样做是为了理性地掌握凡人世界可识别的真理。参西西里的狄奥多罗斯,4.64.3 - 4,另参韦尔南和那奎特,1988,468。

② 据卡蓝默所述,"普通人认为他们能够透过语言看到实质,但这一观点却被盲目者的信仰所取代,盲目者不再拥有视力,却可接触到真正的、可见的知识,甚至接触到诸神"(1996,23)。西格尔认为,"内在洞察力取代了年轻俄狄浦斯在道德上的盲目"(1981,390)。诺克斯也说:"众神将俄狄浦斯的眼睛还给他,但那是超越凡人视觉的眼睛"(1964,148),亚当斯认为:"生理上的盲目却在超自然的视觉上得以恢复"(1957,176)。诺克斯还提到,科罗诺斯的俄狄浦斯对阿波罗的"预言"有"盲目的信仰"(1964,150)。另参诺特维克,1998,94;沃尔(Wohl),2002,253。

俄狄浦斯诉诸理性以捍卫希望

然而,通过进一步思考《俄狄浦斯在科罗诺斯》,我们发现其主题远不止敬神明、反理性这般简单。俄狄浦斯是否得到神的恩典,他是否彻底摆脱了理性,剧本均语焉不详。剧中,神明并未出现在舞台上,这不同于《埃阿斯》(1-133),却与另外两部关于忒拜城的戏剧相仿。很显然,我们的确听见了雷声,俄狄浦斯宣称这是宙斯召唤他去冥府的信号。可是至少在最开始,安提戈涅和忒修斯都对此表示怀疑,认为雷声或许仅仅只是自然现象(1503-1504;见1460-1461,1472-1476,1500-1517)。显然,俄狄浦斯试图让他们相信雷声是神明的召唤,他说自己年少之时,德尔斐神谕曾给予其启示:听见了雷声,他的生命也将走向终点(1510-1517)。除了这种说辞的模糊性外——雷声似乎只是一种普遍的现象——俄狄浦斯此前也提及这神谕,他回忆说其生命结束的信号"也许是地震,也许是雷声,也许是宙斯的闪电"(95)。兴许是出于这个原因,知晓神谕早期版本的安提戈涅,并未相信她所听到的雷声是神发出的信号,预示其父亲行将就木(1459,1474)。

此外,尽管在俄狄浦斯死后,一个信使向歌队报告说俄狄浦斯受到神的召唤,其尸骨要么是被神带去了冥府,要么是落入了裂开的大地之中。但无论是忒修斯、安提戈涅还是伊斯墨涅都不认同是神召唤了俄狄浦斯(1620-1630,1646-1665)。不仅如此,信使承认俄狄浦斯死时他并不在场,而忒修斯作为唯一的目击者,却并不肯定俄狄浦斯的尸首消失了,[56]仅对其死亡持模棱两可的看法。这表明,一方面,他认为俄狄浦斯是带着"地下神灵的恩典"离开了人世;另一方面,他还认为俄狄浦斯有自己的坟墓,只是隐秘不知所在,所以俄狄浦斯的死顺应自然而非神秘莫测(1751 – 1757)。① 可以确定的是,在剧情发展过程中,俄狄浦斯得到接纳,还获得克瑞翁的庇护,也得享荣誉。但这些并非神的恩典,而是忒修斯和雅典人的馈赠。因此,按照索福克勒斯的描述,读者无法确定俄狄浦斯是否得到神的恩典。②

索福克勒斯对神明含糊其辞,他或许想告诉我们,既然世界和神明确实神秘莫测,人就应竭力避免单靠理性指引生活,而应依靠信仰指引生活,即俄狄浦斯的那种"盲目信念",且神明们也会庇佑这种信仰。③ 尽管俄狄浦斯明确且彻底地反对理性,赞同绝对的虔敬,但在剧中他很多时候仍习惯做理性的推理,至少表面如此。事实上,俄狄浦斯的推理过程占据着该剧的较大篇幅,他借理性推理保存希望,相信自己将为神所拯救。剧本开篇便提到,推理始于如下世所公认的看法,[57]即俄狄浦斯为神明所厌恶。他虽然受到过

---

① 因为最后一次看见俄狄浦斯是在一条进入地下的路旁——显然这条路是通往峡谷或深洞之中——甚至有可能俄狄浦斯自己跳进了死亡之中,而他的"坟墓"就在峡谷或深洞之中。参 1590 – 1597,1647 – 1666 及 52 – 58。参杰布(Jebb),1955,256 – 257。

② 据《安提戈涅》所述,可认为众神在俄狄浦斯死后奖励他,答应了他的请求,让他的儿子们相互仇杀。然而据《俄狄浦斯在科罗诺斯》所述,安提戈涅劝说波吕涅克斯不应当进攻忒拜(1414 – 1446),通过这种表达,索福克勒斯引导读者思考,俄狄浦斯的儿子们的弑兄行为或许并非由于波吕涅克斯的愚蠢和偶然的力量,也并非由于神的意志。

③ 诺克斯,1964,150。另参西尔,1981,370:不像年轻的俄狄浦斯,他不再是那个解谜人,不再为理智胜过自然的神秘感到自豪。在科罗诺斯,他的知识……已变成了肃剧知识、自我知识,也与自然神秘具有了潜在的协调……另参 387 – 388;格勒内,1967,162 – 163;英格拉姆,1980,268 – 272。威尔逊主张,"由于这种理性,索福克勒斯将俄狄浦斯提升为真正的先知,使后来的俄狄浦斯能传递神谕,也是阿波罗与宙斯的信徒,却与早期的俄狄浦斯相对立,早期的俄狄浦斯也会反对诸神,但反对内容老生常谈,也过于温和,并无多大用处"(1997,172)。

赞美,尤其是剧末歌队的赞美,但在剧情发展过程中,俄狄浦斯却受到严厉谴责。不仅克瑞翁谴责他,连歌队、忒修斯和安提戈涅也概莫能外(848 – 855,944 – 946,226 – 236,582 – 592,1175 – 1203;英格拉姆,1980,259)。或可认为,只要俄狄浦斯完全将自己献予神明,珍视神赐的纯粹、盲目的信仰,他将不再受到谴责。但从始至终俄狄浦斯都反复运用推理,以求说服对其怀有敌意的雅典人,他俄狄浦斯值得雅典人伸出援手,因为神已将其庇护(参 259 – 309,445 – 548,568 – 667,722 – 1015)。①

俄狄浦斯竭力争取雅典人的帮助,此事实表明俄狄浦斯不能单单依赖神的庇护,以避开敌人的伤害。更为重要的是,他为自己辩解,认为自己应当受到神的恩赐而非惩罚,这表明,俄狄浦斯试图让自己和雅典人都相信,他将会得到诸神的恩典。于是我们便可以得知,俄狄浦斯无论表现得多么想与理性决裂,弄瞎双眼也好,信奉虔敬也罢,他仍然必须利用他的理智。他无法盲目地将自己的希望寄托于神明。他也无法向雅典人或自己保证神明会帮助他。他得靠理性捍卫希望,他得说服自己和他人,自己值得神圣的恩典。他过去运用智慧解开斯芬克斯之谜,将忒拜人从妖兽口中解救出来,现在也一样,他还得靠智慧拯救自己,以获蒙神恩,打消他人和自己的疑虑。

俄狄浦斯的遭遇告诉我们,如果人类确实希望得到诸神的恩典,就断不能拒绝理性,而是必须运用理性,以推理的方式捍卫我们虔敬的愿望免遭自身疑虑的动摇。因为,凭凡人的资质与条件,诸神的意志于我们而言并非自明的。我们不得不一直揣测,[58]他们是善意的、恶意的或是冷漠的,于是我们对神最终是否会奖励我们心存疑虑。正是这样的怀疑驱使我们尽力去证明,我们有理由相信诸神必会奖励我们,这样做既是为了让我们自己满意,也符合我们

---

① 因此,笔者不赞成斯拉特金(Slatkin)的观点,他认为俄狄浦斯仅仅同歌队争论"只有诸神才能判定他是否虔诚"(1986,216)。

的心智水平。

俄狄浦斯论证自己应得神恩

俄狄浦斯成功地使雅典长老歌队相信,他应该得到神恩。其论证的结果是,长老们表示会怜悯他(254-255)。由于俄狄浦斯"值得同情",故而怜悯他显得合情合理(461)。此外,歌队们还敦促国王忒修斯给予其庇护(629-630)。他们指责克瑞翁对俄狄浦斯行不义,不管是先前驱逐俄狄浦斯还是此刻企图抓捕他(824-825)。在俄狄浦斯和波吕涅克斯的争论中,他们维护前者(1346-1347,1397-1398)。最后他们还恳求神明赐福于俄狄浦斯(1565-1567)。基于上述原因,俄狄浦斯坚信自己将获得神恩,此结论顺理成章,它至少也还是索福克勒斯的意图。然而,歌队相信他人之言,认为一个犯下乱伦弑父重罪的人会获得神恩,永享福祉,这合理吗?

起初,雅典长老们知晓俄狄浦斯身份后,便惊惧不已,也厌恶此人,还认为神明的态度也一样(232-236)。在安提戈涅请求怜悯之时,他们虽然表现出同情,却仍然认为不将俄狄浦斯赶出城邦,就会受到神的惩罚(254-257)。随着剧情的展开,雅典人理所当然地认为,俄狄浦斯的罪行会使其遭到神明和凡人的憎恶。对于这一点,俄狄浦斯的同胞忒拜人,他的内弟克瑞翁,甚至他的儿子们都深信不疑,这些人在其罪行被揭发后随即将其驱逐,"因为我是杀父的凶手,我再也不能回去了"(600-601;参437-444,599-600,765-

771,1354 - 1361,[译按]参罗译文,前揭,页 512)。① [59] 按照伊斯墨涅的说法,神谕的确示意忒拜人,只要俄狄浦斯本人出现在忒拜城附近,就会给这座城市带来一种神秘莫测的力量(385 - 394)。伊斯墨涅看到,这种说法表明,那些从前一直折磨俄狄浦斯的神,或许现在会扶助他(394)。然而即便得知了神谕,忒拜人仍不允许俄狄浦斯寄居或被埋葬在他们的土地上,因为他"杀害亲属的罪过不容许"如此(407,[译按]参罗译文,前揭,页 506)。克瑞翁来到雅典想要带走俄狄浦斯,如果有必要还会使用武力,这时他断定雅典人将十分乐意摆脱一个犯下如此残暴罪行的人(944 - 949)。② 事实上,了解自身的罪孽之后,俄狄浦斯也认为自己应当受到惩罚:因而他弄瞎双眼,反复说自己应该被驱逐或处死。③ 于是起初所有人——很明显只有忒修斯除外——都认为俄狄浦斯应该受到惩罚(斯拉特金,1986,213)。

然而随着剧情发展,我们很快明白,俄狄浦斯坚信神明会支持他。雅典长老们要求他离开雅典,以免为窝藏残暴的凶手而获罪于神明,这时俄狄浦斯却大胆地宣称,他们会因驱逐自己而受到神明

---

① 俄狄浦斯先是认为,他的儿子们只是默许了忒拜人放逐他的决定(427 - 444)。后来(765 - 771)俄狄浦斯好像又说道,正是克瑞翁放逐了他。但他对忒修斯与波吕涅克斯说,是他的儿子们迫使他流放(599 - 601,1354 - 1356;参 429 - 430)。或许,俄狄浦斯意在表明,儿子们默许了忒拜人放逐他的决定,就是同谋,后来他在与波吕涅克斯争论时说,波吕涅克斯放逐他失明的父亲等同于弑父(1354 - 1361)。

② 起初,克瑞翁想劝说俄狄浦斯一道动身,但未能成功,此后克瑞翁也只是提到了俄狄浦斯的罪行;后来,克瑞翁抓住了俄狄浦斯的女儿们,还试图抓住俄狄浦斯本人,又与歌队发生争吵;再后来,忒修斯出场,公开指责克瑞翁的残暴;基于以上背景,克瑞翁在这里的说法可能夸大了俄狄浦斯行为的可怕,希望能吓到雅典人。将 728 - 760 同 939 - 959 比较。

③ 427 - 444,765 - 771,1195 - 1200;参《俄狄浦斯王》,1182 - 1185,1265 - 1279,1327 - 1415,1432 - 1441,1515 - 1521;《俄狄浦斯在科罗诺斯》,431 - 444,765 - 771,1130 - 1138,866 - 867,1197 - 1200。

的惩罚!

> 因此,老乡们,我以众神的名义向你们恳求:你们既然叫我起来,就应当保护我,你们既然尊重神,就应当把虔敬的行为献给他们;你们要相信,神的目光注视着那些敬神的人,[60]也注释着那些不敬神的人,这人间从来没有一个坏人能躲避神的注意。(275-281,[译按]参罗译文,前揭,页502)

在此,俄狄浦斯相信神会恩赐那些帮助他的人,并惩罚伤害他的人,这一点让人十分惊讶。首先,他的罪行让诸神厌恶;其次,正如俄狄浦斯和他女儿们所认为的,神明对他太过残忍,隐瞒其父母的真实身份,俄狄浦斯虽竭力避免犯罪,但诸神仍引导他遇到并杀害了自己的父亲,继而来到忒拜城娶了自己的生母(962,964-965,252-254,394)。俄狄浦斯及其女儿以两种方式描绘诸神,第一种情况,神秘的存在会由于某种人所不知的原因赏罚人;第二种情况,反复无常的存在会无缘无故地毁掉人,也会一时心血来潮把人从不幸之中拯救出来。但是,既然两种可能同时存在,俄狄浦斯又凭什么认为诸神此时一定站在他这边呢?

俄狄浦斯认定诸神会赐福于他,所以会如此确信是因为他认为自己应该得到诸神的恩典。他确信诸神会赏赐他,他笃信神谕,还相信与宙斯同坐的正义之神,会让他得到恩典(1380-1382)。俄狄浦斯信奉诸神的正义,也认为正义会使他获得恩典,这二者的构筑基础使他确信神会扶助自己。

俄狄浦斯的整个论述,分三个独立部分论证自己应该得到神的扶助。最明显的是,他认为自己不应该为弑父娶母行为承担罪责,因他犯下罪行时全然不知,乃非故意为之。此外,他也认为自己不该因弑父获得惩罚,总体来说他的行为是出于整体性的自爱,尤其是出于自我保存的欲望,这种欲望是所有人的本能。最后,他还认为自己应得到神的扶助,因为他也是受害者。那些恶毒之人故意为恶,犯下了骇人罪行,正义会让这类凶徒死后在塔尔塔洛斯(Tartarus)接受严酷的刑罚,而他自己作为无辜的受害者,将在冥府获得奖励。

俄狄浦斯论证的每一部分,在其与歌队的初次谈话中均得到明显体现。

> 我的天性怎么算坏呢?我是先受害,然后进行报复的;[61]即使我是明知而为之,也不能算是坏人。但事实上,我是不知不觉走上这条路的,而那些害我的人却是明明知道而要毁灭我的啊。(270-274,[译按]参罗译文,前揭,页502)

在俄狄浦斯看来,他不知道拉伊俄斯和伊俄卡斯忒是其父母,因此并非有意弑父乱伦,若为此承担责任,并不公正。安提戈涅在其与歌队的对话中间接提到了上述看法(238-240),俄狄浦斯也在整部剧中反复提及上述看法(521-523,525-526,548,974-977)。事实上,由于俄狄浦斯无意犯罪,在剧中他自己并不称其为罪行,而多称其为过失或过错(437-444;另参966-968)。无意犯下的罪,不应承担罪责,不会受到神的惩罚,因为神明由宙斯掌管,而"正义之神"又与宙斯同在(参1085-1086,1382)。①

然而,俄狄浦斯的观点不受局限,尤其涉及自己的特殊遭遇时,他未仅执著地认为鉴于他对自己父母身份一无所知,即便犯下乱伦弑父的重罪,也不应以此获罪。不太清楚俄狄浦斯为什么觉得他的观点需要某种补充。也许,他担心受到克瑞翁或安提戈涅的责难,认为他"坏脾气"(1197-1198)才会杀死了拉伊俄斯,他易冲动易暴怒(854-845),最起码是个杀人犯(见849-855,1187-1200;杰

---

① 莱因哈特认为,此论点恰当地描述了俄狄浦斯的状况:"表面有罪,实则无辜"(1979,201)。另参埃德蒙,1996,136-137。亦参格勒内,1967,162-163;威尔逊,1997,144-153。

布,1955,171-172,210)。对此,俄狄浦斯也做出了一番意味深长的辩解。他认为自己担负弑父或杀人的责任是不公正的,因为他杀人完全是出于自卫——即一种对生命和自身的爱,这种爱为全人类所共有。

俄狄浦斯认为"我的天性怎么算坏呢?我是先受害,然后进行报复的;即使我是明知而为之,也不能算是坏人"(270-272,[译按]参罗译文,前揭,页502),他还大胆地认为,[62]若是出于自卫之必要,即便是主动杀害生父,也算不得是坏人(见546)。后来,他问克瑞翁:

> 如果此时此地有人要杀你——姑且说你是个正直的人——你是先问那凶手是不是你父亲,还是立刻向他报复?我以为,如果你爱惜你的性命,你就会向那罪犯报复,而不管合法不合法。(992-996,[译按]参罗译文,前揭,页524)

在他看来,爱惜生命的本能力量尤为强大,超越所有道德考量,包括弑父的禁忌。

此观点着实令人惊讶,特别是想到古希腊人非常看重个人对父母的尊敬而言(参英格拉姆,1980,262)。如在《克力同》中,柏拉图描述雅典律法,认定不管在何种情况下"以暴力伤害母亲或父亲都不是虔敬的表现"(51c2;参阿里斯托芬,《云》,1325-1341,1374-1390,1420,1443-1450)。在《法义》中,柏拉图笔下的雅典异乡人认为,父母创造了我们,他们便是那些使我们的"天赋得以展现"的人,"因此,就算某人将要被其父母所杀害,即便如此,法律也仍不允许此人以弑父或弑母的行为来自卫"。相反个人须得"承受一切,而非做出不堪的举动"(968b7-c3,[译按]据英文直译)。事实上,在索福克勒斯的《特拉基斯妇女》中,许罗斯(Hyllus)所深爱的父亲赫拉克勒斯正经历难以忍受的折磨,无法治愈的伤痛,他的父亲命令他弑父以摆脱痛苦,而许罗斯也曾对宙斯立下神圣的誓言,绝对遵从父亲的命令,但他仍然拒绝杀死父亲(1157 – 1215)。以上所述表明,在雅典人看来,我们欠生养我们的父母太多,而这份情毫无疑问,也影响深远,实际上也正如我们欠神圣造物主的情债一样,我们之于父母们的责任定当超越一切欲望,包括求生欲(《法义》930e3 – 932d8)。柏拉图笔下的雅典异乡人也认为,对于那些杀害双亲的人,即使是出于自卫,亦当"千刀万剐"(many deaths),并且还应在冥府承受严酷的刑罚(869b6 – 7;参 880e7 – 882a1;另参《出埃及记》,21:15,17)。

然而,俄狄浦斯否认基本的道德义务可以超越自爱。在他看来,出于本性,[63]无论是谁,哪怕是故意犯下弑父重罪,只要是受到自爱欲望的驱使,也都情有可原。"会有什么高尚的(εσθλος)人,不爱护他自己吗?"(《俄狄浦斯王》,309)俄狄浦斯认为,没人可以如此高尚,以至于能克制自爱,牺牲或超越个人的利益。因此,人类受自爱的驱使而犯下的罪,不应该由人类负责。同样,俄狄浦斯宣称乱伦和弑父都不是"我自己的选择"(523),他的本意或许不仅仅是强调他不知道父母的真实身份,并非有意乱伦弑父,而且还意图强调,人心中自卫的欲望是如此强烈,一旦坚信自己的生命受到威胁,弑父的行为便无可避免。

俄狄浦斯的观点或可深入阐释。俄狄浦斯从未明确地以自卫和自爱为借口来为乱伦罪开脱,他只是认为在不知晓生母身份的前提下,犯下此种罪行不应该受到惩罚(参 266 – 274,525 – 526,978 – 987)。然而可以这样认为,俄狄浦斯犯下乱伦重罪是受某种欲望的驱使,但并非自我防卫的欲望,而是意图统治忒拜的欲望,这样自爱的本能便得到了广义的理解。俄狄浦斯战胜斯芬克斯,获得忒拜统治权,但作为一名年轻的异乡人,除非他迎娶守寡的王后,否则他的统治全然不合法度。忒拜人可能是担心其统治的合法性遭到质疑,不利于统治,于是"迫使"他接受了那份"礼物",即与伊俄卡斯忒结婚(525 – 526,539 – 541)。所以,人类出于本性不得不做出某些行为,不只是为了保存其生命,也是为了确保他们心中最大程度的私利。此理论会得出另一个结论,纵使俄狄浦斯事先知道父母的身份,也不该因乱伦或弑父受到惩罚。俄狄浦斯本人也暗示对此观点作更广义的解读,"有什么高尚的人会不爱惜自身呢?"(309,[译按]参罗译文,前揭,页503)①

[64]俄狄浦斯认为,他不应为自己的罪行承担责任。一方面,那是他的无意之失,绝非自愿。最重要的是,他是出于自卫而弑父,属迫不得已。这样他得出结论:他不应受罚。因为责难那些无意犯下且无法避免的罪行,并不公正。然而俄狄浦斯仍无法证明自己确应获得神恩。俄狄浦斯遵从人类无法抑制的冲动,捍卫个人生命,追求个人利益,为什么他仅凭这些行为便应获得神恩呢?事实上,俄狄浦斯的观点暗示,既然人类会为本性所驱使,追求其所认为的自身利益,那么他们的行为不应受到惩罚,也不应得到奖励。人类的真正遗憾是无法认识自身的真正利益。罕有人能以智慧辨别并追求真正的利益。人们无法摆脱私利,那么强迫他们承担道德责任便显得不合理,也不能对他们的行为加以奖赏或惩罚。

俄狄浦斯显然意识到了他自己观点的深义,于是他继而推进观点,认为自己的确应该得到诸神的恩典。俄狄浦斯认为他不仅不该为这严重的不正义承担责任,反而他还是不正义行为的受害者。俄狄浦斯还说"我是受害者而不是害人者"(266 - 267,[译按]参罗译文,前揭,页502)。纵观全剧,他反复强调了自己遭受的痛苦

---

① 这种关于自私与正义理论的表达,索福克勒斯及雅典观众很可能相当熟悉,参修昔底德,1.75 - 76.2,3.44 - 45,4.61,5.105。在这些章节中,雅典派往斯巴达的使节,包括雅典人狄奥多图斯(Diodotus)、锡拉库扎的政治家赫默克拉底(Hermocrates),还有去往米洛斯(Melos)的雅典使节,所有的人都主张人类为本性所迫,追寻他们所认为的私利,而不顾及正义的相反要求。正如怀特曼所述,"索福克勒斯的戏剧不是那种远离时代的作品"(1971,240)。索福克勒斯之后关于该主题的讨论,参柏拉图,《美诺》,77b2 - 78b8;《法义》,860d1 - 861e1;亚里士多德,《尼各马可伦理学》,1109b30 - 1114b25,1135a15 - 1136b14,1145b2 - 1152a36。

(521 – 523, 537, 595, 872 – 873, 891 – 892, 896)。实际上,在剧本开场处,他便提醒安提戈涅——她深明俄狄浦斯的苦难,[65] 因为"如果时间能教会人怎样做事,就无须你嘱咐"(22,[译按]参罗译文,前揭,页495)——他是一个"瞎眼老人"、"一个流浪者",乞讨着过活,仅得些许施舍,而那些施舍者眼睁睁看他流浪,心肠狠毒(1 – 8)。然而正如忒修斯所述,其他的人也承受了不幸。忒修斯本人在外邦承受的艰难与危险,并不比其他任何人少(560 – 566)。从更为普遍的意义上而言,所有人的命运都是艰难的,也是脆弱的,人们会为此痛苦感伤(566 – 568)。因此当俄狄浦斯断言"忒修斯,我是在灾难中遭受灾难",忒修斯反问道"你遭受的为凡人所不能忍受的痛苦又是什么呢?"(595, 598,[译按]参罗译文,前揭,页512)俄狄浦斯的苦难就算有些不合理,但又怎会让他坚信自己应获得神恩呢?

俄狄浦斯为证明自己应该获得神恩,竭力论述他不但承受了巨大的痛苦,还是不正义行为的受害者,被不怀好意的恶人所蓄意构害。他遭遇了此般迫害,若世上还有任何公正可言,神必须惩罚迫害他的人,并补偿他的痛苦(鲍腊,1944,314 – 315;亚当斯,1957,161 – 162)。他到底遭受了何种痛苦呢?首先,俄狄浦斯的父母,也故意加害于他,当他尚在襁褓之时,他们"有意将(我)杀害"(274)。俄狄浦斯在此做了一个委婉的对比,比较自己对父母犯下的罪行与父母对他的侵害。他的父母应为其(蓄意的)罪行承受责罚,因为正如他指出的,他们明知自己是其骨肉,而且也未受必然性所迫,还是要杀害他,这绝对是一种故意且邪恶的行为。同样,克瑞翁谋害俄狄浦斯,他逮捕俄狄浦斯的女儿以及俄狄浦斯本人,接着克瑞翁还"有意"在雅典人面前诋毁俄狄浦斯和伊俄卡斯忒(985 – 986)。俄狄浦斯的意思是说,克瑞翁是一个恶人,毫无正义可言,他出于绝对的恶意,有意陷俄狄浦斯于痛苦之中,应受到谴责(1000 – 1002, 761 – 783)。其次俄狄浦斯被赶出了自己的城邦,流亡在外。最后,也是最重要的一点,他受到了两个亲生儿子的打击,他们同样

不怀好意,故意残忍地对待生父并让他远离家园与家火:①

> 当他们的父亲遭受耻辱,被赶出祖国的时候,他们既不营救,也不保护,[66]眼看我被逐出家门,被宣告为流亡人……那时候,延缓多年之后,城邦却把我驱逐出境;而他们,我那两个儿子,本来是能够援救父亲的,却什么也不干,连挺身出来说几句话也不肯,眼看我成了一个流亡人、叫花子,长久在外漂泊。(427-430,440-444,[译按]参罗译文,前揭,页507)

因此,当忒修斯询问他的苦难与其他人有何不同时,俄狄浦斯的回答也言简意赅,"我被自己的儿子们从我的土地上撵了出来"(599-600,[译按]参罗译文,前揭,页512)。事实上,他竟然认为自己的儿子波吕涅克斯是意图杀害生父的"凶手"(1361),一个潜在的弑父者,理由是

> 你把我,你自己的父亲,赶了出来,使我成了一个流亡人……若是没有这两个女儿侍奉我,那么,依靠你们,我早就死了。(1556-1557,1365-1366,[译按]参罗译文,前揭,页533)

俄狄浦斯的儿子们驱逐盲目无依的父亲,实际上是要置他于死地。不过意外的是,他们的姊妹(还有那些仁慈的异乡人)救了俄狄浦斯。如此看来,俄狄浦斯非但不是弑父的凶手,他本人还是受害者,他的儿子们蓄意加害于他。俄狄浦斯并不坏,但他的儿子波吕涅克斯却是"坏透了的东西","坏得无以复加的人"(1354,1384)。

俄狄浦斯就这样成了骇人罪行的真正受害者。神明须得补偿

---

① [校按]家火是指家中圣火,为希腊罗马人所常备。参库朗热著,《古代城邦——古希腊罗马祭祀、权利和政制研究》,华东师范大学出版社,2006,页15。

他所受的苦难。俄狄浦斯坚信自己的清白无辜,坚信自己承受了难以忍受的不公,并据此认为他是"神圣而虔敬的",会获得神恩,因为神明一直关注"那些敬神的人"(287,278 - 281)。正如亚里士多德在《修辞学》中所述,

> 因为愤怒使人壮胆,愤怒是由于我们想起我们是受害者不是害人者而激起的,神力又被认为是佑助受害者的。(2.5.21 - 22;及参如修昔底德,5.104,7.77.1 - 4。[译按]参罗念生译文,前揭,页 221 - 222)

俄狄浦斯相信自己会得到诸神的恩典,基于两点理由:第一,他不应为自己的罪行受到惩罚,他是无意为之,并非自愿。他杀害生父,只是屈服于自卫的欲望,亦非自愿。第二,他恶毒的父母、同乡们和儿子们对他蓄意犯下了骇人的罪行,[67]这些人均难辞其咎,而他本人却始终是无辜的受害者。然而这两点理由却自相矛盾。如索福克勒斯在剧中所述,那些害苦了俄狄浦斯的人,并非如俄狄浦斯所称的那般邪恶,相反他们和杀害生父的俄狄浦斯一样,也只是为了使自己远离伤害。俄狄浦斯自己也曾间接提到,拉伊俄斯得知了神谕,说他会"死在自己孩子的手下"(969 - 973)。若强烈的自卫欲念可以成为弑父的借口,那么他的生父由神示得知其子长大后会杀死自己,在孩子婴儿时将其杀死,不是也有了借口吗?同样,当俄狄浦斯企图证明克瑞翁是"恶人"时,也曾说克瑞翁想要劫持他而使忒拜城"免于灾祸"(784 - 786)。如果免祸自保的欲望可成为俄狄浦斯弑父的借口,那么克瑞翁粗暴绑架俄狄浦斯和他的女儿,不也是为了使城邦免于祸患吗?(见 387 - 409,755 - 760,848 - 852)此外,克瑞翁、俄狄浦斯的儿子们以及忒拜人不是同样借自保之名,在俄狄浦斯弑父乱伦的罪行暴露之后,将其驱逐,让其流放吗?他们相信是神要求俄狄浦斯因罪放逐,若不然将降灾于忒拜城,这不是很合理吗,何况俄狄浦斯、雅典人均曾相信这点?(参

407,431 - 444,599 - 601,765 - 781,849 - 852,228 - 236,254 - 257)①实际上,俄狄浦斯坚信,为避祸而弑父不算恶行,那么同样道理,波吕涅克斯为了自己和城邦安危,放逐俄狄浦斯,难道还会是恶行吗? 何况他还认为自己的姊妹会照顾好父亲的。俄狄浦斯的儿子们和忒拜人都认为,不驱逐俄狄浦斯会受到诸神惩罚,即便俄狄浦斯证明了这想法荒谬,那他也无法否认如下事实:忒拜人赶走他只是为了远祸,应该得到原谅,[68]而且无论忒拜人的想法多么荒唐,和俄狄浦斯一样,他们也是迫于难以抑制的自爱冲动不得已而为之,"有哪一个高尚的人会不爱惜自身呢?"(309,[译按]参罗译文,前揭,页503)

俄狄浦斯辩称,自己不应为他的那些罪行而受罚,人类为本性所役使,关注人所认定的个人利益而罔顾正义的要求,所以不必为个人的行为承担责任。他还辩称,自己应得到神诸的恩典,自己是无辜的受害者,应得到神的补偿,而那些心怀不轨、故意为恶的人才应受罚。俄狄浦斯坚信自己应得到神恩,但支撑此信念的根基却相互矛盾,故并不合理。俄狄浦斯将自保的欲念作为开脱个人罪行的借口,却在谴责他人的罪行之时,又对这借口只字不提,俄狄浦斯只许州官放火,不许百姓点灯。

俄狄浦斯认定,强烈的自卫和自爱欲念让他不得不犯罪,但他拒绝承认别人对他所作的恶,也可用此欲念作借口开脱。② 他不愿用其观点引出更深层次的结论,否则他将不得不承认自己和其他任

---

① 学者们倾向于严厉批判克瑞翁。参莱因哈特,1979,210 - 212;怀特曼,1971,207;西格尔,1981,378 - 381;奥普斯特尔滕(Opstelten),1952,116;英格拉姆,1980,251;亚当斯,1957,171;米尔斯,1997,181 - 182。但可另参鲍腊,1944,335 - 336;格勒内,1967,161 - 163。

② 参格勒内,1967,163 - 165;英格拉姆,1980,258 - 259;莱因哈特,1979,216 - 219。另参威尔逊,1997,178。因此笔者不赞同怀特曼的观点,他认为俄狄浦斯"以他所赞成的绝对同一标准"对待波吕涅克斯(1980,211;及见西格尔,1981,383)。

何人一样，都不应该获得神恩，永享福祉。如果人类不能按照护佑我们家族的最神圣法律的要求，真正抵御或超越只维护自身利益的欲念，又怎么可能享受神恩呢？

起初，俄狄浦斯打算彻底与理性决裂，因为他有一种盲目的信念，认为神将会赐予他永恒的福祉。但他人的怀疑，尤其是自身的疑虑，最终迫使他去寻找理由来证明，[69]诸神不是他的敌人而是他的支持者。最后，他依赖自己的论述，捍卫了自己得到恩典的希望，但又不敢全盘接受自己的论述，因为这样又会破坏自己的希望。俄狄浦斯在一定程度上依赖理性，但也仅仅在一定程度上，因为这样才可以支撑他获得永生的希望。

愤怒的快乐与理性的拒绝

俄狄浦斯并未接受自爱力量的整个论述，他的愤怒就是最明显的标志。照他看来，弑父是迫于对生命、对他自己的爱惜，众人和诸神迁怒于他，并不理智。也就是说，对任何做了无法避免之事的人感到愤怒，都是不理智的。事实上，他还说："我认为，要是我的父亲复活了，他也不会反驳我的"（998 - 999，[译按]参罗译文，前揭，页524）。遇害的拉伊俄斯不但不会生气和咒骂，反而还会理解并宽恕自己的儿子。但在剧情发展过程中，俄狄浦斯本人却是怒气熏天，（开始）是对歌队、双亲、克瑞翁、忒拜人，而最让他气恼不过的则是他的两个儿子，他们为了私利反对俄狄浦斯，让他承受痛苦（虽不至死）：

> 那两个坏透了的东西……看重王权，而不想把我召回了吗？……而她们的两个哥哥却只贪图王位、王杖和王权，而不要父亲。（418 - 419，448 - 449；参 427 - 430，[译按]参罗译文，前揭，页507）

二 《俄狄浦斯在科罗诺斯》中的盲目信念与启蒙治邦术

他如此愤愤不平,当其子波吕涅克斯前来为自己的疏忽乞求宽恕时,俄狄浦斯竟用弑父的罪名回敬他的儿子:

> 坏透了的东西,当初你保持着那现在为你弟弟在忒拜占有的王杖和王权时,你把我,你自己的父亲,赶了出来,使我成了一个流亡人,穿上这一身你现在看来也流泪的衣裳;如今你和我一样,跌到了这同样的苦难里。我倒不哭了;我活一天就得忍耐一天,永远牢记着你这凶手。(1354 – 1361,[译按]参罗译文,前揭,页 533)

不仅如此,他的狂怒还在继续,用最为恶毒的语言,咒骂自己的儿子,这种情况在其他希腊文学作品中均未曾出现过:

> 你滚吧,我憎恨你,不认你做儿子!坏透了的东西,你带着这些诅咒走吧,[70]这是我给你召请来的;你决不能征服你家族的土地,也回不到那群山环绕的阿耳戈斯;你将把那驱逐你的人杀死,你自己也将死在亲人的手里。我就是这样诅咒的;我请塔尔塔洛斯里的父亲,那凄惨的黑暗,把你带到他家里去,我还要邀请这些女神,邀请战神,他曾经激起你们两人的深仇大恨。(1383 – 1392,[译按]参罗译文,前揭,页 534)①

在此,俄狄浦斯不但诅咒两个儿子死亡,还让他们背上杀害同胞的恶名,那是一种让"亲人流血"的罪行,俄狄浦斯自己也曾因乱伦弑父而背负此恶名,这种诅咒显然是要让两个儿子在塔尔塔洛斯

---

① 相反在《安提戈涅》中,当海蒙威胁要杀害他的父亲,克瑞翁却没有诅咒自己的儿子海蒙(751 – 780)。

承受永久的痛苦。①

  一方面,他认为自己不应当为事实性的弑父罪行受罚,反而应当得到宽恕;另一方面,他的儿子却要为潜在性的弑父倾向受到无情的责难与永久的惩罚。这两种观点明显矛盾,令人疑惑的是,俄狄浦斯怎会认识不到其中的矛盾所在。倘若他真心关注公正,受正确的义愤所指引,难道不会强烈地感到,他相信自己会获神恩的信念已是矛盾重重?他难道不会迫切地想要全力解决这一矛盾并为之反省吗?肆意而强烈的愤怒蒙蔽了他的双眼,这种愤怒对他而言,远比对公正的真正关心更重要。② 事实上,对于那些伤害过他的人,俄狄浦斯的愤怒是无法遏制的,甚至不去顾及他们为恶的原因,以及俄狄浦斯犯下弑父重罪,是否原因与他们相同。③ [71]

  是什么激发了这肆意的怒火?对怒火的感受会引发什么积极的诉求吗?发怒似乎是一种痛苦的经历,因为它总是由于自身遭遇到苦痛,抑或是目睹了所爱之人承受痛苦。愤怒给人希望,令人受苦。如果盲目的必然性给施加痛苦,或造成人的痛苦,倒是正当的,不会引起愤怒。如果痛苦是故意、恶毒且不公地施加的,则会引起愤怒。正如前引亚里士多德文字所述,正义的义愤感会自然地引发某种振奋人心的信念,以至于相信正义会得到扶助,不正义会受到惩罚,而诸神会施与人应得的恩典,给予敌人应有的惩罚(参《修辞

---

① 莱因哈特说:"俄狄浦斯的诅咒,过于野蛮,无法宽恕"(1979,219)。另参格勒内,1967,164 - 165;英格拉姆,1980,316。至于对这种诅咒的辩护,参鲍腊,1944,327 - 331;亚当斯,1957,175;怀特曼,1971,211 - 212;西格尔,1981,383 - 388;米尔斯,1997,174 - 175。

② 英格拉姆将俄狄浦斯描述为"一个滥用四溢血气(thumos)的人"(1980,258;参见 257 - 260)。

③ 如英格拉姆所述,对比俄狄浦斯与波吕涅克斯可以发现,俄狄浦斯"在激情中是盲目的"(1980,277)。

学》,2.5.21-22)。①

在剧中,俄狄浦斯为他所认为的非正义之举感到极度愤怒,又坚信神定会袒护他。② 雅典长老要求他离开,这在他看来违背了庇护他的约定,此时他方才指责长老们对神不敬,而坚称自己"虔敬且值得尊重",他还说神将恩赐敬神的人,惩罚不敬神的人(对比203-227与258-259)。在克瑞翁企图抓捕他时,俄狄浦斯恳求神惩罚克瑞翁和他的家人(对比761-847与863-870)。俄狄浦斯见到波吕涅克斯之后,他的信心却立刻高涨起来。但就在那次见面之前,他还心存疑虑,又是拥抱又是亲吻忒修斯来答谢他的救女之恩,如此行为是否"得体"?俄狄浦斯很担心,克瑞翁的看法成真,即俄狄浦斯会为自己的罪行承受不可磨灭的"耻辱",无论他自己声称那些罪行是多么情非得已(1130-1138;参944-949,杰布,1955,203)。但在那次会面之后,俄狄浦斯立即信心百倍地宣称,[72]诸神在召唤他走向冥府,获得永生(1457-1461,1472-1476,1505-1512,1536-1552)。

俄狄浦斯深知自己伤痛至深,故而在与波吕涅克斯见面期间,他坚信自己将得到神明恩赐。与波吕涅克斯见面时,他还声称自己落入自己孩子们的手中,成为潜在重罪——弑父重罪——的受害者。于是,俄狄浦斯的愤怒,不同以往,难以遏抑,即便克瑞翁抓捕他和他女儿,也未如此动怒。俄狄浦斯指责克瑞翁"亵神"、"无耻"、"罪大恶极",却骂自己的儿子是"坏透了的东西"(most evil of evil ones),是潜在的弑父凶手,自己会与他划清界限,并诅咒他杀害自己的同胞兄弟,又死于同胞兄弟之手,死后也会受到诸神的惩罚(823,863,866,960,1354,1383,1360-1366,1369-1396)。在这次

---

① 鲁德曼说,"发泄我们愤怒的欲望既预先假定了一种道德立场(即不公正是为恶之人自由而有意所为),又预先假定了一种神学立场(即诸神惩罚为恶之人)"(1999,155)。

② 英格拉姆认为:"他的自信总与愤怒同消长"(1980,256)。

见面后，俄狄浦斯坚信自己死后会受到恩典，因为他所遭受的恶行令人发指，正义之神不但会让其子受罚还会赐恩于他自己。

盛怒蒙蔽了俄狄浦斯，使他不理智地相信自己应该得到神的赏赐（英格拉姆，1980，277）。事实上，他完全沉浸在愤怒的快感之中，全然不顾自己观点的内在矛盾，进而从骨子里相信正义之神会赐予其永恒的福祉。愤怒的确维护并支持了俄狄浦斯对不朽的期盼。渴望不朽似为人的天性，人会自然地意识到，自己终究是肉骨凡胎，摆脱不了对不死的渴望。愤怒恰恰反映了我们对于人必有一死的强烈抗拒。在俄狄浦斯的事件中，他的愤怒将希望变作信念，他相信自己将会而且应该会获得不朽的生命，因为愤怒激发了虔敬的信念，此信念让他对应得的奖励深信不疑。然而，俄狄浦斯认为追求私利的力量无法抗拒，而根据剧本的整体情节可知，理性告诉我们，既然人类无法超越对自身的关注，就不应该得蒙神恩而获不朽。遵从理性意味着接受人终有一死的宿命：我们的真实处境残酷无比，而且我们的世界本来如此，已无法改变。愤怒就意味着拒绝接受[73]世界的本来面目。俄狄浦斯拒绝接受世界的本来面目，这意味着拒绝接受人类自私的必然性，拒绝认为他的父母也热爱生命，而他的儿子们也会抵制危险，拒绝承认这些亲人们也会与他一样。愤怒还意味着拒绝承认人类不能享有神的恩典，并实现生命的不朽。俄狄浦斯的拒绝，还意味着他不仅拒绝接受人类自私的本性，还拒绝接受无法永生的宿命。

正是愤怒，而不单单是盲目，反映了俄狄浦斯虔敬地抗拒理性。俄狄浦斯的例子表明，宗教反理性主义深深根植于我们人类本性的这些重要特质之中，因为我们意识到了宿命的死亡，期待着生命的不朽，却对必死宿命无法接受，甚至感到愤怒。如此看来，该剧表明宗教的反理性主义会是政治生活中长期存在的特征。

忒修斯的启蒙治邦术

即便我们承认俄狄浦斯的愤怒不合理,但这种愤怒不也是某种强大力量的来源吗?在剧目伊始,俄狄浦斯似乎陷入了无助的境地,不正是这种愤怒鼓舞着他奋力抗争并勇往直前吗?此外,该剧也确实给他设置了一个幸福的结局。纵使没有明确得到神的恩典,但他的确受到了雅典人的保护与拥戴。俄狄浦斯的精神,他强烈的义愤,他对困境的拒绝,对正义的执著以及他的雄辩之辞,让他赢得了雅典人的支持,阻止了忒拜人的阴谋,这难道不令人惊讶吗?俄狄浦斯的精神,让他这个无助的盲人获得了同情,战胜了敌人,赢得了最终的荣耀。即便此精神于理不合,但它也成为强大力量的源泉,使俄狄浦斯受益匪浅,故而值得尊崇,剧本的深意难道不正是如此吗?① [74]

虽然在可怕的困厄之中,俄狄浦斯的坚韧确实值得尊崇,但很大程度上讲,该剧仍严厉地批评了他那造成种种苦难的精神。就像克瑞翁所声称,"你大发脾气,那脾气害了你一生"(855,又参 592,1175-1180)。安提戈涅模仿了克瑞翁的控诉,让人惊异,她谴责自己的父亲固执地(spirited)拒绝与他的儿子见面:

> 你是他的父亲;即使他对你是最忤逆不孝,父亲啊,你也不

---

① 参鲍腊的观点:"他高傲的天性,过去造成了他的毁灭,现在却是有力的工具"(1944,340)。考夫曼也言及了索福克勒斯对俄狄浦斯的赞美,称赞他的"反抗力量"以及"坚若磐石的……对自己精神力量的自信"(1968,239)。威尔逊认为,"俄狄浦斯坚定的信念,令人惊讶,他遭受如此沉重的生活打击,依然刚毅非凡;这种精神使得我们抛开理智,在内心情感深处认可了他的英雄境界"(1997,153)。

应当以怨报怨。还是让他来吧;别人也有不孝的儿子,也有暴躁的脾气,但是他们听从劝告,朋友们的魅力改善了他们的性情。你不要看现在,且回顾一下你过去遭受的、你的父亲和母亲给你引起的灾难吧;只要你考虑考虑那些事,我相信,你就会明白,坏脾气会产生多么坏的结果。你已经失去了你的眼睛,再也看不见了。(1189 - 1200,[译按]参罗译文,前揭,页529)

安提戈涅委婉地提醒父亲,正是"暴躁的脾气"(evil spiritedness)导致他杀死了拉伊俄斯,逼死了伊俄卡斯忒。① 同时,俄狄浦斯自己也承认,由于愤怒,他弄瞎了自己,也注定了他悲惨的境遇,正如我们在该剧之初所见(431 - 444,765 - 771)。同样因为愤怒,注定了他的女儿们要照顾他,而非受其父亲的照顾。②

再者,俄狄浦斯的精神是《俄狄浦斯在科罗诺斯》走向幸福结局的原因,但此观点值得商榷。[75]该结局还有一个关键推动者忒修斯,他保护俄狄浦斯和他的女儿,对抗克瑞翁,并把雅典人的荣誉授予俄狄浦斯。忒修斯曾对俄狄浦斯的精神提出过批评。俄狄浦斯谴责其子强迫他回到忒拜城,忒修斯便说,"糊涂的人啊,人在患难中不宜闹意气"(592,[译按]参罗译文,前揭,页512)。忒修斯责备俄狄浦斯,不应无谓地与儿子争吵,再说俄狄浦斯亟需他们的扶助。广而论之,忒修斯认为,人的境遇总是由邪恶(evils)安排,囿于愤怒之中的人都是愚蠢的(592,598,参见658 - 660)。

---

① 索福克勒斯笔下的安提戈涅深爱着父亲,却有批评其父亲的时候。因此,笔者与某些学者的观点不同,他们认为索福克勒斯笔下的安提戈涅一直有"恋父情结"(Electra Complex),符合弗洛伊德的典型类别,因为她痴爱着父亲,"极度依恋"父亲(格里菲斯[Griffith],2005,94,100;及见约翰逊[Johnson],1997)。

② 参英格拉姆,1980,259 - 260。莱因哈特注意到,此处"索福克勒斯最终转移了视线,不再关注他的英雄"(216)。另参威尔逊1997,166,176。

二 《俄狄浦斯在科罗诺斯》中的盲目信念与启蒙治邦术

忒修斯本人几乎不发怒,这让人惊讶。① 例如,在与俄狄浦斯最开始的对话中,他强调自己曾经也流落异乡,承受危险与苦难(562 - 566;参荷马,《伊利亚特》,1. 260;普鲁塔克,《忒修斯纪》,4 - 20)。然而,不同于俄狄浦斯,忒修斯从不因自己的苦难而生气,无论怎样看待这些苦难。想反,他强调苦难无法逃避,而今,他甚至从中接受"教育"并受益。此外,对于俄狄浦斯弑父乱伦的行为,忒修斯未像歌队那样义愤填膺,不过克瑞翁本希望忒修斯会为俄狄浦斯的行为而感到气愤(比较 551 - 568 与 220 - 236;254 - 257,510 - 546,939 - 950)。② 虽然忒修斯没有听到俄狄浦斯的辩解,却肯定这些罪行绝非自愿。③ 与俄狄浦斯本人和歌队不同,忒修斯也从未对克瑞翁和俄狄浦斯的儿子生气(461 - 462,1211 - 1248,1346 - 1347,1397 - 1398,1448 - 1455)。忒修斯遇到克瑞翁的场景,最能突显忒修斯的个性。克瑞翁带领忒拜士兵进入雅典,强行抓捕俄狄浦斯及其女儿,这时雅典国王已出面保护他们,克瑞翁还是明目张胆地行事,完全不顾雅典人的感受。于是雅典长老生气便在情理之中(831,842)。忒修斯热爱雅典,[76]他有各种理由对克瑞翁发怒,就像歌队所唱的那样。忒修斯来到现场,告诉歌队长老,如果他愤怒了,就会残忍地惩治克瑞翁。"至于这家伙,只要他活该忍受我的愤怒,我决不让他平安无事地就从我手中溜掉"(904 - 906,[译按]参罗译文,前揭,页 522)。但当忒修斯直面克瑞翁之时,他竟以忒拜人的名义严厉谴责克瑞翁!

---

① 莱因哈特认为"愤怒不是为忒修斯准备的"(1979,213)。莱因哈特还补充道,忒修斯不会愤怒,这与克瑞翁和俄狄浦斯不同,倒让人想起伯里克勒斯(Pericles,213)。

② 实际上,依普鲁塔克的说法,忒修斯本人至少间接造成了他父亲的死亡(《忒修斯纪》,22)。普鲁塔克判断,忒修斯"几乎不能,我认为……摆脱弑父的指控"(《忒修斯与罗穆卢斯》,5.2)。参米尔斯,1997,14 - 18。

③ 参亚当斯,1957,170;斯拉特金,1986,219;英格拉姆,1980,273。

忒拜城并没有教你为非作歹,因为它不愿意养育出一些不义的儿孙;要是它听说你抢劫了我,抢劫了众神,把他们的不幸的乞援人强行拖走了……可是你却辱没了你自己的不应该辱没的城邦。(919 - 923,928 - 930,[译按]参罗译文,前揭,页522)

忒修斯明白,不管克瑞翁如何不尊重雅典,克瑞翁仍会热爱忒拜,克瑞翁将自己奉献给了他的城邦忒拜,并竭力使之免于祸患(387 - 409,755 - 760,784 - 786,848 - 852)。最终,忒修斯唤起了克瑞翁对忒拜城的爱,说服了克瑞翁,还让他为自己的行为感到羞愧。① 忒修斯的话或多或少造成了影响,而克瑞翁的愤怒似乎平息了些许,也不再那么傲慢了(参939 - 959,1018,1036,另参1037)。

忒修斯领悟到人天生自私,所以他总能站在他人利益的立场看问题,也就不会产生义愤的情绪。比如,安提戈涅埋怨俄狄浦斯,他的义愤给别人造成了伤害,忒修斯却强调这种伤害也会波及俄狄浦斯本人(比较1189 - 1203 与 589 - 592)。同样,俄狄浦斯指责克瑞翁的行为侮辱并伤害了他,而歌队指责这些行为侮辱并伤害了雅典城,但忒修斯却认为真正受害的是克瑞翁自己所爱的城邦忒拜。忒修斯并不指望克瑞翁优先考虑雅典的利益,不过歌队希望克瑞翁先考虑雅典的利益,俄狄浦斯却盼着克瑞翁、忒拜人以及他自己的儿女们,把俄狄浦斯的利益放在首位。忒修斯预料到了人类的自私,接受了[77]这种必然性,因而对人的自私行为不予责备。相反,为了动员其他人,忒修斯试图去了解他人的利益之所在。

善解人意,怜悯他人,设身处地,将心比心,以他人的立场来看待世界,忒修斯的确不得不让我们想到诗人索福克勒斯本人,为了

---

① 参莱因哈特,1979,213 - 214。莱因哈特注意到,忒修斯(及索福克勒斯)对忒拜的赞扬,引人注目,因为"该剧创作的时候,忒拜已是雅典最大的劲敌"(214;另见怀特曼,1971,209;韦尔南和那奎特,1988,337 - 338)。

使人物声情并茂、活灵活现,诗人须得以笔下人物的视角来看世界。① 忒修斯理解也认可,自爱如此强大,无法抗拒,这是他最基本的理性观念。忒修斯与义愤的俄狄浦斯形成鲜明对比,他从不自夸自己的无私,也不承认自己在德行方面优于他人。忒修斯也决不声称自己应得神恩,更毋庸说获享永恒的福祉。因此,无论其子民多么诚挚地崇敬他,他也从未对不朽的生命有过虔敬的期盼。他既不会如俄狄浦斯那样对人类自私本性不满,也不会对人类的死亡宿命感到愤懑。

问题自然产生了,什么是忒修斯自身利益之所系?表面看来,雅典国王为俄狄浦斯提供庇护,对抗忒拜人,这似乎是一种纯粹品行高尚、富有同情、不含私心的做法。② 在我们眼里,该剧中的雅典人与其邻邦人相比,在政治和军事上均是弱者。剧本将时间定格在雅典历史的晨光初现之际,忒修斯把诸如科罗诺斯一类的村庄纳入雅典城邦,并自封为王(参杰布,1955,77;修昔底德,2.15;普鲁塔克,《忒修斯纪》,24-25)。彼时雅典籍籍无名,而生长在科林斯帝室之家的俄狄浦斯已统治忒拜城十五年之多,他甚至不知道邻邦雅典是否由君王统治,也从未听过忒修斯之名(66-69;见947-949)。[78]雅典军力十分弱小,当时波吕涅克斯被其弟赶下王位,四处求援,以期率军杀回忒拜。他舍近邻雅典而远赴阿耳戈斯(Argos),甚至不愿烦劳雅典人加入他的军队(371-381)。雅典政治军事力量薄弱,最为显著的标志便是剧中克瑞翁对雅典城的轻视。正如歌队抱怨的,克瑞翁不断地侮辱他们的城邦(835-843,857-

---

① 如奥普斯特尔滕指出的:"就这个戏剧所能达到的深度而言,比起其俄狄浦斯来,忒修斯更像索福克勒斯"(1952,114)。

② 另参沃克(Walker)的观点:忒修斯"未加深思接受了俄狄浦斯,因为他是一个处在痛苦之中的异乡人"(1995,185;参188)以及斯科德尔(Scodel)的观点:"忒修斯接受了俄狄浦斯,而对俄狄浦斯能给他什么回报却毫不关心"(1984,113)。米尔斯言及了"忒修斯的独特高尚"(1997,175)。另参鲍腊,1944,332-333;怀特曼,1971,207;比尔,2004,159。

863，877－883；见897－903）。克瑞翁无畏地抓捕伊斯墨涅、安提戈涅以及俄狄浦斯，却丝毫不把忒修斯及其子民的报复放在心上（813－819）。此外，忒修斯从克瑞翁士兵手里解救俄狄浦斯和他的女儿，却未动刀兵，歌队却将这一微不足道的正义之举，赞颂为光荣的军事胜利（见1044－1073）。此处，雅典的军力与阿耳戈斯，特别是忒拜相比，明显偏弱。因而，忒修斯对抗忒拜人，可能冒了极大风险。克瑞翁扬言要报复，忒修斯也应当谨慎对待（837，1037）。于是，俄狄浦斯因忒修斯抵抗忒拜人而为其祈祷，便显得合情合理，"忒修斯，你是个高尚的人，对我这样仗义关怀，愿上天保佑你"（1042－1043，[译按]参罗译文，前揭，页525）。

忒修斯保护俄狄浦斯，并非如先前所认定的，是不审慎的行为。忒拜人先是受损于俄狄浦斯两个儿子间的争斗，继而是克瑞翁与安提戈涅之间的冲突，故无力进攻雅典。此外，在俄狄浦斯到达雅典之前，忒修斯对于俄狄浦斯父子（588）之间的紧张关系以及波吕涅克斯与埃特奥克勒斯之间的争斗已经了然。试举一例，忒修斯从未向俄狄浦斯问起波吕涅克斯为何身着阿耳戈斯服饰。忒修斯可能也知道，阿耳戈斯大军正朝忒拜开进，并驻扎在雅典城外（1301－1325）。考虑到战争在即，忒修斯推测忒拜人不会因其庇护俄狄浦斯而攻打雅典。再者，忒修斯保护俄狄浦斯及其女儿，反抗俄狄浦斯之子与克瑞翁，在忒拜面临外敌之际，他以这种政策成功地挑起了忒拜王室内部的分裂。在剧本末尾，忒修斯允许安提戈涅和伊斯墨涅返回忒拜，这为不久发生在忒拜城内的冲突埋下了伏笔，而我们会在《安提戈涅》中目睹这一切。忒修斯对俄狄浦斯及其家族的态度，挑起了忒拜内部的冲突，削弱了强大的邻邦，并借此为雅典谋得了利益。[79]

但尤为重要的是，忒修斯庇护俄狄浦斯，为他赢得了神明护佑作为回报，这使他本人和城邦获益（格雷，1967，161－163）。俄狄浦斯一再向雅典人承诺，如果忒修斯允许他居留于此，雅典人将获得好处（68－72，285－288，448－460，576－582，607－628，1518－

1555,1586 – 1667)。具体来说,俄狄浦斯保证,若忒修斯给他庇护、保卫及安葬,那么将来在忒拜攻打雅典之时,"那时,只要宙斯依然是宙斯,他的儿子福玻斯的预言依然灵验,我这地下长眠的尸首虽然凉了,也要吸饮他们的热血"(621 – 623,[译按]参罗译文,前揭,页513)。他还保证,只要雅典人守信对抗忒拜,他会化身一个得到宙斯和阿波罗力量的保护神,在余下的时间里,保卫雅典城,只要他一直受到雅典人的崇拜(1518 – 1555)。

这个承诺深深地打动了虔敬的雅典歌队长老。他们赞美雅典是一个被神赐福的城邦,并祈求诸神继续关照并护佑它。① 虽然,剧中的雅典,建立的时间并不长,军政力量薄弱,但已然作为一个相对虔敬的城邦而闻名。在向雅典人乞求庇护时,俄狄浦斯唤起了他们这种荣誉感:

> 荣誉或美好的名声有什么用,它们还不是一场空! 大家都说,雅典城对神最是虔敬,比别的城邦更能庇护受难的客;可是在我看来,哪里是这么回事?(258 – 263,[译按]参罗译文,前揭,页502)

对恳求扶助者,雅典享有殷勤接待的美名,这既解释了为什么俄狄浦斯与安提戈涅会选择在此谋求庇护,也解释了为什么伊斯墨涅、克瑞翁及波吕涅克斯均认为在此可以找到俄狄浦斯。

俄狄浦斯承诺,他留在雅典,将会为雅典提供神圣的护佑,这为改变歌队对他最初的敌意起了决定性作用。起初长老们一听到俄

---

① 668 – 721,1044 – 1098。有关雅典人极端虔诚的其他表现,参36 – 65,75 – 80,117 – 138,143,149 – 169,254 – 257,461 – 492,887 – 889,897 – 903,907 – 936,1179 – 1180,1556 – 1578,1604 – 1666,1692 – 1695,1764 – 1767。参258 – 262,275 – 291 并 1456,1462 – 1471,1477 – 1485,1481 – 1489。参沃克,1995,178;米尔斯,1997,169 – 170,177。

狄浦斯的事情,便要求他离开[80]他们的土地,但后来俄狄浦斯声称他留在雅典,诸神就会保佑雅典,长老们便如此回应,"俄狄浦斯,你和你女儿们值得我们的同情;既然你说你是这地方的救星,我愿为你好而忠告你"(461 - 464,[译按]参罗译文,前揭,页 508)。俄狄浦斯对忒修斯重申了他的诺言,歌队最终同意他的恳求(630 - 631)。显然歌队希望诸神会保护它所爱的城邦,而俄狄浦斯迎合了这种虔敬的期盼。

然而,我们并不清楚忒修斯是否和雅典长老一样怀有虔敬的期盼。首先,他对俄狄浦斯声称自己正被宙斯的雷声召唤走向冥府这一说法表示怀疑。其次,更重要的是,相比于虔敬的俄狄浦斯和虔敬的歌队,忒修斯对于他人的自私并未表现出义愤,也没有相伴这种愤怒左右的虔敬期盼。最后,作为一名政治家,忒修斯的统治仅仰赖于智慧而独立于宗教权威之外,这使得他独树一帜,不同于索福克勒斯忒拜戏剧中描写的其他杰出国王与僭主。国王拉伊俄斯与王后伊俄卡斯忒对预言家的说法和神谕言听计从,甚至同意杀死他们唯一的骨肉,哪怕永绝后嗣(《俄狄浦斯王》,711 - 722,1173 - 1176)。克瑞翁、波吕涅克斯和埃特奥克勒斯一直请教并听从那些声称代神而言的人(555 - 557,1422 - 1431,1438 - 1445,1515 - 1520;《安提戈涅》,991 - 995;《俄狄浦斯在科罗诺斯》,385 - 420,1291 - 1300)。虽然,作为统治者俄狄浦斯表现出明显的理性,但在蒙难之际,他本人也是怀着诚心请教神谕和阿波罗的预言家(《俄狄浦斯王》,68 - 77,284 - 289,787 - 797)。忒修斯与所有这些统治者不同,从未听说他有寻神示求预言家之举。事实上,忒修斯并不允许有人在雅典树立绝对权威,而在拉伊俄斯的忒瑞西阿斯,以及统治忒拜的诸王,包括俄狄浦斯、波吕涅克斯、埃特奥克勒斯以及克瑞翁,都允许他人树立权威。所有这些统治者都承受了肃剧的命运,与此相反,忒修斯的统治却是无与成功。在剧目尾声,我们看到他受到子民爱戴,得到俄狄浦斯和他女儿们的祝福,战胜了他所有的对手。身为政治家的忒修斯,依靠的是心中的怜悯与理智,摆脱了义愤与虔敬的控制。借他的事例——也是忒拜戏剧中唯一的成功[81]治邦者的事例——索福克勒斯表明政治理性主义优于宗教政治。①

《俄狄浦斯王》中的俄狄浦斯有时会对神明虔敬（390－398，946－985），《安提戈涅》中的克瑞翁（1035－1059）偶尔也对神明虔敬，忒修斯对此并不反对。他曾公开向波塞冬祈祷，也尊重俄狄浦斯及歌队的虔敬之心（《俄狄浦斯在科罗诺斯》，887－889，1179－1180，1209－1210，1760－1267）。忒修斯本人并不依赖神助，但他理解虔敬的期盼之于其子民，虔敬的敬畏之于其敌人，都十分重要。因此他很清楚，雅典庇护俄狄浦斯并不能使雅典获得神明的护佑，但此举可以彰显雅典虔敬之名，继而使雅典获益。事实上，俄狄浦斯确实让雅典声名显赫。在忒修斯搭救他之后，他对克瑞翁宣称："你却忘记了一点，就是雅典比任何城邦更知道尊敬神"（1005－1007，[译按]参罗译文，前揭，页524）。俄狄浦斯在其女儿获救之后，对忒修斯以及雅典长老说："因为拯救她们的是你，不是别人。但愿众神按照我的心愿赐福给你，赐给你本人和这地方；因为我发现，这人间只有你们这里才有对神的虔敬、公正的精神和言而有信的美德"（1123－1127，[译按]参罗译文，前揭，页527）。俄狄浦斯使雅典人更加坚信他们的城邦神圣不可侵犯。他强化了雅典人虔敬的信念，年轻的雅典城，没有被冷漠的世界所抛弃，不需要寻求自我保护，反而诸神会赐福于雅典，保护好雅典。如此一来，俄狄浦斯的确让雅典人获得了好处。显然忒修斯已然明白，相信城邦泽蒙天

---

① 因此，笔者不赞同威尔逊的观点，他认为忒修斯"没有展现任何政治技巧、没有展现任何机智"，也不赞同蔡特林的观点，他认为忒修斯是"一位仁慈而头脑简单的国王"（1986，141－强调为笔者所加）。不过，笔者认同怀特曼的观点，他认为在剧中忒修斯就是"真正的希腊正义与文明的代表"，但笔者仍对他的如下主张略有保留，他认为忒修斯是"真正的雅典宗教的拥护者"（1971，223，213；另参米尔斯，1997，177，183；西格尔，1981，377）。

佑的信念正是一种虔诚的爱邦之心,就算这种心态不合乎理性,它对所有政治团体而言也是有益的。① [82]

忒修斯的政治理性主义是两个方面的折中,一方面是以《俄狄浦斯在科罗诺斯》为代表的愤怒的虔敬和反理性主义,另一方面是以《俄狄浦斯王》为代表的傲慢的政治理性主义。忒修斯的理性主义是政治、审慎而温和的,还结合了权术和宗教的功用,尊重宗教热情,也照顾子民的期盼。忒修斯的形象展示了真正启蒙治邦术的可能性,此治邦术既承认人终须一死,又接受人对神的虔敬。②

结　论

尼采的理由充分,他认为《俄狄浦斯在科罗诺斯》是宗教反理性主义的代表作,但他的结论有误,即索福克勒斯将俄狄浦斯拒绝理性的行为视作"明智的"(1967,42,68 - 69)。据我们所知,索福克勒斯戏剧意在表明,俄狄浦斯所代表的宗教反理性主义会自相矛盾,甚至走进了死胡同。该剧表明,俄狄浦斯的虔敬并非源自其"盲目",也非源自对理性的单纯拒绝,更非基于他貌合神离的推理,这推理论证自己应获神恩。恰恰相反,他的虔敬根源于对不朽生命的

---

① 同样,俄狄浦斯明显提升了忒修斯在雅典的个人威望,尤其表现在与亚略巴古(Aeropagus)理事会的关系上。剧中行 939 - 949 提到,克瑞翁表面上正求助于此理事会。俄狄浦斯独向忒修斯告知了他神圣坟墓的选址,此墓将保护雅典,而只有忒修斯能把这个秘密传给其挑选的继任者(1518 - 1534)。参 1629 - 1657,1754 - 1767。

② 鲍腊(1944,334 - 335)、诺克斯(1964,153)以及英格拉姆(1980,273 - 274)对俄狄浦斯的赞扬超过了忒修斯。威尔逊与米尔斯高度赞扬了忒修斯,但他们也承认俄狄浦斯是最终胜出者,因为他是一位"真正的先知"(威尔逊,1997,171 - 172;参见 178 - 179)并"混合着神性"(米尔斯,1997,166;参见 168)。不过,莱因哈特也认为忒修斯可能才是剧中真正的英雄(1979,208)。

渴望,更源于对死亡宿命的愤怒。这种虔敬的愤怒引导俄狄浦斯伤害了自己,杀害了所爱,也正是这种虔敬愤怒引发的行为在剧中受到忒修斯极其严厉的谴责。忒修斯正是该剧真正的英雄人物,是政治理性主义和人道智慧的代表,体现了"雅典最高的善"[83](诺克斯,1964,152),①但尼采对此剧的分析,对忒修斯只字未提。

该剧虽然批判了俄狄浦斯,但对他没有丝毫的蔑视,反而剧中写道,忒修斯本人对他表达了同情,还尽其所能地帮助他。俄狄浦斯是一个伟大的肃剧形象,他坚忍不拔的意志,超然的灵魂气魄,让我们自生敬慕。他的弱点正是人本性中的弱点,因而所激发的怜悯并不掺杂任何不屑。我们本能地同情他,因为他对不朽生命的期盼根植于一种渴望和愤怒,这种渴望和愤怒是意识到死亡宿命的凡夫所共有的特质。我们同样具有引发苦难的愤怒和凡人的境遇,所以我们不由自主地担心遭受俄狄浦斯的苦难。每每念及俄狄浦斯悲惨的命运,我们便非常清楚地认识到自己的本性和处境。

该剧并未简单地抛弃俄狄浦斯的宗教理性主义,此事实恰好说明,索福克勒斯对宗教狂热的分析不同于对启蒙运动中自由主义的分析。现代政治理性主义坚信,只要人类可以更加自由地遵从我们的本性而行动,更为明智地认识到我们天生的境遇,那么人类的宗教热情就必将消退。鉴于此看法,索福克勒斯点明宗教热情根源于人性永恒的特质,即我们对于死亡宿命的意识,对不朽生命的渴望

---

① 另参鲍腊:"在这最后的戏剧中,索福克勒斯挥笔写下了他对祖国尚未枯竭的爱"(1944,347)。诺克斯评论道:"这部戏剧包含了过去为赞美雅典而写下的最动人和最美丽的颂诗"(1964,144;参见 154 – 156;亚当斯,1957,172;比尔,2004,160)。参莱因哈特,1979,197,221;怀特曼,1971,192,209 – 210,239 – 240;瓦尔多克,1966,218 – 219,227 – 228;奥普斯特尔滕,1952,111 – 112;斯科德尔,1984,108;沃克,1995,174,179,188 – 189;米尔斯,1997,185。西格尔认为索福克勒斯的剧作包含着对雅典的赞扬:"雅典文明的成就不在于力量与统治而在于雅典的精神光芒,雅典优先以开放的姿态面对神性"(1981,374)。

以及对死亡的愤怒拒绝。所以,他倡导冷静且审慎的政治理性主义,这种政治理性主义认识到并强调了宗教狂热对政治生活的危害,也认识到了宗教热情在政治生活中的持久性。在我们生活中,[84]一旦宗教狂热对政治理性的威胁逐渐加剧,并且同时现代政治理性主义的后继者失去了原有的保护,那么研究《俄狄浦斯在科罗诺斯》就显得格外合宜。通过它,索福克勒斯既警示了盲目宗教热情的危险,还警示了另一做法的危险,即把希望仅仅寄托在政治理性主义之上,并抬高理性的力量,还低估人内心的宗教力量。

三 安提戈涅的虔敬英雄主义

正义胜过强权？

《安提戈涅》的故事表现正义战胜强权,一直很受欢迎。剧中那个势单力薄的女孩,竟敢公然反抗残暴僭主的命令,安葬她的哥哥。① 在她被捕时,能勇敢地当面谴责不公正与不虔敬的国王。她的谴责影响巨大,过了一段时间,国王自己的儿子、一位先知、国王的妻子、他王国中的长老们,最终连国王本人都重复了这段谴责。在戏剧结尾,忒拜的长者歌队认为,尽管国王克瑞翁理解了正义,但也为时已晚,而且他没能意识到"任何人都不应当对诸神不敬"(1270,1349-1350;另参450-470,692-700,742-749,940-943,998-1032,1064-1090,1301-1321)。看似无助的女孩最终大获全胜,结果便是他哥哥的尸体及时得以安葬,国王遭受了毁灭性的丧子之痛——这是先知忒瑞西阿斯所预言的神之惩罚,使克瑞翁成为"一个还有气息的尸首"(1167)。因此,这场出乎意料的胜利似乎归因于诸神支持弱势且虔敬的女孩,惩罚强大但不虔敬的国王。表面上,《安提戈涅》在其所有的道义中赞美虔敬,因为虔敬使我们相信,无论正义的力量多弱,神灵都会确保其胜利,无论邪恶的力量

---

① 伊斯墨涅(60)、安提戈涅(506)、忒瑞西阿斯(1056)及第一个报信人(1169)称克瑞翁为僭主。

多强,神灵都会将其毁灭。①

[86]尤应注意安提戈涅虔敬的胜利,因为她的家族是著名的不虔敬家族——一个犯下了最残暴罪行的家族。她的哥哥们互相残杀,她的父亲弑父,她自己是父母乱伦所生。难怪歌队,甚至安提戈涅自己都怀疑诸神或许是因为她血亲的罪行而惩罚她(583 – 603,853 – 871;另参 471 – 472,1 – 3,49 – 57)。然而,她忠于家族的英雄壮举②——主动违抗国王、妹妹以及城邦以便安葬哥哥的尸体,自愿牺牲与国子的婚姻,牺牲这种婚姻将带给她的所有幸福、权力和威望,并愿意牺牲她自身性命——在诸神看来,安提戈涅的这些行为显然为家人赎了罪。因为诸神派占卜师忒瑞西阿斯(她父亲以前的对手)站到她与哥哥一边(1029 – 1030),诸神还最终确保波吕涅克斯的葬礼顺利完成,惩罚了克瑞翁及其家人,帮她和哥哥报了仇。因此安提戈涅赢得了胜利,为自己,也为她的家庭。拉伊俄斯家族不幸的故事以安提戈涅壮丽的死亡告终——拉伊俄斯被儿子所杀,伊俄卡斯忒自杀,埃特奥克勒斯(Eteocles)和波吕涅克斯相互残杀。俄狄浦斯最终在雅典获得荣耀,受到尊敬,但最后他也死于流放,更不幸的是,还因其罪行而声名狼藉,而这时忒拜还在敌人克瑞翁的

---

① 参莱因哈特:"这不是权力对抗权力,不是观念对抗观念,而是那包容一切的神明对抗着人类;安提戈涅明白应与那神明和谐相处,只是人类则显得局限、盲目、自私、自欺且扭曲"(1979,77)。

② 杰布甚至认为,"再也没有别的古代诗作将女性的爱与奉献,表现得如此高尚与美妙"(1979,25)。

统治之下。① 但安提戈涅死得[87]英勇,为家人赎了罪,神灵帮她报了仇,她也为忒拜同胞们所敬重。

戏剧最后认同了安提戈涅的做法,并通过她展现诸神的正义,但此印象在剧末却引来质疑,安提戈涅临终之时,对自己的信念充满疑惑,受尽折磨。就在她即将被未婚夫海蒙(Haemon)所救以及被心存悔意的克瑞翁赦免前,她自杀了。而此前不久,她已开始质疑自己的正义和虔敬,这种质疑让她痛苦万分:

> 我究竟犯了哪一条神律呢……我这不幸的人为什么要仰仗神明? 为什么要求神明保佑,既然我这虔敬的行为得到了不虔敬之名? 即使在众神看来,这死罪是应得的,我也要死后才认罪。(921 - 926,[译按]参《罗念生全集》第二卷,《安提戈涅》,罗念生译,上海人民出版社,2004,页319)

不久安提戈涅自杀,此行为表明,或许她认为自己大为不敬,应遭天谴,或许她觉得,诸神冷漠,罔顾正义,蔑视虔敬,弃她于不顾。如果该剧歌颂安提戈涅,为何她的结局如此悲惨? 如果该剧要维护

---

① 杰布认为,伊斯墨涅在行49 - 50 中间接提及其父之死,内容却与《俄狄浦斯在科罗诺斯》中的叙述"相悖"。伊斯墨涅说:"姐姐啊,你想想我们的父亲死得多么不光荣,多么可怕"([译按]参罗译文,前揭,页298)。所以,杰布综合其他因素认为《安提戈涅》比另两部忒拜剧的创作时间更早(1979,29,27 - 28)。然而,伊斯墨涅在此可能是指,尽管俄狄浦斯离世之时在雅典赢得了荣誉,但在他的本土忒拜,即伊斯墨涅两姐妹现在的所在地,俄狄浦斯仍然"不光荣且可怕"。笔者认同杰布,而且也认同诺克斯的观点,即索福克勒斯的每一部戏剧都是"一个独立的整体"且"本身是完整的"(1979,30;诺克斯,1964,2)。正如诺克斯所述,索福克勒斯的创作,脱离了埃斯库罗斯的三部曲的背景,所以剧本本身独立完整(2 - 4)。然而,笔者倾向于认为,理应将这些剧作综合研究,因为它们故事相关,主题共享,还因为如杰布所说,剧作之间"精心设置的暗示"(1979,30)。剧作的创作时间,参英格拉姆,1980,341 - 343;泰瑞尔(Tyrrell)及班尼特(Bennett),1998,3 - 4。

对诸神及诸神正义的信念,为什么她临终之言,如此大逆不道?她的虔敬当真虚弱无力吗?她不能英勇如初吗?抑或质疑自身的正义,反倒是合情合理?

该剧表明,尽管克瑞翁命遭厄运,但他虔敬有加,忠心事邦,并非不敬之主(tyrant)。克瑞翁禁止安葬波吕涅克斯,因为波吕涅克斯率敌军攻城,叛国弑兄(即国王埃特奥克勒斯)。安提戈涅从未质疑兄长的罪行。克瑞翁坚称,诸神拯救了忒拜,诸神还希望安葬埃特奥克勒斯以彰正义,暴露波吕涅克斯的尸首以治罪恶。因为波吕涅克斯

> 是个流亡者,回国来,想要放火把他祖先的都城和本族的神殿烧个精光,[88]想要喝他族人的血,使剩下的人成为奴隶。(199 - 202,[译按]参罗念生译文,前揭,页 301)

所以,后来忒拜的长老们听说波吕涅克斯被偷偷安葬,便疑心正是诸神所为,对此克瑞翁则回答:

> 趁你的话还没叫我十分冒火,赶快住嘴吧,免得我发现你又老又糊涂。你这话叫我难以容忍,说什么诸神照应这尸首;是不是诸神把他当作恩人,特别看重他,把他掩盖起来?他本是回来放火烧毁柱石环绕的庙宇、奉献的祭物和诸神的土地,令诸神的律法化为乌有的。你几时见过诸神重视坏人?(280 - 288,[译按]参罗念生译文,前揭,页 303 - 304;另参511 - 522)

显然克瑞翁忠邦爱国,虔敬信神,所以剧中大多数时候,歌队支

持克瑞翁，反对安提戈涅。① 连忒瑞西阿斯都承认克瑞翁忠邦敬神（922-924）。② 虽然克瑞翁的确回绝忒瑞西阿斯的要求，言辞激烈，不答应赦免安提戈涅，埋葬波吕涅克斯，但克瑞翁很快便感到懊悔，重新答应了这位先知的要求。所以剧中的克瑞翁以他的方式展现正义和虔敬。戏剧展示的不是神圣的（godly）正义和不敬神的（godless）强权间赤裸裸的冲突，而是两个主人翁间的另一种冲突，在戏剧刚开始，两位主人翁都坚信自己的虔敬与正义，相信诸神真正存在，会维护他们的正义，③但他们最后都惨遭不幸。是什么导致了这两位虔敬人物的毁灭？他们都被诸神惩罚了吗？还是都没有？④

[89]忒瑞西阿斯预言诸神会杀死克瑞翁的儿子来惩罚克瑞翁，此后不久海蒙就死了，似乎由此可证实剧中的说法，正义诸神会惩罚邪恶，而诸神显然惩罚了克瑞翁，因此诸神一定会支持安提戈涅，或许会给她死后的奖励。然而，尽管歌队和克瑞翁均认定，忒瑞西阿斯极为明智，但他并非从不失手的先知（1091-1097；另参1059）。忒瑞西阿斯完全没能预见安提戈涅之死，似乎也没预料到克瑞翁的妻子欧律狄克之死（Eurydice，参1077-1079）。而且忒瑞西阿斯也无法准确预测海蒙的死亡时间——海蒙之死就发生在预言当天：

---

① 参 100-161,471-472,681-682,852-856,872-875,929-930,955-987。这些文段恰好可用以质疑歌德（Goethe）的主张，他认为克瑞翁"遭到剧中每一个人的反对"（1984,143）。

② 因此笔者认为西格尔的观点过于夸张，他认为克瑞翁"是智术启蒙的世俗理性主义象征的开端"（1981,152；另参160,165-166,174,179,186;1966,66,81；艾伦伯克,1954,54-61,65-66）。

③ 在这一点上，参黑格尔（Hegel），1962,73-74,133,178,325。另参诺克斯,1964,75,91,101-102；韦尔南和那奎特,1988,41。

④ 正如西格尔所述，"三个无辜的人已死，有一个正因为她对诸神太过虔敬，另外两个还远没有年老。这些损失和克瑞翁强烈的痛苦——更不必说欧律狄克（Eurydice）之死——都不能以轻松的道德论述化解，歌队以这样的论述作结"（1995,137）。

> 你看不见多少天太阳的迅速奔驰了，在这些日子之内，你将拿你的亲生儿子作为赔偿，拿尸首赔偿尸首。（1064 - 1067，[译按]参罗念生译文，前揭，页323）

忒瑞西阿斯或可能听到了父子间刚发生的公开争吵，海蒙扬言要么弑父，要么自杀，所以忒瑞西阿斯预言海蒙不久后会因与父亲的冲突而死，并非完全不可思议或不合情理（751 - 752，760 - 765）。① 同时还应注意到，据第一位报信人的描述，海蒙之死几乎不会发生。当海蒙发现安提戈涅已自杀，一开始他试图弑父，就在那时，他的父亲刚好避开了他，一怒之下，海蒙才自杀的（1220 - 1239）。最后虽然歌队认为忒瑞西阿斯从未说假话（1091 - 1094），但至少从《俄狄浦斯王》（*Oedipus the Tyrant*）中我们了解到他也出过错，即他没能解开斯芬克斯之谜（390 - 398）。

因而，据索福克勒斯在剧中所说，忒瑞西阿斯卷入其中也无法证明，世界由公正的诸神掌控，且诸神惩罚了克瑞翁。该剧引导读者去相信第一个报信人宣布海蒙死讯时的看法，即认为掌控世界的不是诸神，而是盲目、冷漠和机缘：

> 因为运气时常抬举，又时常压制那些幸福的和不幸的人；没有人[90]能向人们预言生活的现状能维持多久。（1158 - 1160，[译按]参罗念生译文，前揭，页325）②

留待我们思考的是，为什么安提戈涅和克瑞翁在剧中都被引向毁灭，是什么导致了他们的败亡，是人为抑或神赐。为了探讨这些

---

① 伯纳德特评述道："忒瑞西阿斯所说都是为人类寻求真理之源而辩"（1999,138）。

② 笔者认为英格拉姆太过武断，他将此报信人看做是一个"没有远见的普通人"。

问题,则需更进一步研究该剧。该剧的确激发了对虔敬力量的敬畏,不过它也引导我们去探究虔敬的本质和问题。

安提戈涅的虔敬英雄主义

《安提戈涅》讲述国王与女孩争夺尸首的故事。忒拜新任国王克瑞翁下令暴露波吕涅克斯的尸首加以惩罚,因为他是城邦的、诸神的敌人,还是弑兄之人,家族的敌人。安提戈涅试图安葬波吕涅克斯的尸首以示尊敬,因为波吕涅克斯是她哥哥。很明显该剧最吸引我们注意的是安提戈涅的行为,她安葬哥哥尸体的决心确实很令人震惊——克瑞翁刚下令,无论是谁安葬了波吕涅克斯的尸体,都将当众以石头处死。

实际上最初所有人(甚至连克瑞翁)都认为,安提戈涅会听从法令,不会鲁莽行事(参 376 – 383, 403, 406, 441 – 443, 446 – 447, 449)。克瑞翁和伊斯墨涅都怀疑安提戈涅是否丧失了理智(561 – 564, 98 – 99)。安提戈涅想要看到哥哥被安葬,这可以理解,但她亲自付诸行动,埋葬哥哥(两次),公然违抗国王,令人震惊;她没有向国王恳求怜悯,这种行为倒没那么危险,像《伊利亚特》(Iliad)末卷中普里阿摩祈求阿喀琉斯那样;她也没有尝试劝国王对战败的敌人宽宏大量,像《埃阿斯》中奥德修斯和埃阿斯的兄弟透克洛斯(Teucer)说服墨涅拉奥斯(Menelaus)和阿伽门农(Agamemnon)允许埋葬埃阿斯的尸体那样(1047 – 1162, 1223 – 1373);她更没有诉诸克瑞翁的虔敬来说服他[91]埋葬尸体,就像忒瑞西阿斯后来所为那样(参《安提戈涅》, 992 – 1114)。

安提戈涅,单独行动,对抗国王。她没有同盟,不会有人帮她迫使克瑞翁放宽命令或赦免她,没人能推翻克瑞翁,忒拜同胞中不会有她的盟友,因为她将要埋葬的人刚率领一支阿尔戈军队试图占领、毁灭忒拜,还杀死了忒拜国王,或许还害死了不少的忒拜人,包括歌队的亲属(参 100 – 154,尤其是 117 – 126)。① 克瑞翁理所当然地认为,无论是谁试图埋葬波吕涅克斯,定早有预谋,或许还是忒拜的内部奸细,他们胆大力强,有钱贿赂守卫尸首的士兵,可能还贿赂了先知忒瑞西阿斯。② 克瑞翁发现安提戈涅埋葬了尸首,就猜想至少她妹妹肯定帮了忙(484 – 496,531 – 535,561 – 562,577 – 581,769 – 771)。然而,安提戈涅是单独行动的。比起阿喀琉斯或埃阿斯反抗希腊同胞勇士时而言,安提戈涅更加孤单,因为至少这些人还得到了密尔弥冬(Myrmidon)或萨拉密斯(Salaminian)士兵的支持。③

最后,或许也是最重要的,安提戈涅对抗克瑞翁的行为令人震惊,还因为她是个女孩,一个很年轻的少女,且正准备结婚,在剧中大部时候是以"少女κορη]"或"孩童[παις]"来称呼她。④ 剧中每个

---

① 或可提出异议,安提戈涅确有其未婚夫海蒙(即国王之子)这一重要盟友。然而根据手稿内容来看,安提戈涅在剧中从未提及海蒙,所以她似乎从未将海蒙当作潜在盟友,或许她认为海蒙会像她忠于哥哥那样对他父亲绝对忠诚。

② 289 – 326。参 1033 – 1063 及 221 – 222。另参莱因哈特,1979,69 – 71;诺克斯,1964,88。

③ [译按] 密尔弥冬(Myrmidon),希腊历史中由阿喀琉斯指挥的英勇善战的勇士。萨拉密斯(Salaminian),塞浦路斯古都,相传由特洛伊英雄透克洛斯所建。

④ 安提戈涅在剧中四次被称为"少女"(κορη)(395,769,889,1100),七次被称为"孩童"(παιζ)(378,423,561,654,693,949,987)。还有十一次被称为"女人"(γυνη),但其中九次是克瑞翁的话,这或许表明克瑞翁渴望劝阻歌队和海蒙同情安提戈涅(525,579,649,651,678,680,740,746,756;61,694)。例如,克瑞翁对儿子说:"孩儿,不要贪图快乐,为一个女人而抛弃了你的理智;要知道一个和你同居的坏女人会在你怀抱中成为冷冰冰的东西"(648 – 651,着重号为英文所加,[译按]参罗念生译文,前揭,页 313)。歌队和护卫队仅用"少女"(395,1100)或"孩童"(378,423,949,987),从未用"女人"称呼安提戈涅。海蒙与父亲的对话中,一次以孩童、一次以女人来称呼安提戈涅:"我倒能背地里听见那些话,听见市民为这女子而悲叹,因为她做了最光荣的事,在所有的女人中,只有她最不应当这样最悲惨地死去"(692 – 695,[译按]参罗念生译文,前揭,页 314)。甚至连克瑞翁都两次以"少女"(769,889)、两次以"孩童"(561,654)来称呼安提戈涅。关于安提戈涅与海蒙将至的婚姻,参 568,627 – 630,1223 – 1225。

人都认为只有男性[92]敢挑战国王,因为人们认为只有男性才有勇气去面对克瑞翁的士兵,或面对克瑞翁对违法之人所施的酷刑(248,332 – 375,尤参 347;也参 218 – 222,268 – 277,304 – 314,432 – 440;931 – 932)。伊斯墨涅表明,她们身为女性,天生比男性柔弱,公开与强大的国王作武力抗争,不会有什么好处(61 – 64)。然而,安提戈涅并没有采纳伊斯墨涅的提议,不会严守秘密,也不会采用欺骗手段来弥补其天生的柔弱(84 – 85)。她没有采用希腊戏剧中其他女英雄智胜、击败强大的男对手所用的迂回、狡猾的手段。她没有用阴谋反抗克瑞翁,如像克吕泰涅斯特拉(Clytemnestra)反抗阿伽门农,厄勒克特拉(Electra)反抗埃癸斯托斯(Aegisthus),美狄亚(Medea)反抗伊阿宋(Jason),或是帕拉克撒戈拉(Praxagora)反抗雅典由男性组成的民主议会。① 在希腊文学的平凡女性中,唯独安提戈涅敢公开、公然挑战其敌人。她像男性一样抗争。实际上,

---

① [译按] 克吕泰涅斯特拉(Clytemnestra),斯巴达皇后海伦的双胞胎姊妹,在希腊神话中是阿伽门农的妻子,野心勃勃。在丈夫参加特洛伊战争时和情夫埃癸斯托斯一起统治迈锡尼。战争结束后,阿伽门农回国,成为她统治迈锡尼的一大障碍。于是她设计杀死了阿伽门农和他的姘妇预言家卡珊德拉。最后她被自己的儿子俄瑞斯特斯所杀。厄勒克特拉(Electra),特洛伊战争中的希腊联军统帅阿伽门农的次女。母亲克吕泰涅斯特拉伙同情夫埃癸斯托斯杀害阿伽门农,又企图杀死儿子俄瑞斯特斯以绝后患。厄勒克特拉救出了俄瑞斯特斯,并带他逃到姨父福喀斯国王斯特罗菲俄斯那里。八年之后,厄勒克特拉跟随已经成年的俄瑞斯特斯返回迈锡尼,帮助后者杀死母亲,为父亲报了仇。后来俄瑞斯特斯继承王位,厄勒克特拉则嫁给了俄瑞斯特斯的朋友、福喀斯王子皮拉得斯(阿伽门农的外甥)。埃癸斯托斯(Aegisthus),克吕泰涅斯特拉的情夫。美狄亚(Medea),希腊神话中的科尔基斯公主,伊阿宋的妻子,也是神通广大的女巫。美狄亚被爱神之箭射中,与率领阿尔戈英雄前来寻找金羊毛的伊阿宋一见钟情,帮助伊阿宋盗取羊毛并杀害了自己的亲弟弟阿布绪尔托斯。不料对方后来移情别恋,美狄亚由爱生恨,将自己亲生的两名稚子杀害以泄愤,最后酿成了悲剧。帕拉克撒戈拉(Praxagora),组织女人集会的群众领袖,主张立法实现共产,不动产归公,私产也归公,金银货币废除,实行公餐制度。

她比剧中任何人都更勇敢,公然反抗克瑞翁(992 - 994,1090 - 1095),唯有年长的先知忒瑞西阿斯除外,与安提戈涅不同,他知道自己需要忒拜人的尊敬。护卫队在国王面前退缩了,德高望重的长老们害怕克瑞翁,忒拜的普通百姓不敢向克瑞翁吐露心声,而且连海蒙,至少一开始,也对其父圆滑、奉承。安提戈涅无所畏惧(参如 218 - 244,259 - 277,329 - 331,635 - 638,683 - 686,690 - 691 及 432 - 436,441 - 448)。克瑞翁本人看到她"顽强的"举动,称她为"最顽固的铁",还担心应立即惩罚她,否则她会比克瑞翁更有男子汉气概(473 - 476,484 - 485;另参525,677 - 680)。①

[93]然而,克瑞翁和歌队用来描述安提戈涅行为的词不是男子汉气概或勇气($ανδρεια$),而是胆大妄为($τολμα$:248,449;另参370 - 371,931 - 935)。剧中"胆大妄为"一词似乎表示一种无所畏惧的意愿,可以违背或超越所有限制。为了理解安提戈涅胆大妄为的意义,让我们来探讨歌队著名的第二合唱歌,其主题就是胆大妄为,该合唱歌表明胆大妄为与思虑周全($περιΦραδης$ - 347)是人类本性中的核心特征(参杰布1979,100,12)。在《安提戈涅》中,歌队总体表现出忒拜长老们对传统的尊重,却又时而起伏不定,但第二、第四合唱歌呈现出的深刻洞见已经远远超出了这些内容。②

歌队听说有人违抗了国王的命令,安葬了波吕涅克斯的尸首之后,便唱了一首颂歌歌颂人类($ανθρωπος$)那格外可怕或不可思议

---

① 泰瑞尔和班尼特深入论述,认定该剧含蓄地将安提戈涅比作亚马逊女勇士(1998,42,72,103,109)。

② 如艾伦伯克所述,"我们或可认为此颂歌,由普通的老人唱出,柔弱无力,胆小怕事,但是我们意识到诗人采用了那知名的'反讽术',以让歌队叙说具有更广泛、更深刻意义的东西,这时颂歌才获得其全面意义"(1954,65;另参莱因哈特,1979,252)。

(δεινός)的性格。① 该颂歌表明人是所有生物中最不同凡响、最危险的,因为在所有的自然生物中,唯独人类没有单纯地跟随自然,而是敢于挑战自然中的限制。这种胆大妄为有三种形式。首先,人类试图掌控自然界,例如,造船航海,发明工具获取地球上的食物,捕获并驯服动物为己所用,治愈疾病(332 - 353,363 - 364)。其次,人们改变自身,力图克服自然环境中的困难。由于人会说话,能思考,可以变得文明,成为守法、文雅及政治的动物,并创建井井有条的文明生活(354 - 370)。[94]但是最后,人企图克服人类社会强加的限制,不惜触犯法律、毁灭城邦,甚至逾越"诸神发誓要主持的正义"(369;365 - 371)。因此,胆大妄为显然成为一种模棱两可的人类特质,因为它将人类引向善或恶、更好或不幸、文明或混乱。

颂歌表明人类的两种特性分别是胆大妄为和思虑周全。这两种特性似乎相互矛盾。一方面,人类超群的创造力可能导致胆大妄为。只有人才能想出办法航海、耕种、狩猎、治病、立法和反抗。另一方面,颂歌似乎表明胆大妄为是人愚笨的标志,而非理智的表现。颂歌尾声强调人类的胆大妄为是一种严重的缺陷:

> 什么事他都有办法,对未来的事也样样有办法,甚至难以医治的疾病他也能设法避免,只是无法免于死亡。在技巧方面他有发明才能,想不到那样高明,这才能有时候使他遭厄运,有时候使他遇好运;只要他尊重地方的法令和诸神发誓要主持的正义,他的城邦便能耸立起来,如果他胆大妄为,犯了罪行,他

---

① 关于胆大妄为(δεινός)一词有价值的论述,参努斯鲍姆,1986,52 - 53及诺克斯,1964,23 - 24。海德格尔对该颂歌的著名分析集中于 δεινός 一词的论述,该词"涵盖了人的在之最宽广的界限和最尖锐的深度"(1980,149,[译按]参熊伟、王庆节译,前揭,页 150;参 148 - 165)。依照海德格尔的叙述,人首先是强有力者,因为他"行使权力,不仅拥有权力,而且强力行事,因为行使权力不仅是他的行为之基本特征,而且是他的此在之基本特征"(149 - 150,[译按]参熊伟、王庆节译,前揭,页 151)。

就没有城邦了。(360 – 371,[译按]参罗念生译文,前揭,页305)

初看之下,该颂歌似乎意在强调人类局限正在于有死性。死亡似乎是人类无法动摇的限制——终极限制。人努力治愈疾病,饲养动物,避难自保都是为了生存,避免死亡。然而人最终一定会死,不可避免,因此人在生存过程中为克服限制所作的一切努力最终都将是徒劳的,但人一定会死吗?经过更深入研究该颂歌发现,颂歌对此问题含混其词,令人疑窦丛生(tantalizing)。颂歌所用的词语不是"死亡",而是"哈得斯"(361)。或许人类无法避免的不是死亡,即消亡,而是哈得斯——我们死后要去的地方。获得某种永生,能不能逃离死亡呢?按神圣正义的要求行事,有无可能避免死亡,并从哈得斯的诸神那里获得安乐呢?①

[95]该颂歌表明人是力图突破自身局限的物种,人善于思考,所以与其他物种不同。人足够聪明,意识到了死亡。但正由于人足够聪明,所以才怀疑死亡是否真为人生的终结,抑或死亡反而引人走向另一种更高的生活。最重要的是,这种关于死亡的意识激发了人对永生的渴求,渴望逃离自然强加于我们的所有限制,包括死亡。颂歌接着说,从本质上看,胆大妄为反映了人类对永生的渴求,随后歌队将这种渴求描述为爱欲性的(781 – 790;另参 90,220)。② 我们

---

① 笔者不同意西格尔的主张,他认为该颂歌"极大地反映了索福克勒斯时代的乐观理性主义"(1966,71;另参 1981,155)。西格尔主张该颂歌"极具理性主义信心,是剧中唯一不含神话暗示的颂歌"(165)。西格尔还提到颂歌涉及"大地、'不朽、不倦、最高的女神'(338 – 339)"的内容(169)。他说:"歌队在人颂中说,'哈得斯是人类唯一无法逃离的事情'(361 – 362)。这句话经常用来描述剧中的肃剧行为"(178)。

② [译按]爱欲性的,又作爱若斯的。爱若斯在希腊神话中是司"性爱"之神。

敢于超越限制,拒绝表面上必死的宿命,因为我们渴望永生。①

据合唱歌所述,胆大妄为是一种普遍的人类特征。例如克瑞翁敢于制定新法令,拒绝安葬叛徒,更改了有关死者的传统法令,以整治[96]迄今还困扰着祀拜的混乱。② 然而,根据歌队的看法,胆大妄为引导人们去反抗自然和人类社会强加的限制,从而使人们自己置身政治共同体之外(απολις – 370),正是安提戈涅将颂歌所述的这种胆大妄为表现得栩栩如生。③ 安提戈涅逾越国王的法令,安葬叛国的哥哥的尸首。她超越家庭私人领域,公然挑战国王兼舅舅的权威,逾越习俗及传统强加给女性,尤其是年轻女性的束缚。实际上我们可以认为,尽管安提戈涅比伊斯墨涅小,但她像男人一样,敢于直接公开挑战克瑞翁的强权,敢于克服女性的本性,乃至违抗天性

---

① 海德格尔认为,合唱颂歌将人描述成一种本质上"强力行事的、创造性的"在,这在将命令强加于他周围的世界,并认为该颂歌赞美这种创造以强力行事(1980,163;另参152 – 153,161)。希腊人"在其此在之唯一的亟需中唯一地只行使了强力并不是消除了此亟需,而只是增强了此亟需,他们就为自己本身闯出了真正历史的伟大之基本条件来了"(164,[译按]参熊伟、王庆节译,前揭,页165)。海德格尔论述该颂歌时完全不顾戏剧的其他部分,尤其是有关爱欲的第四合唱歌,所以他没有注意到,第二合唱歌中不仅将人的勇敢等同于强加命令的冲动,还等同于一种对不朽的渴望,这种渴望包含激情、爱欲与希望,同时又极为混乱。海德格尔在行361将"哈得斯"误译为"死":"只有在一件事上一切强力行事都马上失败,这就是死[Das ist der Tod – 1998,121]。死把所有一切完成都超完成了,死把一切限制都超限制了"(1980,158,[译按]参熊伟、王庆节译,前揭,页159;参147)。然而颂歌使用"哈得斯"一词,与全剧的主旨相符,指出了人生的根本问题:死亡的确是我们生存的局限吗?该过错使海德格尔忽略了虔敬希望及渴望在颂歌所述的人类处境中的重要性。另参努斯鲍姆,1986,73。

② 关于这一点,参萨克森豪斯,1992,66。

③ 参西格尔,1981,153。克瑞翁和歌队用"胆大妄为"一词形容安提戈涅的行为,她无所畏惧地违反国王命令,令人震惊。克瑞翁用"骄傲自大"(υβεις)一词谴责安提戈涅目无法纪的行为(参449及480 – 483;另参309)。

本身及习俗。①

在最开始的时候,安提戈涅信念坚定,相信自己必定正义,所以心中会有超自然的勇气,不计成败,独自对抗习俗和天性。从一开始,她就完全确信,埋葬哥哥是正义的,而国王或城邦对她横加阻碍,实在毫无道理。对安提戈涅来说,正义就是忠于家庭,这是不言而喻的。波吕涅克斯是[97]忒拜的死敌,忒拜也是他与安提戈涅所在的城邦,这一点安提戈涅从未否认,但她也从未提到波吕涅克斯的叛变,也未提到忒拜打败了他,这些事情在安提戈涅看来不值得讨论。波吕涅克斯之所以重要,正在于他是安提戈涅的亲哥哥,是她自己父母的后代(45-46;另参 466-468,502-504,511,513,517,911-912)。只有她的家人才是"亲爱的人"(9-10,73;另参461-464)。人类最重要、最普遍的纽带就是血肉亲情(参 37-38;诺克斯,1964,79-82)。家庭是人类首要的共同体,因而也成了正义之举的主要舞台(参《安提戈涅》,行1)。她令家人开心,就取悦

---

① 参萨克森豪斯,1985,29;1992,69-70,76。西格尔认为,"克瑞翁和安提戈涅间的冲突不仅是城邦和家庭的冲突,还是男性和女性间的冲突",克瑞翁既象征"男性理性",又象征"以男性为中心的政治理性主义",并且克瑞翁还和忒瑞西阿斯一起象征着"父权统治",而安提戈涅则与欧律狄克一起象征"女性生殖力"和"感性"(1981,183-184,200-201,194-195,186;另参1966,69-70;1995,125-127,134-136)。西格尔的文章,描述克瑞翁的内容有些似是而非,也忽略了戏剧的关键特征:对抗克瑞翁的安提戈涅鲜明而英勇的性格,安提戈涅和伊斯墨涅间的冲突,克瑞翁的虔诚以及伊斯墨涅和安提戈涅身上的理性主义成分。

了"我最应当取悦的人"(89)。①

安提戈涅确信,埋葬她哥哥是公正的,她也从未费心去向她妹妹伊斯墨涅解释为什么她认为克瑞翁的命令是错误的。

> 克瑞翁不是认为我们的一个哥哥应当享受葬礼,另一个不应当享受吗?据说他已按照律法与正义把埃特奥克勒斯埋葬了,让他在下界的死者中享受尊荣。我还听说克瑞翁已向城里的人们宣布:不许人埋葬或哀悼那不幸的波吕涅克斯的尸体,使他得不到眼泪和坟墓;他的尸体被猛禽望见的时候,会是块多么美妙的贮藏品,吃起来多么痛快啊!听说这就是高贵的克瑞翁针对这你和我——特别是针对着我——宣布的命令;他就要到这来,向那些还不知道的人明白宣布:事情非同小可,谁要是违反[98]禁令,谁就会在大街上被群众用石头砸死。你现在还知道了这消息,立刻就得表示你不愧为一个高贵父母所生的高贵者;要不然,就表示你是个贱人吧。(21 – 37,[译按]参罗念生译文,前揭,页 297 – 298)

安提戈涅的无情讽刺针对"高贵的"克瑞翁的"正义",反映出她发自肺腑的信仰,即反驳克瑞翁的那些太过多余的论证。如果克

---

① 因此笔者认为乱伦和爱欲在忒拜剧中地位突出,但笔者仍然发现格里菲斯及其他人的弗洛伊德主义或拉康主义观点没有说服力,他们认为安提戈涅首先爱父亲,后又爱哥哥,均是一种乱伦的、"一心一意的眷恋",还认为安提戈涅从未忠于作为整体的家庭(2005,94 – 97;另参安齐厄[Anzieu],1966;约翰逊,1997)。韦尔南的批判,有些尖锐,他甚至警告说,当"眷恋(philia)和爱欲(eros),恋家和性欲……混为一谈,而且其一被称作另一的'替代品'时,[《安提戈涅》]的文本并未变得更清晰,相反,该剧被毁了"(参韦尔南和那奎特,1988,102)。应该注意的是,尽管拉康认为安提戈涅"也带着对波吕涅克斯的爱",但他并未认为这种爱是乱伦的(1997,254;参 254 – 256,265,276 – 279,282 – 283;另参格里菲斯,2005,129)。

瑞翁的命令也算符合正义的话，实在太过荒谬了。①

乍一看，安提戈涅的力量似乎是一种纯粹的道德力量。在这个年轻女孩身上根本没有体力，没有狡诈或算计，对用阴谋、欺骗、外交甚至是劝说来获取利益根本不感兴趣，也完全没有明显的私利，我们似乎见证了正义女神本身最纯洁的力量（参 451 和 538）。安提戈涅逐渐展现出完全忠于正义的一面，愿意无私地牺牲她的生命以"帮助死者"（559 – 560），从而成就"天生的高贵"（38）。

戏剧开场，她和不英勇的妹妹伊斯墨涅之间的对比，突显了安提戈涅的英雄主义。很明显伊斯墨涅缺乏姐姐那样的勇气，因为伊斯墨涅拒绝违抗专制的克瑞翁来埋葬哥哥。伊斯墨涅以审慎、利己、自保为理由，反驳安提戈涅高贵、正义的计划。与高贵的姐姐不同，伊斯墨涅似乎毫不迟疑地抛弃了她的哥哥，竭尽全力求得生存，不惜忽略对家庭及诸神的责任。不过事实上，即使以审慎的标准来看，伊斯墨涅做得也不够，因为她没能劝阻姐姐，毕竟安提戈涅最终成功地安葬了哥哥。

然而，后来的事件证明了伊斯墨涅的明智，也证明她在某些方面对姐姐无比忠诚，认识到这一点很重要。举例而言，她是第一个敢向克瑞翁指出，克瑞翁杀死安提戈涅，就是在杀害他自己儿子的未婚妻（568 – 571，574）。从整个剧本来看，伊斯墨涅是第一个也是唯一力劝海蒙保护安提戈涅的人（572）。② 伊斯墨涅的这些行为，几乎挽救了安提戈涅的生命（参 771 – 780，1206 – 1225）。[99] 伊斯墨涅不愿违抗克瑞翁，她的理由毫不高贵，也没起到什么作用，但我们必须记住不久之后，伊斯墨涅自己也怀疑这种反对是否明智。最后，也是最重要的，伊斯墨涅看似不光彩的辩驳，激励着安提戈涅显露出其高贵的真实本性。现在让我们更详尽地探讨伊斯墨涅的

---

① 关于该场景中安提戈涅其他尖锐讽刺的例子，参 74，95 – 96；469 – 470。

② 参萨克森豪斯，1992，70；伯纳德特，1999，74；英格拉姆，1980，93。

辩驳。

在讲述了她们家的遭遇后,伊斯墨涅辩解道:

> 现在只剩下我们俩了,你想想,如果我们触犯法律,反抗国王的命令或权力,就会死得更惨,首先,我们得记住我们生来是女人,斗不过男人;其次,我们处在强者的控制下,只好服从这道命令,甚至更严厉的命令。因此我祈求下界鬼神原谅我,既然受压迫,我只好服从当权的人;不量力是不聪明的。(58 – 68,[译按]参罗念生译文,前揭,页298)

伊斯墨涅没有质疑安提戈涅的观点,她也认为克瑞翁的命令不合正义。但是她反驳姐姐的观点,认为至少在这种情况下,正义也必须让位于自然必然性,即弱者必须向强者低头。伊斯墨涅作了如下论述:我们的家庭已灭亡,更重要的是,在我们的民人同胞眼中(她认为或许也包括忒瑞西阿斯),我们家"令人厌恶、声名狼藉",已有人犯下了乱伦、自杀、弑兄这些卑鄙、不公正的罪行,只留下我们俩,孤苦伶仃,没有家人支持我们,也没有理由指望得到别人的支持。但我们需要盟友,以便成功反抗克瑞翁专横的强权。我们都是女性,而他比较强大,他不仅是男人,还是统治者,可调动军队。违抗王命的行为难以成功,根本没有意义,只是自寻死路,别无所获。

伊斯墨涅不仅质疑安提戈涅正盘算的行动是否审慎,还怀疑此行动是否高贵、正义。伊斯墨涅论述道,安提戈涅试图安葬哥哥的计划不仅危险,而且是"不量力的"（περισσος,68;另参780）。称该计划"不量力",是因为安提戈涅完全无法执行她的计划。埋葬她哥哥的行动,是不会成功的。就算她埋葬了尸体,克瑞翁直接下令将尸首挖出便是。后来,安提戈涅也两次提到,成功安葬波吕涅克斯是件"不可能"的事(90,92;另参79)。伊斯墨涅问道,这样徒劳做事,根本没能帮到她们自己,也未能有益于她们的哥哥,又怎么会高尚、正义呢？［100］安提戈涅驳斥伊斯墨涅，说自己天生高贵。但伊斯墨涅回答，至少在这种情况下，人不可能天生高贵，除非天生强大，才有能力完成高贵之举。由于她们俩都不够强大，在这种情况下她们都无法高贵或公正地行动。伊斯墨涅接着说，安提戈涅必须面对自然的必然性，接受自然附加在高贵、正义之上的局限，不要去安葬哥哥，留待群鸟啄食好了。

安提戈涅在剧中首次肯定了对来世的信仰，即诸神会在来世奖励她的高贵和正义，以此回应伊斯墨涅的辩驳：

> 我要埋葬哥哥。即使为此而死，也是件高贵的事；我行了这种神圣的罪，倒可以同他躺在一起，亲爱的人陪伴着亲爱的人；①我取悦那地下人的时间，要长过取悦在世上的人，因为我将永远地躺在那儿。至于你，只要你愿意，你就藐视诸神所珍视的东西吧。(71-77,［译按］参罗念生译文，前揭，页298)

安提戈涅坚称她试图埋葬哥哥并非自寻死路。她承认，克瑞翁是王，强大无比，会把她处死，但还有超自然的存在——诸神——会在她死后用永恒的安乐奖励她高贵、公正的行为。我们看到安提戈涅的勇敢和坚强，不仅由于她的正义，还由于她的虔敬，确切地说是由于她相信正义的行为会在来世得到奖励。安提戈涅并非无私，她明智地坚守正义，因为她知道，也坚信，她的正义行为将为她带来永恒的安乐。安提戈涅也承认此世不公正盛行，也承认自己会遭遇失败，会被克瑞翁处死，但她确信诸神有眼，他们会在另一个世界——阴间，奖励她的正义和高贵。安提戈涅后来声明，她确信正义本身就是一位女神(451)。安提戈涅确信，虽然伊斯墨涅反对，但她并非真正孤独，也非真正柔弱，即使她天生就比敌人柔弱，因为她有超自

---

① 伯纳德特认为，短语 ὁσια πανουργ ησας 引人注意，可译为："绝不停止任何神圣的行为"(1999,12)。另参诺克斯,1964,93。

然的诸神支持。实际上,安提戈涅坚信,没必要害怕强敌克瑞翁的死亡威胁,因为她自己并非天生必死的,反而却是不朽的。

[101] 安提戈涅否认这种必然性,反驳妹妹的看法,不愿向自然的必然性屈服。首先,她否认,作为天生比男性柔弱的女性,她必须向天生的强者屈服,因为诸神会在很大程度上弥补她的柔弱,只要她以公正、高贵的行为尊敬诸神。其次,更重要的是,安提戈涅否认,作为天生必死的人,她必须屈服于那些有权杀死她的人,因为她不认为自己是必死的。只要她使诸神满意,就将享有不朽的安乐。安提戈涅否定自然的必然性,尤其否认死亡的自然必然性,以维护安葬哥哥的图谋,称其为明智的行为(参469 – 470)。安提戈涅很明显违背人类法令,破坏城邦习俗。但她最彻底的反抗,并非针对克瑞翁或忒瑞西阿斯的统治,而是针对自然本身。

安提戈涅英雄主义的典型行为——很明显地揭示了她英雄主义的本质,以及她对人类死亡的否定,这是她英雄主义的基础——正是她坚持要安葬哥哥。坚持以这样或那样的方式处理死者似乎是普遍的人类现象(参如希罗多德,3.38)。对希腊人这显然很重要,从他们的文学作品及行为中可以看出这一点。例如,在《伊利亚特》中,亚该亚的勇士们拼命战斗也要保全帕特罗克洛斯(Patroclus)的尸体以便加以安葬;① 特洛伊国王普里阿摩不惧危险,忍辱负重,就是为了找回儿子赫克托耳(Hector)的尸首。索福克勒斯的《埃阿斯》(*Ajax*)中,透克洛斯即使冒着巨大风险也要确保同父异母兄弟埃阿斯的尸体被安葬。欧里庇得斯(Euripides)的《祈愿者》(*Suppliants*)中,忒修斯和雅典人向忒拜宣战,目标是追回非雅典人

---

① [译按]帕特罗克洛斯(Patroclus):墨诺提俄斯的儿子,阿喀琉斯的密友。在特洛伊战争中,帕特罗克洛斯身穿阿喀琉斯的盔甲把敌人赶出他们的营船,之后他没有听从阿喀琉斯的警告留在营中,而去追赶赫克托耳。赫克托耳在阿波罗的保护下,回过头来同他交战。帕特罗克洛斯被赫克托耳一枪击中,倒地身亡。

的阿耳戈斯士兵的尸体并安葬他们。或许最令人惊叹的是,雅典人处死了刚率领他们取得海上大捷——阿吉纽西之战(Arginusae)——的海军上将们,①因为将军们在胜利后,遭遇暴风雨,处境堪危,为求自保,便没有寻回雅典海员们的尸首,也无法加以安葬。② 安提戈涅及后来克瑞翁自己,都间接提及了永恒的、神圣的"法令",这些法令要求[102]埋葬死者(449 - 470,1108 - 1110)。举例而言,《伊利亚特》的诸神(16.453 - 7,667 - 675),《埃阿斯》的透克洛斯和奥德修斯(1129 - 1132,1342 - 1345)以及欧里庇得斯《祈愿者》的透克洛斯及其母亲(18 - 19,307 - 313,524 - 563)都提到过这些神圣的法令。

确有某些希腊人,他们不把神圣法令的要求当真,也没把死者的葬礼看得如此重要。最值一提的便是哲人苏格拉底,他在死的那天表示自己完全不在意如何被埋葬,甚至不在意是否被埋葬,因为他一死就不再以任何方式存在于身体中。他的身体将只是没有生命的躯壳(《斐多》,115c2 - 116a1)。苏格拉底还进一步表明,相信死者以某种方式继续存活在其尸体中是灵魂的一种"邪恶"(115e4 - 6)。苏格拉底还试图阻止雅典人处死他们凯旋的海军上将们,因为上将们将战死的海员尸体留在海里,是为了让活着的海员们得以逃命(色诺芬,《希腊史》,1.7.9 - 15;柏拉图,《苏格拉底的申辩》,32a5 - c4)。实际上,古朗热(Fustel de Coulanges)表明,海军上将们本身就是"哲人的学生"(1900,11)。但有一点也是事实,苏格拉底与海军上将们一样,也因为不虔敬而被民人同胞们判处死刑,而据苏格拉底所说,所有哲人都被认为是无神论者(柏拉图,《苏格拉底

---

① [译按]阿吉纽西(Arginusae),阿吉纽西战役是伯罗奔尼撒战争中的一次海战,在这次战役中,雅典和斯巴达各有损伤,而雅典方面在这次战役后基本上失去了所有的将军。战后,斯巴达向雅典求和,但再次被雅典人拒绝。

② 色诺芬,《希腊志》(*Hellenica*),1.6.24 - 1.7.35;西西里的狄奥多罗斯,13.31。参库朗热,1900,11 - 12;蒙田(Montaigne),1958,12 - 13。

的申辩》，23c7 – d7；另参《法义》，966d9 – 967d2）。因此，苏格拉底的例子正好强调了希腊人总体上——非哲学的、虔敬的希腊人——很重视死者的葬礼。

为什么对人们来说埋葬死者如此重要呢？安提戈涅表明，如果不被埋葬，她哥哥的尸体就会成为鸟儿的食物（《安提戈涅》，29 – 30；另参克瑞翁在198 – 206及海蒙在696 – 698所述）。安提戈涅希望埋葬哥哥的缘由似乎正与苏格拉底的观点正好相反，她认为哥哥仍然存在，即使在死后，也仍以某种方式存活于尸体中。群鸟啄食她哥哥尸首的景象实在太可怕，因为群鸟啄食并毁掉的，不是曾经属于哥哥的无生命的尸体，而是她依然活着的哥哥。后来，海蒙声称忒拜的普通老百姓赞美安提戈涅，因为

> 她是不会让陷入血腥冲突的哥哥不被埋葬、任他因吃生肉的狗或某种鸟而**死去**（perish）的人。（［译按］译者据英文翻译。"死去"一词着重号为英文所加。罗念生译文如下：当她哥哥躺在血泊里没有埋葬的时候，她不让他被吃生肉的狗或猛兽吞食。（696 – 698，前揭，页314））

海蒙［103］表明，在常人看来，死者并没有真正消失，不是真正的死亡，除非其尸体被毁，如被饿狗吞食。埋葬尸体十分重要，可拯救死者逃避死亡，让死者在死后以某种方式继续生活。如此看来，人们埋葬死者是为死者着想，意图授予死者一种不朽（参559 – 560）。

葬礼可阻止尸体成为群鸟的食物，然而或许仍有人会问，尸体被掩埋之后，仍然会成为其他生物（如蠕虫）的食物，不是吗（参希罗多德，3.16）？戏剧对尸体自然腐烂过程的描述，太过形象，让人想到有关尸体的问题。在波吕涅克斯尸体旁执勤的一位守卫曾说，有人将尘土撒在尸体上之后，他便去通知克瑞翁，接着重返尸体旁，与守卫同伴们按国王命令，掘出尸体：

> 我们将盖在尸体上的沙子完全拂去,使那黏糊糊的尸首露了出来;我们随即背风坐在山坡上躲着,免得臭味儿从尸首那里飘过来……这样过了很久,一直等到太阳的灿烂光轮开到了中天,热得像火一样的时候。(409 - 412, 415 - 417,[译按]参罗念生译文,前揭,页 306 - 307)

索福克勒斯描述了尸体的样貌,腐臭而潮湿,该描述严谨而清晰地展示了尸体的命运,即使未被饿狗和群鸟撕碎,得以入土为安,也难逃腐烂的厄运。这种描述表明,对活着的我们而言,未被掩埋的尸体之所以可怕,正在于我们能看、能闻,可以见证刚才活着或许现在还活着的身体,迅速地腐烂、消亡。我们见证了尸首可见的、明确的死亡。我们被强有力的感官证据所折服,相信死去的人真的不复存在。不去掩埋尸体,把尸体仅当作某个物件——例如,用于喂养动物,或像落叶一样留在地上任其枯萎——可能就是以最生动的方式来证实人类的必死性。

因此,掩埋尸体就是一种逃避行为,即不愿死者的死亡太过生动,太过具体,也不愿面对我们自己对死亡的恐惧。从这个角度看,我们埋葬死者不只帮助死者也帮助我们自己逃避现实,[104]避开人类自然死亡过程的最全面、最生动的表现,这样我们就可以断定,尽管人类对死人尸体的消亡已有抽象意识,但是人类仍以某种方式在死后继续存活。因此,安葬死者就是否认我们天生就是必死的生灵。所以,安提戈涅强烈要求埋葬哥哥尸首的行为表明她热切渴望,也满心期待能获得不朽。

安提戈涅的胆大妄为,英勇而神秘,核心原因正是她无比虔敬。她敢于独自反抗国王,因为她确信自己并非孤身奋战,而是有诸神的支持。她敢于冒着生命危险来安葬哥哥的尸体,因为她确信,这样做不会真正死亡,反而会享受神明的奖赏——永世安乐。安提戈涅不惧怕那些天生更强大之人的死亡威胁,敢于逾越女性的天性以及必死的天性,是因为她否认本性的控制,希望超自然的存在能使弱者战胜强者,女性战胜男性,并使凡人死后获得神明的奖赏,即在另一个世界(阴间)的不朽。因此,在安提戈涅身上,最重要的是我们见证了看似超自然的力量和虔敬本身的胆大妄为。因为这个孤独的年轻女孩看似无助,实则充满了虔敬的希望、信念和渴望,乃至拥有强大的力量反抗所有的不平等——来自于国王、城邦,甚至是自然本身。①

我们可以把安提戈涅看作《圣经》中虔敬英雄大卫(David)的希腊翻版。像大卫一样,这个年轻的女孩相信诸神会加以支持,便勇敢地反抗强大的对手,反抗无法抵抗的不平等(如参《撒母耳记》17:45 – 7)。实际上,安提戈涅似乎比大卫更勇敢、更虔敬。因为她不但像大卫一样年龄小,而且还是女孩子,手无寸铁,无人支持,同邦民人还有她同胞妹妹都置之不理,却要挑战男人世界中的男性国王。用马基雅维利的话来说,她完全是个手无寸铁的公主。安提戈涅独自面对她的歌利亚(Goliath),②只有她对诸神的信念做武装。这是一种纯粹的英雄主义信念。

[105]然而最终走向坍塌瓦解的也正是她的信念。最终,安提戈涅不是被敌人们强大的身体力量所打败。而是海蒙即将把她从拘禁中解救出来之际,也是在懊悔而害怕的克瑞翁决定要释放她之时,安提戈涅不再坚信诸神会拯救她,最终选择了自杀。

逐渐动摇了这个虔敬女英雄心中虔敬的不是威胁而是论证,这

---

① 因此笔者必然不赞成西格尔的观点,即"在伟大的第五世纪,天性(nature)与习俗、自然(physis)与法制(nomos)间的辩论中,安提戈涅支持自然"(1981,155)。关于安提戈涅对自然的复杂理解及其与自然的关系,参萨克森豪斯,1992,66 – 76。

② [译按]歌利亚(Goliath),又称为迦特的歌利亚(迦特是非利士人的五个城邦之一),是一位非利士人勇士,以与年轻的大卫(未来的以色列国王)的战斗而著称,记载于希伯来《圣经》及基督教《旧约圣经》(《古兰经》中也简略记载此事)。

些论证质疑着她的明智、正义以及虔敬。安提戈涅出现在戏剧的三个场景中，其中两个场景中争辩占主导：一是与伊斯墨涅争辩埋葬她们的哥哥是否明智，二是与克瑞翁争辩埋葬她哥哥是否正义与虔敬。在最后一个场景中，安提戈涅对她的正义与虔敬深表怀疑。在剧中，安提戈涅的信念接受了理性论述的考查。尽管她的信念显然未被伊斯墨涅的质疑所动摇，但该信念被克瑞翁的质疑削弱，乃至最终似乎被摧毁。

正义与私利：伊斯墨涅的质疑

伊斯墨涅质疑安提戈涅，认为埋葬波吕涅克斯对安提戈涅而言是愚蠢的自我毁灭，而安提戈涅则回应道，诸神有眼，他们会用永恒的安乐奖赏公正之人，用永恒的痛苦惩罚不义之人，而伊斯墨涅才是真正愚蠢的人。伊斯墨涅任由哥哥曝尸荒郊，罪大恶极，定已触怒诸神。安提戈涅反复强调，伊斯墨涅死后定受到诸神的惩罚（76－77,83,89,93－97；另参46,542－543,553）。安提戈涅接着进一步表明，她自己掩埋哥哥的尸体，部分原因是她害怕未能尽责，受到诸神的惩罚（458－460）。伊斯墨涅在意尘世国王克瑞翁的可怕权力，完全没留心安提戈涅的暗示，想到神明的来世惩罚。

伊斯墨涅确信她死后不会被诸神惩罚的根据是什么呢？伊斯墨涅认为，诸神及阴间的灵魂会宽恕她未能安葬哥哥，因为她是被迫屈服于克瑞翁的（58－68,78－79）。伊斯墨涅暗指，[106]正因为诸神是公正的——正如安提戈涅自己所相信的（450－452,93－94）——他们不会因为伊斯墨涅迫于无奈、别无选择的做法而惩罚她,因为惩罚非自愿的不正义并不公正。①

当然,伊斯墨涅服从克瑞翁,但并未真正受克瑞翁的压迫。她可以选择像妹妹那样,违背克瑞翁,面对死刑。伊斯墨涅的意思很明显,她受死亡的恐惧所迫,屈从于克瑞翁。换言之,伊斯墨涅遵循的是《俄狄浦斯在科罗诺斯》中她父亲提出的论点——没有人能高贵到放弃对生命的热爱,也是牺牲了他广义上的私人利益(尤参992 - 996,另参 270 - 272,309,546)。伊斯墨涅自认为,不顾克瑞翁的反对去埋葬她哥哥是不可能的(78 - 79,90)。但全剧表明伊斯墨涅的看法不对:她的哥哥最终得以安葬。伊斯墨涅自己亦定然知晓埋葬尸体并非完全不可能。当伊斯墨涅看到安提戈涅决心埋葬波吕涅克斯时,便尽力帮助安提戈涅。伊斯墨涅努力劝说安提戈涅秘密埋葬尸体,后来又力劝克瑞翁饶恕安提戈涅,她还试图怂恿海蒙劝他父亲饶恕安提戈涅(84 - 85,563 - 572)。所以,伊斯墨涅定是心存希望,尽管有些渺茫,但仍指望采用密谋和劝说的方法能成功埋葬尸首,却又能逃脱死刑。最根本的问题是,埋葬尸首有多重要呢? 为了埋葬一具尸首而冒生命危险合理吗? 波吕涅克斯的尸体最终得以安葬,但付出的代价很高:安提戈涅、海蒙、欧律狄克均走向死亡,而克瑞翁也生不如死。值得付出这样的代价吗? 伊斯墨涅认为显然不值得。至少在这方面,伊斯墨涅的观点似乎是哲学的或苏格拉底式的。她说,"你是热心去做一件寒心的事"(88,[译按]参罗念生译文,前揭,页 299),伊斯墨涅用这话描述安提戈涅的冲动,即用满腔热忱去埋葬哥哥那无生命的尸首。

伊斯墨涅自认为,她也有自保的愿望,广而言之,就是渴望追求自身的安乐[107],服从克瑞翁也是迫于无奈,所以不会为了一具冰冷、无生命的尸首牺牲自己的生命。作为一个关注自身安乐的理性

---

① 正如诺克斯所指出,在此事上"如伊斯墨涅所见,别无选择"(1964,64)。另参 563 - 564,伊斯墨涅对克瑞翁说,安提戈涅或许不应为其行为负责,不应被惩罚,因为她的行为是无心的。

生物,她不可能在知情的情形下,主动牺牲她所认定的私利。诸神对她情非得已的行为横加责罚,太不公正,因为她的行为必须屈服于纯粹的必然性,谋求她所认为的真正利益。实际上,所有人,身为理性生物,都受本性所迫,追求他们所认定的私利,不会顾及正义的其他要求,因此,这样的人在死后,似乎不应受到惩罚,也不配得到奖赏。因此,伊斯墨涅自信地面对死后神谴的威胁,正在于她深知自私的本性具有强大的力量。

但安提戈涅是怎样的呢?她的高贵不正是因为她愿意为了挚爱的哥哥牺牲生命,以及牺牲所有对幸福生活的憧憬吗?她自称"天性高贵",是"高贵的"父母的优秀子女,因为她愿意牺牲生命,"光荣地死",也愿意"帮助死者"(37 - 38,96 - 97,559 - 560;另参555)。如海蒙后来所说,在所有女性当中,安提戈涅最为荣耀,最应得到诸神与男性的尊重,因为"当她哥哥躺在血泊里没有埋葬的时候,她不让他被吃生肉的狗或猛兽吞食"(696 - 698,[译按]参罗念生译文,前揭,页314)。安提戈涅的例子难道不正反驳了伊斯墨涅的论点吗?她为了正义主动牺牲私利,因此对人类而言,也可能从公正的诸神那里得到奖赏,或接受惩罚①

[108]然而,如我们所见,安提戈涅自己坚持认为,她高贵地牺牲生命来埋葬哥哥的尸体,是在按自己的私利行事(71 - 77)。安提戈涅坚称,她的高贵并非像伊斯墨涅所说的那样是盲目的,反而是

---

① 黑格尔认为安提戈涅对哥哥的爱,"没有丝毫应受谴责的成分,也毫不自私",还认为她是"有史以来最高贵的人"(1962,147,360;另参 268 - 270)。杰布也认为"索福克勒斯笔下的安提戈涅,倾向于超越各种自私的想法,甚至超越最重大的想法——现世幸福的想法"。杰布坚信,"安提戈涅的奖励仅在于行为本身"(1979,29,25)。杰布同时认为,安提戈涅"的安慰在于某种信念,相信在离世之后,情感的最纯形式将使安提戈涅与失去的亲人团聚",所以杰布承认安提戈涅确实希望得到死后的奖赏(24)。以相似口吻,杰布将安提戈涅比作"罗马帝国下的基督殉难者"(21)。关于安提戈涅利己主义的叙述,参泰瑞尔和班尼特,1988,71。

明智的,甚至——后来她两次这样说——是一种"收获"($\kappa\varepsilon\rho\delta o\varsigma$),因为她为了哥哥高尚地牺牲生命,最后将从诸神那里获得永世安乐的公正奖赏(参461-464)。因此,安提戈涅的例子似乎没能反驳伊斯墨涅的观点,即人类不能超越他们对自身的关注,他们被自己作为理性生物的本性所迫,会将自身的安乐放在首位。

伊斯墨涅的论点似乎从根本上动摇了安提戈涅英雄主义中的虔敬的信念和希望。安提戈涅确信诸神会奖赏她,因为她认定,为了哥哥牺牲生命,就是为了正义而高尚地牺牲自己,就应当从公正的诸神那里得到永恒幸福的奖赏(尤参450-460)。但说到底,如果为了哥哥而牺牲生命对安提戈涅有利,如果她如此牺牲将得到永恒幸福的奖赏,那在何种意义上她的"牺牲"是真正的牺牲呢?在何种意义上这种牺牲是高尚的呢?如果安提戈涅违抗克瑞翁的命令埋葬她哥哥只是在追求她所理解的私利,她又怎么能理直气壮地说自己比妹妹道德高尚呢?妹妹向克瑞翁屈服,不也是在追求其所理解的私利吗?那么,安提戈涅又有何理由希望诸神会赐予她永久的幸福呢?

安提戈涅或可辩称,尽管她相信埋葬哥哥会赢得诸神的奖赏,但她的主要目的是帮助哥哥,也就是在广义上讲帮助她的家庭(尤参559-560)。她或许会说,正因为她将家庭放在首位,而非她自己,诸神才会支持她而不支持自私的伊斯墨涅(参37-38,71-77,80-81,89,93-97)。然而如果她的主要目的是帮助哥哥,就应不惜一切代价力争成功埋葬他。如果她认为哥哥只有入土,才能为安,[109]那么仅掩埋一次,自然徒劳无益,因为克瑞翁可以不断下令掘坟曝尸。① 准确地讲,如果她认为哥哥只有入土,才能为安,那

---

① 据守卫所述,当安提戈涅发现尸体再次被曝露时,她很不安,还试图再次掩埋尸体(423-433)。被捕之后,安提戈涅当然知道克瑞翁会再次掘坟曝尸,但是她甚至不再试图劝说克瑞翁或其他人尊重逝者的清静,或重葬尸首(参如450-470,497-500,806-816)。

就应当尽力劝说国王更改法令,并向他人求助,例如歌队、海蒙或忒瑞西阿斯。伊斯墨涅请求合唱队和海蒙帮助姐姐,海蒙和忒瑞西阿斯也试图改变克瑞翁的想法,但是安提戈涅埋葬了哥哥之后,未做任何努力劝说国王让哥哥入土为安。那么,她究竟有多渴望帮助哥哥呢?

或许安提戈涅认为,要为哥哥带来不朽的安乐,只需要举行一个尸体安葬仪式,祈祷时在尸体上撒下尘土就已足够(另参 423 - 433;参伯纳德特,1999,14 - 15)。[①] 安提戈涅秘密地接近尸体,没被人发现,还避开了守卫,于是仪式性的(或实际上的)葬礼便已大功告成。伊斯墨涅劝安提戈涅按换种方式行动,"无论如何,你得严守秘密,别把这件事告诉任何人,我自己也会保守秘密"。然而,安提戈涅告诉伊斯墨涅,如果伊斯墨涅不事先告知所有人她将埋葬尸体,她会恨伊斯墨涅的:

> 呸,尽管告发吧!你要是保持缄默,不向大众宣布,那么我就会更加恨你。(84 - 87,[译按]参罗念生译文,前揭,页 299)

安提戈涅表明,她完全不在乎能否成功埋葬哥哥的尸首。显然,对她来说最重要的是,为了埋葬尸体,她牺牲了生命。用她的话,高贵的死亡会是一种"收获",因为这样离世就能永远居住在哈得斯,受到已在那的家人及诸神的欢迎(461 - 466,71 - 77,89)。因此,安提戈涅的主要目标是高贵地死去,以便在哈得斯获得不朽的安乐。但要想为自己赢得神赐的不朽,她必须完成一项至少[110]在她看来惊人的正义之举,也是她能想到的最荣耀的行为:违抗国王的重大法令掩埋哥哥(37 - 38,502 - 506,692 - 699)。

安提戈涅的例子似乎证实了伊斯墨涅的论点,即我们人类天生

---

① 最先在波吕涅克斯身上撒下尘土的是诸神,而非安提戈涅。关于此说法,可参西格尔,1981,159 - 160;泰瑞尔及班尼特,1988,56 - 60,64 - 66。

就不能超越对私利的关心,也注定我们无法在来世获得神赐,或接受处罚,所以对我们这样的生灵来说,根本无法获得永生。然而安提戈涅完全未被伊斯墨涅这一影响深远的质疑所动摇。安提戈涅不但继续埋葬波吕涅克斯,而且当被带到克瑞翁面前时,她没有丝毫的怀疑,并信心满满地声明,诸神会支持并奖赏她(450 – 470)。安提戈涅似乎十分肯定公正的诸神会支持她,并会在其死后让她"收获"更好的生活,远离邪恶,也不再痛苦。显然安提戈涅丝毫不为伊斯墨涅的说辞所动,伊斯墨涅认为安提戈涅并非真正的高尚,不能得到奖赏,因为她主要是为了诸神的奖赏才如此高尚地行动。安提戈涅似乎没有在意她两个看法间的明显矛盾:一方面,她为哥哥而死,行为高尚,是有利于死者;另一方面,她又认为自己选择死亡是出于私利,为了让自己获得永恒福祉的奖赏(参如 37 – 38,95 – 97,及 559 – 560,71 – 77 及 450 – 470)。

安提戈涅心中,高贵与自私明显矛盾,解决的关键似乎正在于她将家理解为自然而神圣的共同体。① 安提戈涅埋葬哥哥是为了家(74 – 77,89,559 – 560)。家不仅仅是相亲相爱的个体的集合,家更是一个共同体,联系着成员的肉体与灵魂(9 – 10)。首先,安提戈涅与其兄妹们"由同一子宫所生"——他们共有的母亲的子宫,也为同一父亲所生,共有"同样的血统"(511 – 513,466 – 468;另参1066)。更进一步讲,在安提戈涅看来,全家享有共同的血脉(physical nature produces),所以有理由期待他们也有同样的道德本性——如高贵的灵魂。[111]安提戈涅对妹妹说:

> 你立刻就得表示你不愧为一个高贵父母所生($πεφυκας$)的高贵者($ευγενης$);要不然,就表示你是个贱人吧。(37 – 38,[译按]参罗念生译文,前揭,页 297 – 298)

---

① 参英格拉姆,1980,132 – 134。

在事物的自然进程中——尽管她也承认并不总是如此——孩子们会继承父母的身体本性以及道德本性(另参471-472)。那么,家便是身体与灵魂的自然,物质与道德的共同体。

此外,家庭共同体连接着过去与将来的成员,一代接一代,因此在某种意义上,家就算没有来世,也是不朽的共同体。但对安提戈涅而言,家庭确实是个不朽的共同体,因为如果家人忠于彼此,不背叛家庭,那么死后就会永远在一起,而在安提戈涅看来,伊斯墨涅背叛了家庭(71-76,897-899;另参93-94,536-560)家庭不只是或不纯粹是自然实体,更重要的是,家庭是神圣的实体,受诸神恩宠,宙斯、正义之神及其他诸神制定永恒法令支持家庭(76-77,450-470)。家庭这个实体大于各部分的总和。家庭是真正的共同体,需要成员作出牺牲,也帮助成员们超越自然局限,接续个体的生命,既活在此世,又活在死后,以此方式在某种意义上逃避看似无法避免的死亡(361)。

安提戈涅忠于家庭,就是忠于高于自身之物,献身于超越自身之物。在此意义上,她的确是在高贵无私地行动。然而,她致力于家庭利益,也是在致力于共同体的利益,此共同体由肉体、血脉和灵魂组成,且共同体中也有她自己的利益。她使自己致力于真正的共同利益——共同体中所有成员的共同利益。这是一种无私,却也是在追求着自己的私利。实际上,她眼中永恒的幸福就是与家人相聚在一起、永远相融(eternal communion)。安提戈涅充满信心,相信自己的正义和高贵,也相信自己应得到诸神的奖赏,这种信心正在于她认定家庭是真正的共同体,该共同体既高于私利,也包括私利。

[112]伊斯墨涅质疑安提戈涅的家庭观,语调温和。伊斯墨涅提及使他们家四分五裂的罪行和冲突——他们的父亲刺瞎自己,父母乱伦,母亲自杀,哥哥自相残杀——正是隐晦地质疑他们的家庭是否确如安提戈涅所想的是共同体,而非单个凡人的混合,亲人们血缘相关,经历相同,但不一定志同道合,也不一定相亲相爱,他们的利益或许会引发彼此间的冲突(49-57;另参61-62及37-

38)。伊斯墨涅以这种方式含蓄地质疑,致力于家庭神圣共同体,而非致力于自身安乐的做法是否明智。但伊斯墨涅从未明确而直接地质疑安提戈涅献身家庭的正义性,因而从未触及安提戈涅关于自身正义信念的核心。不同的是,克瑞翁强烈质疑的正是安提戈涅献身于家庭的正义性。

正如戏剧所示,伊斯墨涅在某些方面比她英勇的姐姐更明智。安提戈涅驳斥妹妹不愿埋葬哥哥的看法,但最后安提戈涅也怀疑自己的行为是否公正,是否虔敬,以至于最后丧失信念,绝望地自杀了。她的死也毁了海蒙、欧律狄克和克瑞翁的生活。与高贵的安提戈涅的命运截然不同,明智的伊斯墨涅却能幸免于难。

然而,我们完全不清楚伊斯墨涅的幸存是否令人羡慕,正如安提戈涅所述,除了生命以外,不清楚她还剩下什么(553)。伊斯墨涅一开始似乎认为,活着就好,至少要比与安提戈涅一起反抗国王要好,哪怕要忍受克瑞翁的残酷统治,弃去世的哥哥于不顾,任其曝尸荒郊,还要眼睁睁看姐姐被处死,甚至全家仅剩伊斯墨涅一人,她也要活着。能尽力活下去,伊斯墨涅似乎就已经满足了,不愿再为更重要、更高级的目标劳心劳力。例如除第二报信人外(只有 14 行台词),她是剧中唯一一个从未直接提及诸神的角色。与安提戈涅(23 – 494,451,459,538,921,928)、克瑞翁(208,292,662,667,671,742,1059)、歌队(369,791,854,1270)以及海蒙(743)不同,伊斯墨涅从未谈及正义。刚开始似乎伊斯墨涅完全谋求[113]自身利益,并认为其自身利益就是自我保存。① 在保存生命这方面,伊斯墨涅完全是非哲学性的,与苏格拉底截然迥异,苏格拉底宁愿死,也不愿放弃哲人的生活。

最后,伊斯墨涅自己意识到,仅求自保的生活算不得幸福,只会

---

① 按两位莱恩的说法(Lane[按:参文献]),"对伊斯墨涅来说孝顺——从而生存——是最终价值"(1986,167)。另参摩吉俄若蒂(Mogyoródi)的说法,"伊斯墨涅的动机相当混乱"(1996,363 – 364)。

感到空虚,活得肤浅。克瑞翁发现安提戈涅埋葬了她哥哥,于是下令将她逮捕,这时伊斯墨涅突然感到自己渴望一同承担责任,渴望与姐姐共渡灾难之海(a shipmate),渴望和姐姐一起被处死(541)。伊斯墨涅解释说:"没有她和我一起,我一个人怎样活下去?"(566,[译按]参罗念生译文,前揭,页311)伊斯墨涅就这样放弃了之前的论点,尽管有些晚,尽管也遭姐姐白眼(indignation),但她还是表明愿意牺牲生命,愿意与姐姐共赴冥府(554)。起初伊斯墨涅不理会姐姐对永世安乐的渴求,把这种渴求当作对不可能之事的爱欲,但后来伊斯墨涅也渴望某些超出生命的东西(90)。伊斯墨涅也感受到了对某种超出生命的东西的渴望,这种渴望自然而然地被必死性的意识唤醒。她感觉到第二合唱歌提出的渴求对人类必不可少:对哈得斯的期盼,对不朽的渴求。但伊斯墨涅的渴求,不如安提戈涅那么强烈,她并未当真,也没加以深刻反思,所以她缺乏姐姐那种丰富的人性——深刻、庄严又极富洞见(参460-461)。这样说来,安提戈涅拴住了海蒙高贵的心灵,令他神魂颠倒,绝非伊斯墨涅所能为,也就毫不奇怪了。

正义及家庭:克瑞翁的质疑

克瑞翁也谈及惩罚波吕涅克斯尸首的理由,但对此论述加以驳斥却显得很合理,因为那种惩罚乍看起来似乎过于残忍,也正是肆意妄为的残忍天性的反映。克瑞翁禁止安葬波吕涅克斯,让他曝尸荒郊,任飞禽走兽吞食,还严禁[114]那些爱他之人表达哀思,这更是加重了人们的悲痛(26-30,198-206,696-698,尤参407-431)。随后,守卫禀报有人秘密地埋葬了波吕涅克斯,克瑞翁便威胁要对所有守卫施以酷刑,除非他们捕获罪犯(304-314,324-326;另参259-277,327-331)。这时,安提戈涅承认是她掩埋了哥哥,克瑞翁便无情地判处她及她妹妹死刑(473-498,577-581)。

安提戈涅的未婚夫海蒙,也是克瑞翁的儿子立即出面,请求饶安提戈涅一命,而克瑞翁却发誓要当着儿子的面处死安提戈涅(760 - 761)。最后,克瑞翁有些害怕,处死亲外甥女会令诸神生气,便决定把安提戈涅关在石洞里,打算饿死她(773 - 780)。克瑞翁残酷无比,将痛苦施加到臣民身上,就算无法从中取乐,也似乎希望用恐惧维护统治,而非用爱戴巩固统治。

到最后,克瑞翁似乎成了剧中的坏人,即使在他自己眼中也是如此。忒瑞西阿斯要求克瑞翁埋葬波吕涅克斯,克瑞翁一番犹豫之后,温和了许多,后悔没有遵守已有的宗教法则,允许安提戈涅安葬哥哥的尸体。实则克瑞翁这样就承认了安提戈涅的主张符合正义,诸神——包括正义女神——要求家人应埋葬死者,哪怕死者是城邦的敌人,因此忠于家庭优先于忠于城邦(1108 - 1114, 450 - 470)。此外,克瑞翁的行为导致了儿子海蒙的自杀,因此歌队和妻子都责备他,后来妻子欧律狄克也自杀了,克瑞翁深深自责,似乎自己真成了家庭的敌人,并因此也成了诸神的敌人。他显然已经认同了歌队的结论,即颁布禁止埋葬波吕涅克斯的法令,惩罚抗命的安提戈涅,这些事做得既不公正也不虔敬(参 1261 - 1350)。

然而,值得注意的是,整剧的大部分内容中,歌队支持克瑞翁发布命令禁止埋葬波吕涅克斯,也支持惩罚安提戈涅。在戏剧开头,歌队庆祝战胜波吕涅克斯,也认可克瑞翁的命令,即处罚波吕涅克斯尸体(100 - 154, 211 - 114)。在听说尸体真的被神秘安葬后,他们猜想是否是某个神安葬了尸体,因而猜想诸神或许[115]不认同克瑞翁的命令(278 - 279)。然而,克瑞翁为其命令辩解之后,当国王不在时,歌队们猛烈地谴责违反命令的"邪恶"、"可耻"的人(365 - 375;参 385 - 386)。安提戈涅谴责克瑞翁的命令违背了神的法令和正义,而歌队则谴责她"野蛮"(471 - 472)。至少在开始的时候,克瑞翁对海蒙说要处死安提戈涅,歌队却表示赞扬(681 - 682)。歌队后来认可了海蒙为安提戈涅所作的辩护,也同情安提戈涅的遭遇,但在此之后,歌队仍然当着安提戈涅的面指责她是正义女神的敌人(724 - 725,801 - 805,853 - 856)。歌队在克瑞翁面前谴责安提戈涅,原因或许正如安提戈涅和海蒙所述,歌队害怕国王的怒火(504 - 507,509,688 - 690;另参 724 - 725)。然而,在第二合唱歌中,当歌队独处时,也对违背克瑞翁法令的行为予以谴责,此外,安提戈涅认为歌队最后对她的谴责,确实发自内心,这些事实均表明戏剧的大部分内容中,歌队基本相信克瑞翁对命令的辩解(385 - 386,800 - 882)。安提戈涅自己也把克瑞翁所作论述当真了。伊斯墨涅质疑安提戈涅埋葬波吕涅克斯是否为智慧之举,却没能动摇安提戈涅的决心,但克瑞翁对安提戈涅的正义和虔敬的质疑,却似乎引起她怀疑自己行为的正义和虔敬。在她与克瑞翁争辩后,安提戈涅的自信心减弱,并最终坍塌。为了弄清原委,应研究克瑞翁为维护他命令的正义性所作的论述。①

克瑞翁惩罚波吕涅克斯的尸体,理由是该措施可以巩固城邦,而且正义意味着忠于城邦远比忠于家庭更为重要。克瑞翁的确意识到该论点与神法的传统解释相矛盾,[116]根据传统解释,正义允许家人埋葬他们死去的家属,无论这些人对城邦是否忠诚(参 1113 - 1114)。但克瑞翁认为,既然正义并非爱家胜过忠邦,既然诸神必然正义,那么传统对神法的解释肯定有误(参 280 - 289,511 - 522)。

克瑞翁关于正义的论点始于忒拜刚经历过的那次近乎致命的政治危机,一场由俄狄浦斯的儿子们——波吕涅克斯和埃特奥克勒斯为争权而弑兄所引发的危机。克瑞翁宣布他的命令前先向歌队

---

① 尽管黑格尔对安提戈涅赞赏有加,曾说"世界上有史以来最高贵的人",但他也指出,"克瑞翁并非僭主,反而是一种道德力量"(黑格尔,1962,360,325)。参另一方面,歌德,1984,141 - 144 及英格拉姆,1980,120 - 127;迈耶[Meier],1993,196;泰勒和班尼特,1988,如 50 - 62;卡特尔(Carter),2007,110 - 114。拉康认为克瑞翁是"像所有刽子手和僭主一样,只是普通人。只有殉道者[即安提戈涅]既不知道怜悯也不害怕"(1997,267)。或许,拉康认为安提戈涅是"非人性的"(263)。

描述了忒拜的政治形势:

> 诸神摇撼我们城邦这艘航船,现在他们又让它平安地稳定下来;因此我派使者把你们招来,你们是我从市民中选出来的,我知道得很清楚,你们永远尊重拉伊俄斯的王权;此外,在俄狄浦斯执政时期和他死后,你们始终怀着坚贞的心效忠他们的后人。既然两个王子同一天死于相互造成的命运——彼此残杀,沾染着弟兄的血——我现在就接受了这王位,掌握着所有的权力;因为我是死者的至亲。(162-174,[译按]参罗念生译文,前揭,页300-301)

克瑞翁表明,那场动乱几乎毁了忒拜,主要诱因正是家庭斗争。克瑞翁发现,忒拜的长老们——城邦的领袖,忠于拉伊俄斯的统治,然后忠于拉伊俄斯的儿子俄狄浦斯的统治,最近忠于俄狄浦斯的孩子们的统治。忒拜政治共同体就这样一直忠于拉伊俄斯王室,以保持团结一致。然而,该家族已四分五裂,俄狄浦斯的两个儿子也彼此宣战,所以克瑞翁指出,城邦危机四伏,就连歌队也产生分歧,或忠于埃特奥克勒斯,或忠于波吕涅克斯。忒拜人此刻经历的城邦斗争,正源于拉伊俄斯的家庭斗争。

到此时,忒拜人和安提戈涅均认为,这样的家庭便是自然的统一体或整体。因此,他们已将政治的统一建立在对家庭的忠诚之上。只要拉伊俄斯家族是统一的,忒拜忠于拉伊俄斯家族,就能得到全邦统一。但拉伊俄斯家人自相残杀,[117]忒拜的统一须另寻根基,而非基于对王室的忠诚。实际上正如克瑞翁所暗示的那样,从拉伊俄斯到现在的整个王室家族史,似乎表明这种家庭决非统一的可靠来源。拉伊俄斯试图杀婴,俄狄浦斯弑父,埃特奥克勒斯和波吕涅克斯自相残杀,似乎均表明家庭不是真正的自然共同体,也没有明显可共享的共同利益,因为家庭共同体的成员可能会自相残杀,不惜牺牲自己的血肉至亲,以获得或维护政治权力。

因此,克瑞翁并不认为忒拜人现在应当忠于新的克瑞翁的王室,也未要求忒拜人应当发誓效忠克瑞翁的儿子海蒙,反而他尽力论述应对整个城邦忠诚,绝不要让对某人或某家庭的忠诚胜过城邦。

> 如果有人把他的朋友放在祖国之上,这种人我瞧不起。至于我自己,请无所不见的宙斯作证,要是我看见任何祸害——不是安乐——逼近了人民,我一定发出警告;我决不把城邦的敌人当作自己的朋友;我知道惟有城邦才能保证我们的安全;要等我们在这只船上平稳航行的时候,才有可能结交朋友。(182-190,[译按]参罗念生译文,前揭,页301)

克瑞翁认为,城邦与家庭不同,城邦为所有民人提供明确的、共有的、真实的共同利益。因为城邦就像一艘船,城邦之船,所有民人依靠它实现自保。克瑞翁没有直接以城邦的名义抨击家庭,而是强调,家庭及个体的存在与安定依赖于城邦或国家的安定。为了保护某人喜欢的一位乘客而沉没整艘城邦之船,毫无意义,因为一旦船沉了,那位乘客也会死。因此,对所有民人来说存在一种共同利益,该利益包括了他们的个人利益以及家庭利益——也即是城邦的生存和稳固。

克瑞翁承认,城邦和家庭一样,也可能会因为贪婪或野心而四分五裂(参288-303,672-676)。实际上,在他看来,个人对城邦忘我的热爱,不如他对家庭的热爱可靠。但城邦与家庭不同,城邦能利用人心中强烈的自然冲动来控制贪婪或[118]野心——即想要自保的个人愿望。城邦为民人提供安全,而且城邦可满足民人强烈的生存愿望。城邦可向贪婪而有野心之人展示其惊人的力量,在他们身上激起一种强烈且有益的死亡恐惧。即使"常有人为了贪图利益,弄得性命难保"(221-222,[译按]参罗念生译文,前揭,页302),但城邦可激发有益的死亡恐惧,控制这种毁灭性的贪欲。如克瑞翁后来所述,"甚至那些胆大的人,看见死亡逼近的时候,也会逃跑"(580–581,[译按]参罗念生译文,前揭,页311)。

保护城邦免于危险的关键是城邦和家庭均能维持稳定的次序。正如克瑞翁后来对他的儿子解释:

> 背叛是最大的祸害,它使城邦遭受毁灭,使家庭遭受破坏,使并肩作战的兵士败下阵来。只有服从才能挽救多数正直的人的性命。(672–676,[译按]参罗念生译文,前揭,页313)

因此,毁灭城邦的派系争斗或分裂也会毁灭家庭。家中动乱——如近来俄狄浦斯的儿子们的争斗——扰乱城邦。因此,为了保护城邦,也为了保护我们所有人,必须在城邦和家庭中执行恐怖禁令。所以克瑞翁强调,民人必须服从统治者,儿子必须遵从父亲,年轻人必须尊重长者,女性必须被男性统治(参218–222,289–314,324–326,473–489,525,578–579,632–680,726–748)。然而,设若此等纲常未能维系,祸乱必接踵而来,城邦之船也会随即沉没。因此,维护城邦稳定,应利用恐惧,本质上讲是对死亡的恐惧。如果民人尤为在意保全自己,那么他们则会维护秩序,保护城邦。另一方面,有些人心怀不轨,不愿只是活着而已,却想追求如权力和财富之物,乃至违法乱纪以达成目标,他们则会有毁灭城邦的危险。可以说,尽管克瑞翁严厉而残酷,但从共同利益来看,他的严厉和残酷亦可理解:克瑞翁的统治激发恐惧感,从而避免了混乱,维护了和平,有利于城邦。①

---

① 努斯鲍姆批评克瑞翁拥有"简单"而"无力的城邦概念"和正义概念,还批评他没能意识到城邦是个"复杂的整体"(1986,60;参54–63)。努斯鲍姆的说法正确,剧中确有对克瑞翁的批评,他认为正义意味着忠于城邦超过家庭,但努斯鲍姆未重视克瑞翁极富洞见的分析,此分析针对严重的政治动乱,成为克瑞翁论点的基础。

[119] 于是克瑞翁宣布其法令:

> 埃特奥克勒斯作战十分英勇,为城邦牺牲性命,我们要把他埋进坟墓,在上面供奉每一种随着最英勇的死者到下界的祭品;至于他弟弟,我是说波吕涅克斯,他是个流亡者,回国来,想要放火把他祖先的都城和本族的神殿烧个精光,想要喝他族人的血,使剩下的人成为奴隶,这家伙,我已向全体市民宣布,不许人埋葬,也不许人哀哭,让他的尸体曝露,给鸟和狗吞食,让大家看见他被作践得血肉模糊!这就是我的魄力;在我的政令之下,坏人不会比正直的人受人尊敬;但是任何一个对城邦怀好意的人,不论生前死后,都同样受到我的尊敬。(194 – 210,[译按]参罗念生译文,前揭,页301)

克瑞翁为看似残酷的法令辩护,称其会巩固城邦(191)。首先,这些法令能稳定人心,安抚埃特奥克勒斯这类人,他们甘冒生命危险保卫城邦,所以也应让他们觉得在死后能享受荣耀,受到城邦尊崇,来世还会收获巨大奖赏。这些法令利用了民人们对死后荣耀和永生安乐的渴望以及他们自保的渴望,使得他们忠于城邦。但是,克瑞翁更强调对波吕涅克斯的惩罚,而非埃特奥克勒斯的奖赏。因此该法令特别利用了民人的恐惧。该法令激发民人对死亡的恐惧,以抑制某些民人。这些民人野心巨大,贪婪无比,又或者是要效忠于波吕涅克斯,而试图推翻克瑞翁的统治,扰乱祭拜的安定。波吕涅克斯已死,尸体被动物撕裂吞食,那些民人看到这触目惊心的景象,就能意识到波吕涅克斯真的被打败了,已不复存在,不能享有葬礼,也没能获得来世或死后荣耀的不朽。克瑞翁如此惩罚波吕涅克斯,是希望教训城邦的潜在敌人。克瑞翁关于死亡的教训,如此可怕,让人难以忘记。克瑞翁让他们知晓,城邦能用尽各种手段消灭他们,所以他们要明白服从的重要性,听从保护他们的城邦。[120] 克瑞翁颁布命令,希望利用城邦护卫的荣誉感和城邦潜在敌人的恐惧感,挽救忒拜,整肃乱局,免于亡邦。①

克瑞翁精明地将波吕涅克斯视为家庭与城邦共同的敌人(198-206)。实际上,克瑞翁强调忒拜人,又别称卡德美亚人(Cadmeians),均享有共同血脉,所以忒拜就是民人的真正更大的家庭(508)。克瑞翁以此方式向歌队表明,克瑞翁礼葬埃特奥克勒斯,羞辱波吕涅克斯,意在顺应家庭虔敬的要求,且符合爱国主义的要求。然而,克瑞翁的命令显然有悖于对神法的既定理解,不得禁止家人埋葬亲人,无论死者是否对城邦不忠(参450-470,1008-1114;但参211-214)。② 克瑞翁似乎意识到此命令颠覆传统,所以颁布命令前他没有按惯例与忒瑞西阿斯商量(992-995)。克瑞翁觉得,尊敬埃特奥克勒斯,就是在尊敬弑兄者,尊敬破坏家庭的重罪之人,也是在尊敬被克瑞翁曾直接称之为有污点的人(170-174)。因此克瑞翁的正义标准并不在于是否效忠于家庭,而在于是否效忠于城邦,埃特奥克勒斯也犯弑兄之罪,却因有益于城邦就被略去不提了。

安提戈涅以诸神的名义质疑将城邦凌驾于家庭之上。安提戈涅向克瑞翁和歌队解释了她违背克瑞翁命令的理由:

> 因为向我宣布这法令的不是宙斯,那和下界神祇同住的正义之神也没有为凡人制定这样的法令;我不认为一个凡人下一道命令就能废除诸神制定的永恒不变的不成文律条,它的存在不限于今日和昨日,而是永久的,也没有人知道它是什么时候出现的。我不会因为害怕别人皱眉头而违背天条,以致在神面前受到惩罚。我知道我是会[121]死的,我当然知道——即使你没有颁布那道命令;如果我在应活的岁月之前死去,我认为

---

① 因此笔者不能赞同诺克斯的论点,即"克瑞翁行为的最深层动机是憎恨"(1964,116)。

② 在此问题上,克瑞翁偏离神律的传统理解有多远,可参努斯鲍姆,1986,55,437-438。

是件好事;因为像我这样在无穷尽的灾难中过日子的人死了,岂不是得到好处了吗?所以我遭遇这命运并没有什么痛苦;但是,如果我让我母亲的儿子死后不得埋葬,我会痛苦到极点;可是像这样,我倒安心了。如果在你看来我做的是傻事,也许我可以说那说我傻的人倒是傻子。(450 – 470,[译按]参罗念生译文,前揭,页307 – 308)

安提戈涅认为,唯有神法能真正约束人类。唯有神法真正公正,真正永恒,方可借用神威,许以处罚,强制执行。政治共同体的法令仅由凡人制定与执行,若它与神法相冲突便无需执行。安提戈涅认为克瑞翁下令禁止埋葬她哥哥,违背了神法。事实上她还认为,如果她遵照克瑞翁的命令,不去埋葬哥哥,反而会受到诸神的惩罚。安提戈涅认为,诸神根本不关心政治共同体,他们不会支持惩罚叛徒波吕涅克斯,却反而最在意家庭,因为神明们会在人们去世之后惩罚其中那些背叛家庭的人,还会惩罚那些渎职未履行家庭职责的人。在安提戈涅看来,城邦只是凡人的集合,而家庭却是不朽的。正如安提戈涅对伊斯墨涅所说,家庭一直存在,在死后,在来世,甚至到永远都会如此,诸神还会用有家人相伴的长远幸福奖赏那些忠于家庭的人(71 – 77,80 – 81,89,93 – 97)。安提戈涅认为,在诸神眼中,真正神圣的不是城邦,而是家庭。因此人们应该忠于诸神眼中真正的共同体,永恒的共同体,血肉相连的共同体。

安提戈涅的来世设想质疑着克瑞翁的整个论述,忠于城邦是否真的重要。从永恒的角度来看,从死后诸神的赏罚来看,城邦之船对忠诚的民人提供的保护,对不忠之人施加的死亡,到底有多重要呢?安提戈涅认为,既然死亡不可避免,既然会有来世,公正的神明自然会在来世赏罚人类,[122]那么害怕任何凡人统治者的威胁或惩罚则太过愚蠢了。相反她认为,人应当努力争取诸神的死后奖赏。获得奖赏的方法就是忠于诸神最看重的共同体——家庭,哪怕是牺牲生命。

然而,克瑞翁没有因该质疑动摇。他似乎完全确信安提戈涅抗命不尊并不正义,因此诸神不会支持她的反叛。克瑞翁认为,安提戈涅所相信的正义意味着忠于家庭要胜过城邦的信念必定摧毁城邦,而正义和诸神都不能接受城邦的毁灭。在戏剧开始,克瑞翁坚信,城邦崇拜诸神,诸神就不可能把城邦的毁灭视为好事(284 – 288;另参194 – 206)。因此他坚称,正义必定包含对城邦的忠诚,而诸神定会支持克瑞翁。诚然,在戏剧刚开始的时候(162 – 163),克瑞翁的确表示无法确定诸神是否对城邦关爱有加,此外,克瑞翁不和忒瑞西阿斯商议是否让城邦凌驾于家庭,表明克瑞翁怀疑先知是否真的会支持他;尽管如此,在剧中克瑞翁至少仍坚持其看法,相信诸神也认可其信念,即正义要求对城邦的忠诚优先于对血脉的忠诚,他意志坚定,对歌队说:

> 不管她是我姐姐的女儿,或者比任何一个在我们家的宙斯神坛前敬拜的人和我血统更近,她本人和她妹妹都逃不过最悲惨的命运。(486 – 489,[译按]参罗念生译文,前揭,页308)

克瑞翁质疑安提戈涅,核心在于克瑞翁认为家庭并非真正的整体或统一体,因而根本不可能始终如一地忠于家庭。该质疑出现在以下对话中:

> 安提戈涅:尊敬同母弟兄,并没有什么可耻。
> 克瑞翁:那对方不也是你的弟兄吗?
> 安提戈涅:他是我的一个母亲和一样的父亲所生的弟兄。
> 克瑞翁:那么你尊敬他的仇人,不就是不尊敬他吗?
> 安提戈涅:那个死者是不会承认你这句话的。
> 克瑞翁:他会承认;如果你对他和对那坏人同样地尊敬。
> 安提戈涅:他不会承认;因为死去的不是他的奴隶,而是他的弟兄。

>克瑞翁:他是攻打城邦,而他是保卫城邦。
>安提戈涅:可是哈得斯依然要求举行葬礼。
>克瑞翁:可是好人不愿意和坏人平等,享受同样的葬礼。
>安提戈涅:谁知道这[埋葬波吕涅克斯]能否避免于下界的污染呢?

(511–521,[译按]参罗念生译文,前揭,页309)

安提戈涅相信正义意味着忠于家庭,克瑞翁问了一个简单的问题来质疑她的信仰:礼葬你哥哥波吕涅克斯,不就是在礼葬杀害你另一个哥哥的凶手吗?安提戈涅还可以反驳,埋葬波吕涅克斯,并非对一个哥哥的尊敬超过另一个哥哥,而只是确保每个哥哥都享受最起码的尊严。但安提戈涅自己认为,如果正义意味着忠于家庭,那么正义也要求惩罚那些对家庭不忠的人。安提戈涅断言,伊斯墨涅不忠于家庭,死去家人的灵魂会厌恶她,神明也会惩罚她,安提戈涅还害怕不忠于哥哥,自己也会受惩罚(93–94,76–77,83,542–543,553;46,450–460)。然而克瑞翁问,波吕涅克斯杀害自己的兄弟,不是公然不忠于家庭了吗?那么,安提戈涅怎么会认为尊重波吕涅克斯是公正的呢?她怎么会认为埃特奥克勒斯和死去家人的灵魂,又或者诸神会赞成她礼葬弑兄者呢?安提戈涅只能通过反诘来回应,"谁知道这[埋葬波吕涅克斯]能否[124]避免于下界的污染呢?"(521,[译按]参罗念生译文,前揭,页309)因而她完全不确定死者和诸神是否赞成她的行动。但如果她如此不确定,又怎能确信行为的正义和虔敬呢?

克瑞翁据理力争,认为安提戈涅对正义的定义是一种自我毁灭。如果正义意味着忠于家庭,那么安提戈涅所处的情况无法维护正义,因为她每个哥哥都犯下了背叛家庭的罪行。安提戈涅理解的正义和虔敬有一个前提,即家庭必定要是真正的统一体,是自然、永恒、神圣的整体。安提戈涅宣称正义意味着忠于家庭,那就意味着必须尊敬、取悦并帮助那些死去的血亲(76–77,89,559–560)。另一方面,克瑞翁对安提戈涅两个哥哥的自相残杀的情景可能印象特别深刻,所以他强调,家庭并非真正的共同体,而是一个真实的或潜在的斗争舞台。克瑞翁除了谈论波吕涅克斯和埃特奥克勒斯两兄弟间的冲突,还提及了他自己和外甥女安提戈涅之间的冲突,与安提戈涅不同的是,他将此冲突定义为家庭冲突(164 – 174,512 – 520,486 – 489)。克瑞翁及歌队或许均间接提及了俄狄浦斯与其父亲拉伊俄斯间的冲突,以及俄狄浦斯与他两个儿子间的激烈斗争(164 – 169,471 – 472,853 – 856;另参《俄狄浦斯在科罗诺斯》,尤参335 – 460,593 – 601,1156 – 1178,1249 – 1396)。克瑞翁指明,家庭似乎并非真正的整体而是个体的集合,虽血脉相连,但不一定相亲相爱,也不一定忠于彼此,反而他们的利益总是处于真实或潜在的冲突中。因此不可能真正地忠于家庭。人只能忠于家中的某个成员。不过,支持某个成员,至少很可能总是在反对另一个成员。例如,安提戈涅尊敬哥哥波吕涅克斯,就是不尊敬、不善待哥哥埃特奥克勒斯,更是不尊敬她父亲俄狄浦斯和她舅舅克瑞翁。正义不可能包含对家的忠诚,因为家不是真正的共同体或整体。

整个忒拜剧作表明克瑞翁对家庭的自然统一性的质疑是正确的。在《俄狄浦斯王》中,读者可看到,拉伊俄斯和伊俄卡斯忒试图杀死他们的孩子,俄狄浦斯[125]杀死自己的父亲,还试图杀害母亲。在《俄狄浦斯在科罗诺斯》中,读者可看到,俄狄浦斯的儿子们放逐俄狄浦斯,继而兄弟互相宣战,接着俄狄浦斯愤怒地诅咒他的儿子们,祈盼他们内斗,以犯下弑兄重罪,还祈盼他们死后受到永世谴责(1348 – 1396)。不过,《安提戈涅》一剧对家庭自然统一性的质疑超出了索福克勒斯的其他任何现存剧本。该剧以两兄弟蓄意杀害彼此这一背景作为开端。接着第一幕呈现了两姐妹之间的激烈冲突,而闭幕之时,其中一人直言讨厌另一人(86 – 87,93 – 94;另参98 – 99)。读者还可看到,后来克瑞翁判她外甥女死刑(486 – 489)。接着,读者可以看到克瑞翁的儿子海蒙扬言弑父,不久后还听到海蒙说他意图弑父,这是希腊文学中唯一一次蓄意未遂的弑父行动。① 最后,我们听说克瑞翁的妻子欧律狄克咒骂她丈夫是杀害孩子们的凶手,之后便自杀了(1301 – 1305,1312 – 1313,1315 – 1316)。剧作可让读者深刻体会到家庭的尊严和家庭的自然脆弱性。该剧最明显的教训之一似乎是血肉之情[126]脆弱得可悲,尽管血管中流淌着同样的血,显然也不能制止他们彼此间的仇恨与杀戮。

当然,安提戈涅自己早已觉察,她那声名狼藉、四分五裂的家庭已是矛盾重重,但她对正义的理解使她无法面对那些影射矛盾的地方。例如,尽管伊斯墨涅两次提到她们的哥哥杀害彼此,但安提戈涅在整部戏剧中从未提及此事(参 11 – 14,49 – 57 及如 1 – 10,21 – 30)。与伊斯墨涅激烈争吵后,安提戈涅将妹妹视为置身于家庭共同体之外的人,所以她也认定她们之间的争吵完全与家庭无关。实际上,安提戈涅后来甚至把自己称作拉伊俄斯王室最后的幸存者,完全遗忘或不理会伊斯墨涅(940 – 943;另参 69 – 70,93 – 94,538 – 539,542 – 543,546 – 547,549,557,559 – 560,876 – 882,895 – 896;

---

① 杰布坚持认为(1979,162 – 163),在行 751 中,海蒙"没有威胁父亲生命的想法",不把海蒙杀害父亲的实际企图当回事,认为这只是"一种必然带来懊悔的突然冲动"。另参行 223 和伯纳德特,1999,139。但第一个报信人将场景描述如下:"我们看见那女子吊在墓室最里边,脖子套在细纱绾成的活套里;那年轻人抱住她的腰,悲叹他未婚妻的死亡,他父亲的罪行和他不幸的婚姻。他父亲一望见他,就发出凄惨的声音;他跟着进去,大声痛哭,呼唤他的儿子:'不幸的儿呀,你做的是什么事?你打算怎么样?什么事使你发疯?儿呀,快出来,我求你,我求你'。那孩子却用凶恶的眼睛瞪着他,脸上显出憎恨的神情;他一句话都没回答,随手把那十字柄短剑拔了出来。他父亲回头就跑,没有被他刺中;那不幸的人对自己生起气来,立即向剑上一扑,右手把剑的半截刺在肋骨里。当他还有知觉的时候,他把那女子抱在他那无力的手臂中;他一喘气,一股急涌的血流到她那惨白的脸上"(1220 – 1239,[译按]参罗译文,前揭,页 327)。从原文来看显然海蒙试图杀害父亲,结果却自杀了,原因是他生气自己没能杀死父亲。参西格尔,1981,159;1995,131;泰瑞尔和班尼特,1988,141 – 142。

另参891—894)。安提戈涅以这些方式,努力维系着她的家庭观,家庭作为整体,大于她自己或任何家人,而忠于家庭可使她高贵而公正,并使她收获应得的永恒幸福。安提戈涅相信,她的行为正义,能得到诸神的奖赏,然而,克瑞翁强而有力的质疑动摇了安提戈涅的信心,不久安提戈涅便与妹妹发生公开的争吵,这争吵更加突显了克瑞翁质疑的重要性。在剧中的最后一幕中,安提戈涅怀疑自己的正义与虔敬,并最终彻底崩溃。

家庭虔敬的弱点:安提戈涅的失败

我们在最后一幕见证了安提戈涅的变化。在这之前她对城邦漠不关心,对民人不屑一顾,把他们当作胆小鬼,还说城邦的法令对她而言缺乏威信(参如9—10,78—81,504—507,450—460;另参821)。现在她第一次向城邦及民人同胞们求助,恳请他们的同情(806—816,839—851,937—943)。先前她按永恒的神法行动,[127]现在她按自己发现的或设想的法令行动(参450—460和904—915)。在此之前,安提戈涅坚称死对她来说是一种收获,因为在来世她将永远和家人在一起(71—76,89,93—97,460—470,553,555;另参1—6)。此刻她第一次痛惜她的死,尤其痛惜她将不会有机会体会婚姻与生子的乐趣(参806—816,876—882,933—934,尤参916—920;另参461—462和895—896)。

安提戈涅的变化事出有因,自己的正义不再可信,死后的神赐又不再可行。她把自己比作尼俄伯(Niobe),一位与父亲坦塔洛斯(Tantalus)一起被诸神严惩的女英雄(823—833;荷马,《伊利亚特》,24.602-617;另参《奥德赛》,11.582-592)。① 安提戈涅自问为什么居然指望诸神帮助她。安提戈涅把自己是否公正,死后是否会被诸神奖赏或惩罚看作有待商榷的问题(921-928)。因为,安提戈涅现在怀疑她自己是否公正,诸神是否支持,而且她已被孤独感击败,只能指望人类同胞们同情她,即使不愿支持的话。

为什么安提戈涅突然对自身正义丧失了信心呢?显然是,克瑞翁质疑安提戈涅的信念,怀疑家庭的最根本的统一性,使得安提戈涅怀疑正义是否真由对家庭的忠诚所构成。现在,安提戈涅从构成家庭的个体成员的角度论述家庭,不再把家庭看作集合体。在剧中,安提戈涅首次详细谈及父母和两位哥哥,却完全没谈及妹妹(参1-6,74-75,89,559-560,857-866,897-915)。安提戈涅关注家中成员,而非抽象实体"家庭",必然关注家中冲突,因此间接谈及父亲弑父,母亲乱伦以及母亲自杀的问题(857-866)。此外,最让人震惊的或许是,她因即将面临的死亡责怪哥哥波吕涅克斯(870-871;另参902-903)。她仿佛在说,波吕涅克斯前往阿耳戈斯(Argos)与当地公主结婚,组建军队攻打忒拜,是为了追求权力,却完全牺牲了妹妹的幸福。安提戈涅似乎以此方式欣然接受了克瑞翁提出的观点,即家庭不是一个真正的共同体,却是一个斗争舞台,而[128]忠于家庭根本不可能,也不公正,所以安提戈涅力图实现的忠诚不会得到诸神的奖赏。

安提戈涅的确做了最后的努力来为埋葬波吕涅克斯的行为辩解,也为死后得到诸神奖赏的希望辩解。她向诸神和忒拜城邦呼

---

① [译按]坦塔洛斯(Tantalus),宙斯之子,貌视众神的权威。他烹杀了自己的儿子珀罗普斯,然后邀请众神赴宴,以考验他们是否真的通晓一切。宙斯震怒,将他打入冥界。他站在没颈的水池里,当他口渴想喝水时,水就退去;他的头上有果树,肚子饿想吃果子时,却搞不到果子,永远忍受饥渴的折磨;还说他头上悬着一块巨石,随时可以落下来把他砸死,因此永远处在恐惧之中。尼俄伯(Niobe),坦塔洛斯之女。

告,做了最后一次演说。最后,在剧里安提戈涅的最后台词中,她对歌队说:

> 忒拜长老们啊,请看你们王室剩下的唯一后裔,请看我因为虔敬地奉行了敬虔,在什么人手中受到什么样的迫害啊。(940–943,[译按]参罗念生译文,前揭,页319–320)

因此,安提戈涅临终之时似乎还坚信,她行为公正,态度虔敬,死后应得神明奖赏。

然而,克瑞翁把她关押在一个像陵墓一样的石洞中,仅存许少食物,让她向诸神祈求,看诸神是否会救她。结果不多久,安提戈涅便自杀了(773–780,1220–1225)。她似乎死于绝望,不再希望诸神会救活她,不再相信高贵与虔敬的死去会赢得来生的幸福。安提戈涅的自杀意味着,她最终不再相信自己应得到诸神的帮助。

安提戈涅的正义的信念,迅速瓦解,令人费解,而仔细研究她为埋葬哥哥所做的最后陈词,或能找到答案:

> 坟墓呀,房呀,那永远监守着的、沉埋地下的家呀!我就要到那里去找我的亲人,他们许多人早已死了,被佩尔塞福涅接到死人那里去了,我是最后一个,命运也最悲惨,在我的寿命未尽之前就要下去。很希望我这次前去,受我父亲欢迎,母亲呀,受你欢迎,哥哥呀,也受你欢迎;你们死后,我曾亲手给你们净洗装扮,曾在你们坟前奠下酒水;波吕涅克斯呀,只因为埋葬你的尸首,我现在受这样的惩罚。可是,在聪明人看来,我这样尊敬你是对的。如果是我自己的孩子死了,或者我丈夫死了,尸首腐烂了,我也不至于和城邦对抗,做这件事。我根据什么原则这样说呢?丈夫死了,我可以再找一个;孩子死了,我可以靠别的男人再生一个;但如今,我的父母已埋葬在地下,再也不能有一个弟弟生出来。[129]我就是根据这个原则向你致敬礼;

> 可是,哥哥呀,克瑞翁却认为我犯了罪,胆敢做出可怕的事。他现在捉住我,要把我带走,我还没有听过婚歌,没有上过新床,没有享受过婚姻的幸福或养育儿女的快乐;我这样孤孤单单,无亲无友,多么不幸呀,人还活着就到死者的石窟中去。我究竟犯了哪一条神律呢……我这不幸的人为什么要仰仗神明?为什么要求神保佑,既然我这虔敬的行为得到了不虔敬之名?即使在众神看来,这死罪是应得的,我也要死后才认罪;如果他们是有罪的,愿他们所吃的苦头相当于加在我身上的不公正的惩罚。(891 – 928,[译按]参罗念生译文,前揭,页 318 – 319)

一开始,安提戈涅便说,她有理由希望在来世受到父亲、母亲、哥哥埃特奥克勒斯或许还有诸神的欢迎,因为她礼葬每位家人,履行了家人的职责。安提戈涅以此方式援引她之前曾提到的神法,要求人们忠于家庭,要求人们礼葬死去的亲人(450 – 470)。但该论述显然无法证明她忠于家庭,因为克瑞翁早已提出异议:她尊敬哥哥波吕涅克斯,就是在尊敬杀害哥哥埃特奥克勒斯的凶手,也就是在尊敬一个有辱于家庭的人。那么,安提戈涅怎么能确信埃特奥克勒斯和父母会喜欢她呢?安提戈涅怎能确信他们不会像安提戈涅谴责妹妹那样严厉地谴责安提戈涅对家庭不忠呢?至少在这种情形下,履行神法几无可能,因为对她而言,尊敬一位家人而同时不伤害另一家人,根本不可能。从根本上来说,神法似有缺陷,它认定家庭是自然整体或统一体,而人则可以始终如一地忠于家庭。但波吕涅克斯和埃特奥克勒斯之间发生的事表明,家庭并非自然整体或统一体。因此,神法要求人们忠于家庭,但安提戈涅援引神法也无法为她礼葬哥哥的行为以及死后得到奖赏的希望辩护。

然而,安提戈涅并没有放弃希望,追求死后神明的奖赏,获得永生,她试图[130]援引新"法"(该法令是她根据自己的标准[lights]设想的),为礼葬哥哥并获得神赐辩护。安提戈涅与克瑞翁一样,发现了神法的道德缺陷,只好自己去寻求新的法令,实现对正义的全新理解。安提戈涅解释,她与民人同胞们斗争,冒着巨大的生命危险,绝不是为了埋葬死去的丈夫和孩子。因为夫死可另行改嫁,子夭则可另行生养。但父母已经亡故,安提戈涅再也不会拥有新的兄弟,波吕涅克斯无法取代,而失去波吕涅克斯,再也无法挽回。因此照此法令,安提戈涅牺牲此生的婚姻与家庭幸福,埋葬哥哥,当然是正义的事。

安提戈涅在此提出的新法令特征显著,它降低了为离世亲人冒生命危险的要求,却更重视对人此生幸福的追求。神法明确要求,若有必要,人们哪怕牺牲生命,也要去埋葬他们的家人,如若不然,他们将在来世受到惩罚。然而,安提戈涅的新法令却要求,设若离世的亲人无法取代,才有必要为了埋葬他们牺牲生命(参450-470;另参45-46,71-77)。安提戈涅的新法规定,如果丈夫死了,不必冒生命危险去埋葬他,只需找人取代他便可,大概是因为丈夫离世,妻子还可恢复过来,重过幸福生活。但是如果某个亲人离世,无可替代,损失便无法挽回,因此不惜一切尊敬那位亲人便是意义非凡。

安提戈涅订立新法似要致力于此生的自身幸福,缓和那埋葬已逝至爱的职责。安提戈涅越来越怀疑,忠于家庭是否有可能赢得死后神明的奖赏,于是她也越来越关注此生的幸福。安提戈涅越来越怀疑自己不太可能履行家庭的职责,所以她对职责的关注减弱,而对此生的自身安乐的关注却不再受到约束。实际上,她在此提出的法令似乎已将对家庭的忠诚放于对个体本身和个体幸福的关注之后。因为该法令宣称:不要为了你爱的人牺牲生命,除非[131]你遭受了的损失无法替代。换言之,该法令似乎建议:不要冒生命危险,除非你已对此生所有幸福丧失了希望,活着已无意义。如果这样理解,该"法令"似乎是一种审慎的忠告而不是一部真正的道德法令。①

然而,安提戈涅一直谈到的是法令和正义,而非审慎和私利。此外,她提出的法令也并未将对幸福的关注始终放在首位。安提戈涅认为,根据该法令,她为哥哥牺牲生命理所当然,因为她不会再有[132]兄弟了。此刻,她已不会再有兄弟了,所以波吕涅克斯去世更加令她感到悲痛。但是,她为什么不与可靠的海蒙结婚,与她仅剩的亲人——同样也是不可取代的——妹妹伊斯墨涅相伴,好好活着,寻找此生的幸福呢?为什么仅仅由于她不会再拥有兄弟了,就

---

① 笔者认为正是安提戈涅对之前自己绝对信仰的神法、职责及高贵的质疑,导致许多评论家认为这些台词必为伪造。如歌德所述:"《安提戈涅》中某段话,存有瑕疵,我可向博学的文献学家提供大量证据,以证明该文段为篡入之作,或系伪造。这位女英雄先前已经解释了其行为动机的高贵,还展示了纯洁灵魂的升华,最后当她走向死亡时说出的主旨,却与之前形象极不相称,还近乎滑稽……至少文段字面意思如此,在笔者看来,这段主旨出自一个即将走向死亡的女英雄之口,有损原作的肃剧色彩,文意也显得牵强——包含了过多的辩证思索"(1984,144)。杰布也认为,"我承认,经过深思熟虑后,我无法使自己相信索福克勒斯写下了这些诗行"(1979,182)。不过杰布也承认,我们所有的抄本都包含了第904到920行,再加上亚里士多德的《修辞学》3.16.9引用了该段内容。英格拉姆承认自己"再三"改变主意,最终认为该文段"歪曲了论点",定为伪造,还得出结论认为最后安提戈涅感到"愤慨",而非感到"困惑"(1980,145-146)。莱因哈特认为这几行诗作为真作,却不认为安提戈涅在此质疑神法。实际上,莱因哈特还认为"剧中对立冲突的两方面,分别以安提戈涅和克瑞翁为代表,但是人物自己身上并不存在冲突"(1979,65;另参83-84,251-252)。奥尔曼德认为"这些台词……与安提戈涅在整部剧中所表现的价值观是一致的"(1999,96;另参福利[Foley],1996,54-58)。尽管泰瑞尔和班尼特认同这些台词,但并不认为安提戈涅怀疑自己,他们两个甚至认为,安提戈涅的自杀行为,勇猛而大胆,"掌控了对身体的支配权"(1998,112-119,143-144)。诺克斯承认安提戈涅在此质疑了自己,但他还是认为安提戈涅保持着自信,而且理应如此:"她理所当然地认为,那些死去的至爱会感激她,她也即将与至爱们团聚"(1964,113;103-107)。

要牺牲此生对幸福的追求呢？为什么她不按新修改的神法，改变思维模式，得出不同的结论，重新把对此生自身幸福的追求作为她最重要、最明确的目标呢？

安提戈涅一直希望永生，无法做出改变。安提戈涅坚持该希望，认为自己为了家庭牺牲了自己，就会因高贵和正义受到诸神奖赏。如今，安提戈涅对正义及永生希望的信念已有所动摇。于是，她背弃了神法，却感到比以前更强烈地渴望此生的幸福。但是，她的信念仍未动摇，她埋葬哥哥波吕涅克斯的遗体，是在向一个比她自身或任何个体自身都更强大的实体（即家庭）表达忠诚，因而她自己在死后应得到神赐。如此看来，家庭似乎不过是某种途径，如若借助家庭，便可获得超越纯粹私利的优越感，借此实现个人的永生，所以她也是在谋取私利。

然而，安提戈涅在此还指出了另一种方式，人们或可借助家庭满足永生的愿望：繁衍儿女。安提戈涅有些伤感，在剧中她第一次表现出对婚姻和后代的渴望（参916 – 920及806 – 812, 876 – 882）。安提戈涅在来世获得神赐的希望日渐渺茫，于是她对此生婚姻和儿女的渴望便日渐增长。此刻，对永恒的渴望在安提戈涅身上表现得十分强烈，亚里士多德曾写道，"都要使自己遗留形性相肖的后嗣"，此句或许最普遍、最具体地描述了这种渴盼（《政治学》1252a29 – 30，[译按]参吴寿彭译文，前揭，页4）。人留下形性相肖的后嗣，或许正是希望自我的一部分——另一个自我——将在自己死后继续存活。剧中安提戈涅在最后的台词中提到自己是"王室剩下的唯一后裔"（941），确切说来，她哀叹的或许是[133]她的家庭已没有未来，因为她没有生孩子，而离世之后也不会留下自己的任何东西。

的确，安提戈涅家的故事——尤其是俄狄浦斯弑父，俄狄浦斯自己又被儿子们流放——似乎会引人质疑，父母死后通过后代继续存活的信仰是否合理。然而，索福克勒斯描述安提戈涅之死，引起读者们怀疑，安提戈涅渴望幸福与永恒，不如与海蒙结婚，更合理，也更有益,远甚过为死去的哥哥牺牲,去换取冥府里的永恒安乐。①在安提戈涅最后出场之前,我们见证了海蒙对安提戈涅的爱,他公然违抗父王,不怕失去父亲的宠爱,也不顾念王子的身份。这时,歌队赞颂爱若斯(eros)力量惊人,令人畏惧却又无比美妙(781 – 799)。接着在安提戈涅最后出场时,她念及婚姻,也盼望拥有儿女。最后,我们再次见证海蒙的爱情,他违抗父命,赶来救她。这个虔敬的女英雄拥有一个如此高贵的爱人,还会不幸福吗?嫁给忒拜王子,重入"王室",统治城邦,她还不满足吗(941)?

然而,海蒙赶来之时,发现深爱的安提戈涅早已自杀。临终之际,安提戈涅哀叹自己未婚而无后,但全剧之中她从未提及海蒙之名,她渴望的幸福,并非与海蒙在一起,而是死后获得神赐。因此当她失去信念,不认为自己配享永福之时,就对所有的幸福都绝望了,只好结束了自己的生命。

安提戈涅的自杀是剧中第一个无法挽回的事件。她若未自杀,整个事情仍有回旋余地,或许克瑞翁心存悔意会宽恕她,[134]波吕涅克斯会被安葬,而她自己则可嫁给海蒙,和心爱的丈夫一起幸福地生活,甚至最终可成为忒拜王后。海蒙晚来一步,眼看就要救下安提戈涅,一起结婚,组建家庭,过上安提戈涅曾想要的生活了,但在这节骨眼上,安提戈涅自杀了。或可认为,安提戈涅之所以失去幸福,正在于她对诸神的信念不够坚定。毕竟,诸神不是派忒瑞西阿斯去提醒克瑞翁了吗,让他最好要饶恕安提戈涅并安葬她哥哥?然而,最早赶来救她的却是海蒙,这表明安提戈涅最主要的过错是她不信人心(human providence),而非不遵神意(divine providence)。

最初,安提戈涅执意牺牲生命,掩埋哥哥尸首,是因为她坚信这样会赢得神赐,获得永生,但后来希望破灭,神赐无望,安提戈涅便选择了自杀。安提戈涅渴望变得虔敬,渴望在死后获得超乎常人的

---

① 萨克森豪斯甚至认为,安提戈涅和克瑞翁之间的冲突"招致了痛苦,只要其中一个向爱欲(eros)屈服,这种痛苦就不会发生"(1992,73)。

幸福,所以拒绝了海蒙的爱,对他视而不见。她放弃了获得凡人幸福的机会。安提戈涅自私地追求永恒幸福,导致她放弃了此生的幸福。安提戈涅最惨痛的失败,并非未能坚守自己的正义,误断自己不配神赐并不再相信诸神,而是不信人间真情,不接受他人的真爱。这个虔敬的女英雄,敬奉诸神,渴望永生,却最终走向毁灭。

家庭虔敬的力量:克瑞翁的垮台

安提戈涅离世,或许倒证明了克瑞翁是正确的。毕竟,安提戈涅离世之时,已被克瑞翁的说法所动摇,正义包含对家庭忠诚的讲法至少已经变得可疑,而要求忠于家庭的神法是否真的神圣,也尚未可知。但是,安提戈涅的自杀却给克瑞翁带来了厄运。安提戈涅一去世,克瑞翁的儿子和妻子相继自杀,死亡最终击溃了忒拜国王。① 更重要的是,在剧末,克瑞翁放弃了[135]此前对正义的理解,不再认同忠于城邦要高过忠于家庭,反而重新遵守神法,忠于家庭。随着剧情的发展,安提戈涅逐渐怀疑她对神法的信念,而克瑞翁则重拾神法信念,还自我责备。安提戈涅对诸神感到绝望,选择自杀,而克瑞翁却由于畏惧诸神,不停自责。

然而,克瑞翁重拾神法信念,是在儿子和妻子自杀之前,并非尾随其后。克瑞翁埋葬了波吕涅克斯的尸体,并决定赦免安提戈涅,却不料妻子、儿子却相继自杀。克瑞翁重信神法,让家庭高于城邦,并非悲痛至亲的离世。实际上,克瑞翁的另一个儿子墨伽柔斯(Megareus)离世,全然未能引起克瑞翁的伤痛(1301 – 1305)。克瑞翁信心满满,正义意味着不顾家庭,为邦国尽忠,所以他不会为至亲的

---

① 在索福克勒斯现存的七个剧本里发生过六次自杀,而《安提戈涅》结尾用一百多行的篇幅描述了其中三次(1175 – 1183)。另外三次自杀是伊俄卡斯忒、埃阿斯和得伊阿尼拉(诺克斯,1964,42)。

离世而悲痛。那么，是什么导致他对正义的理解丧失信心呢？

忒瑞西阿斯要求克瑞翁埋葬波吕涅克斯，否则就会受到神谴，而在忒瑞西阿斯宣布决定之前，克瑞翁就已开始放弃此前对正义的理解，重拾神法信念。克瑞翁的回心转意首先表现在他与海蒙争辩的结果中。在那次争辩之前，克瑞翁下定决心要处死安提戈涅和伊斯墨涅。但争辩之后，克瑞翁决定赦免伊斯墨涅。至于安提戈涅，克瑞翁向歌队解释：

> 我要把她带到没有人迹的地方，把她活活关在石窟里，给她一点点吃食，只够我们赎罪之用，使整个城邦避免污染。她在那里可以祈求哈得斯，她所崇奉的惟一的神明，不至于死去；但也许到那时候，虽然为时已晚，她会知道，向死者致敬是白费工夫。(773—780，[译按]参罗念生译文，前揭，页316)

克瑞翁拒绝直接处死安提戈涅，是因为处死自己的外甥女会留下污点($\mu\iota\alpha\sigma\mu\alpha$[776])，正如波吕涅克斯和埃特奥克勒斯杀害彼此，留下弑兄的污点一样(172)。克瑞翁这样做就是承认正义至少包含对家人的忠诚[136]，哪怕这亲人违反了城邦法令。克瑞翁还担心，处死自己的外甥女会惹怒诸神，引起诸神处罚他本人及其所在的城邦。最终，克瑞翁承认诸神有可能会帮助安提戈涅，并免她于死，因为她按神法要求埋葬了哥哥。克瑞翁甚至还觉得，诸神有可能会惩罚自己，因为他试图阻挠安提戈涅。于是，后来忒瑞西阿斯要求克瑞翁遵守神法，埋葬波吕涅克斯，释放安提戈涅，这时的克瑞翁答应得快也合情合理。克瑞翁与海蒙的争辩，已使克瑞翁回心转意，并相信正义和虔敬需要忠于家人，哪怕此人已背叛城邦。这场争辩也使克瑞翁怀疑诸神的态度，怀疑安提戈涅埋葬哥哥是否真的公正而虔敬。①

克瑞翁与海蒙的争辩,怎会逐步动摇他的信念,以至于不再持有先前的正义观,忠邦不再胜过爱家?直到这场争辩之前,克瑞翁信念似乎仍然坚定。在忒拜防御战后不久,克瑞翁第一次发言,宣布了针对波吕涅克斯的禁令:

> 我决不把城邦的敌人当作自己的朋友;我知道惟有城邦才能保证我们的安全;要等我们在这只船上平稳航行的时候,才有可能结交朋友。(187-190,[译按]参罗念生译文,前揭,页301)

克瑞翁发现外甥女安提戈涅胆敢抗命,埋葬波吕涅克斯,就坚持要将她处死:

> 不管她是我姐姐的女儿,或者比任何一个在我们家的宙斯神坛前敬拜的人和血统更近,她本人和她妹妹都逃不过最悲惨的命运。(486-489,[译按]参罗念生译文,前揭,页308)

最后,伊斯墨涅问他"你要杀你儿子的未婚妻吗?"他回答说,"还有别的土地可以由他耕种",还说"我不喜欢给我儿子娶个坏女人"(568-569,571,[译按]参罗念生译文,前揭,页311)。直到这一幕,克瑞翁似乎仍然决心处死[137]不忠于城邦的人,即使这个

---

① 因此笔者断然不同意迈耶的主张,他认为"没有人设法影响克瑞翁,即使是克瑞翁的儿子或是预言者也没有"(1993,200)。笔者认同努斯鲍姆,他认为克瑞翁爱海蒙,所以放弃了先前对正义的理解,但是笔者不认为克瑞翁"只有与忒瑞西阿斯发生冲突时,才开始感受到那种爱的力量"(1986,62)。诺克斯认为克瑞翁在与海蒙的冲突后"改变主意",但仍认为克瑞翁这样做是因为他"受海蒙强硬说辞的影响,考虑到忒拜民人也在称赞安提戈涅的行为"(1964,72)。

人是他姐姐的孩子、儿子的未婚妻,甚至还说哪怕是"更亲的人"也同样如此对待。直到此刻,克瑞翁似乎仍坚守信念,认定忠于城邦远甚过热爱家庭。

不过,克瑞翁真的不得不面对比外甥女"更亲"的人的反对,即他自己的儿子海蒙。在此情况下,他要求儿子孝顺,也要求他忠于忒拜城的利益。事实上,克瑞翁最开始要求儿子以孝事父。他先问道:

> 孩儿,莫非你是听见了对你未婚妻的最后判决,来同父亲赌气的吗?还是无论做了什么你都仍然爱我?(632 – 634,[译按]参罗念生译文,前揭,页 312)

然后,当海蒙重申了孝顺之心时,克瑞翁却提出了新的家庭观,截然不同此前所说。

> 啊,孩儿,你应当记住这句话:凡事听从父亲劝告。做父亲的总希望家里养出孝顺儿子,向父亲的仇人报仇,向父亲的朋友致敬,向父亲那样尊敬他的朋友。那些养了无用的儿子的人,你会说他们生了什么呢?只不过给自己添了苦恼,给仇人添了笑料罢了。啊,孩儿,不要贪图快乐,为一个女人而抛弃了你的理智;要知道一个和你同居的坏女人会在你的怀抱中成为冷冰冰的东西。还有什么烂疮比不忠实的朋友更有害呢?(639 – 652,[译按]参罗念生译文,前揭,页 313)

克瑞翁所说的家,是爱的共同体。所以儿子们应该对敌人凶狠无情,对亲人爱护有加,尤应孝顺父亲。孝子受父宠,也得亲人赞誉。在此,克瑞翁认为家庭的共同体比城邦更名副其实。城邦立足于畏惧:民人们害怕,设若城邦毁灭,国之大厦将倾,民人们及亲人们都难逃厄运。民人们还害怕统治者,因为统治者手段残忍,一旦有人威胁到城邦,统治者必定严加惩罚,以儆效尤。克瑞翁所说的家,积极健康,给人归属感,家中亲人相亲相爱,互助互保。在此,克瑞翁仅提到一种"惩罚",针对不孝之子,并非[138]由父亲故意施加,而是逆子咎由自取,难逃祸患:"爱上"不该爱的人,过着冰冷凄凉的生活。克瑞翁似乎认为,幸福离不开家,而家借城邦以自保,所以人应当忠邦爱国。① 然而此处顿生疑窦,设若人为了家而忠心于城邦,那为城邦牺牲家庭,意义何在?

克瑞翁暗示,家庭共同体比城邦更神圣。因为在他看来,尽管诸神厌恶危害城邦之人,但克瑞翁从未提及人们祈祷诸神护佑城邦,也未曾说人们应该祈祷诸神护佑城邦(参 282 – 289)。实际上,戏剧开场之时,克瑞翁所说的话弦外之意正是诸神不可靠,不会保护城邦:

> 诸神摇撼我们城邦这艘航船,现在他们又让它平安地稳定下来。(162 – 163,[译按]参罗念生译文,前揭,页 173 – 174)

但是,克瑞翁却心怀赞许地提到,人们向诸神祈祷:儿子孝顺,家庭团结和睦(641 – 647)。所以克瑞翁认为,海蒙应同意处死他的未婚妻安提戈涅,首要的原因在于,安提戈涅已成海蒙父亲的敌人,她离间亲人,祸害家庭,罔顾家庭共同体的神圣,无视海蒙对家的爱,也破坏了海蒙的幸福。

克瑞翁还说,次要的原因在于,处死他的未婚妻是为了忒拜城的安定。克瑞翁强调,安提戈涅违法,若不加严惩,统治者难以立威以服众,而后国之将乱。

> 背叛是最大的祸害,它使城邦遭受毁灭,使家庭遭受破坏,

---

① 蔡特林甚至认为,克瑞翁"相信家庭的绝对统一"(1986,124)。另参奥尔曼德,1999,80 – 86。

使并肩作战的兵士败下阵来。只有服从才能挽救多数正直的人的性命。所以我们必须维持秩序,决不可对一个女人让步。如果我们一定会被人赶走,最好是被男人赶走,免得别人说我们连女人都不如。(672-680,[译按]参罗念生译文,前揭,页313)

克瑞翁重拾先前论述,认为唯有城邦能保护民人及其亲人们免于死亡,而城邦统治者须立威服众,维护城邦安定,因此他身为统治者,必须严惩[139]那些抗命不遵,祸国殃民的罪犯,如波吕涅克斯和安提戈涅。

海蒙回答父亲道,克瑞翁令人畏惧,无视公众舆论,已是身处险境。克瑞翁的臣民们,心存畏惧,不敢吐露真言。海蒙还说,忒拜人私底下都站在安提戈涅这一边。

> 我倒能背地里听见那些话,听见市民为这女子而悲叹,他们说她做了最光荣的事,在所有的女人中,只有她最不应当这样最悲惨地死去!当她哥哥躺在血泊里没有埋葬的时候,她不让他被吃生肉的狗或猛兽吞食;她这人还不该享有黄金似的光荣吗?这就是那些悄悄传播的秘密话。(692-700,[译按]参罗念生译文,前揭,页314)

海蒙认为,克瑞翁应该顺应民心(popular sentiment)支持安提戈涅,并非她行事公正,而是此事已经影响甚广(powerful)。倘若他逆民意行事,定将自取"灭亡"(714-721)。海蒙的话含沙射影,如果克瑞翁不向安提戈涅让步,民人会发动政变,处死国王,忒拜也会再陷混乱,这都并非克瑞翁所愿。所以海蒙认为,父亲应当做出让步,既为城邦,也为他自己。

然而,海蒙的说法并无说服力。剧中并无任何迹象表明忒拜人喜爱安提戈涅,并愿意为她发动政变,推翻克瑞翁,救她出苦海,或为她的冤死报仇。忒拜的长老歌队同意海蒙的说法,也在剧末之时表示同情安提戈涅,但他们仍觉得安提戈涅的行为不正义(724 - 725,800 - 805;853 - 856,872 - 875)。安提戈涅自我感觉无人怜爱,孤独赴死(839 - 852,876 - 882,923)。此外,海蒙的论点前后矛盾,似与他对忒拜人情况的描述不合。如果忒拜人心存畏惧,不敢批判克瑞翁,那么他们怎敢造反推翻他呢?(参 220)最终可以讲,民众支持安提戈涅,只是海蒙一厢情愿地自说自话而已。海蒙泥足深陷于爱情(爱若斯)之中,事关未婚妻的案子,他的证词又怎会可靠呢?① [140]实际上,安提戈涅之前认为,她行事光明磊落,忒拜民人只是慑于克瑞翁的威严才不敢公开支持,而海蒙的话只是对爱人心声的重复,难道不是吗?(参 692 - 699 及 502 - 509)

暂且不提忒拜人是否支持安提戈涅,抑或慑于克瑞翁只能暗中支持,相比而言,海蒙本人的行为却愈加鲜明,他胆敢公然违抗父王,支持安提戈涅。海蒙忤逆不孝,公然与父王争吵,克瑞翁气急败坏,骂海蒙是"坏透了的东西",于是海蒙不再伪称关心安提戈涅是由于民人们都支持她,而是公然以自己的名义批评父亲既不公正也不虔敬:

> 因为我看见你犯了错,做事不公正。……你践踏了诸神的权利,就算不尊重你的王权。(742 - 743,745,[译按]参罗念生译文,前揭,页 315)

海蒙公开指控父亲不公正,也不虔敬,理应受到儿子的质疑,还

---

① 参 568 - 570,626 - 630,781 - 799,1220 - 1225。亚里士多德在《修辞学》中表明,海蒙将自己的观点加在忒拜普通人身上,以使他为安提戈涅所作的辩护更为可信(3.17.16 - 7)。因此笔者并不认为忒拜"以海蒙为代表"向克瑞翁进言(诺克斯,1964,108,114;另参莱因哈特,1979,85;迈耶,1993,196,200;卡特尔,2007,110)。

应被忒拜人推翻,受到诸神的惩罚。当克瑞翁决心要处死安提戈涅时,海蒙回答道:"那么她是死定了;可是她这一死,会害死另一个人"(751,[译按]参罗念生译文,前揭,页315)。就这样,海蒙威胁要杀死父王,后来他竟还真的尽力完成此事(1220 – 1239)。

海蒙指控克瑞翁不正义,也不虔敬,还意图杀害父王,而克瑞翁则宣布要当着儿子的面处死安提戈涅以惩罚海蒙,或是要以极其残忍的手段慑服海蒙。然而,海蒙离开后,克瑞翁却立即做出让步,按儿子所讲的来做。克瑞翁完全饶恕了伊斯墨涅,还关押了安提戈涅而非直接处死她,因为克瑞翁担心杀害外甥女,会被诸神认定已有污点。海蒙的劝服未能奏效,克瑞翁信念坚定,认为做出让步定会祸乱忒拜,而海蒙又立即公然指控克瑞翁不正义、不虔敬,还扬言要弑父,基于如上所述,到底为什么克瑞翁会向他儿子让步,即使是只做部分退让?

[141] 克瑞翁放弃他的信念,不再视正义为忠邦胜过爱家,为何他会放弃,则需考虑此信念会对他有何要求。海蒙公然抨击父王是不正义、不虔敬的统治者,并公开扬言要杀了他。海蒙这样做已威胁到忒拜的安定,与杀害王兄的波吕涅克斯所犯之罪同样严重,甚至比试图违抗国王、埋葬哥哥的安提戈涅所犯之罪要严重得多。国王不是必须惩罚这种危害邦国的不法行为吗?克瑞翁意图用死刑惩罚其外甥女,以彰显正义和威严,挽救城邦于危局,那么他不是也必须惩罚自己的儿子,甚至动用死刑?克瑞翁所理解的正义在逻辑上要求他因儿子扬言弑君而处死儿子。

然而,克瑞翁退缩了,不愿面对这样的局面。为了城邦,克瑞翁能牺牲外甥女,即姐姐的女儿们,其中之一还是他儿子的未婚妻,但他不能牺牲自己的儿子海蒙。为什么不能呢?如我们所见,克瑞翁将家视为爱的共同体,在家里父亲向诸神祈求,愿儿子们孝顺,相亲相爱,还要能保护整个家庭。克瑞翁对幸福的所有希望似乎都维系在家庭之内。然而,据欧律狄克所说,为了城邦,克瑞翁已牺牲了一个儿子墨伽柔斯(1301 – 1305)。那么,为什么克瑞翁害怕牺牲另一个儿子呢?

歌队强调了克瑞翁眼中墨伽柔斯和海蒙的关键区别:"你最小的儿子海蒙来了"(626 - 627,[译按]参罗念生译文,前揭,页 312)。失去孩子总让人难以接受,但失去独子更可怕,因为这意味着血统的终结,血脉的终结,在某种意义上也是自我的终结(参 905 - 912)。剧本始终强调,父亲们本能地把孩子们视为自己生命的延续。在剧中,海蒙刚出场不久便对克瑞翁说,"父亲,我是你的孩子"(635,[译按]参罗念生译文,前揭,页 313)。忒瑞西阿斯后来把海蒙描述成克瑞翁的"内在部分($\sigma\pi\lambda\alpha\gamma\chi\nu\omega\nu$)"(1066)。当第一个报信人通报,"海蒙死了;他用自己的手($\alpha\upsilon\tau o\chi\epsilon\iota\varrho$)使他自己流血",歌队问杀死海蒙的是他父亲还是"他自己的手"($o\iota\kappa\epsilon\iota\alpha\varsigma\ \chi\epsilon\varrho\alpha\varsigma$,1175 - 1176;另参 55 - 57)。长老们[142]也是这样本能地把父亲和儿子视为同血脉之亲($\epsilon\mu\varphi\upsilon\lambda\iota\upsilon\varsigma$),用克瑞翁后来的话说(1263 - 1264),即是血肉相连。① 因此,父亲生养儿子,便是延续自己的生命,甚至突破生命对人的限制。

将此观点铭记于心,再反思先前所引克瑞翁的说法:

> 实际上,做父亲的总希望家里养出孝顺儿子,向父亲的仇人报仇,向父亲的朋友致敬,像父亲那样尊敬他的朋友。(641 - 644,[译按]参罗念生译文,前揭,页 313)

克瑞翁认为,父亲们祈盼儿子们像父亲那样做事——"像父亲那样"——无论父亲尚还健在,或是已不在人世。父亲为儿子祈祷,因为父亲希望借助儿子,借助某种自身的延续,借助某种属己的他

---

① 如努斯鲍姆所指出,"海蒙这一名字意即'血脉'(如海蒙之死的双关描述所示,1175)"(1986,62)。用诺克斯的话来说,克瑞翁"必须面对问题,如何处理自己的血肉亲情,如海蒙,这名字本身也强调了二者间的血缘关系"(1964,88)。另参韦尔南和那奎特,1988,319。

人,继续在某种意义上活下去。同样如海蒙所述,孩子们若取得"辉煌荣耀",父亲也会高兴,部分原因在于他们能分享荣誉,并希望他们离世之后也能名存后世(701-704)。正如第一个报信人所述,后人强,父母也"光荣",有了这样的后人,哪怕在死后,也能继续荣耀于世(1164)。人有了后代,就突破了死亡的限制,向未来无限延伸。人死后,后代会继续活着,后代的后代也会继续活着,一直延续到未来。因此,父母们拥有了孩子,就可以逃避无法摆脱的冥府,逃避死亡(361)。

在克瑞翁看来,杀死独子无异于毁灭自己,比让他直接自杀更难受。自杀的人,或无论怎样死去的人,只要想到孩子还会继续活着,总会感到安慰。但如果失去孩子,尤其是独子,就失去了未来所有的希望。因此,正是在海蒙死后,而非在墨伽柔斯死后,欧律狄克自杀,意义正在于此。独子离世,欧律狄克的生命界限[143]已定,无法改变。

《安提戈涅》的质疑,影响深远,家庭尤其是儿女们是否理所当然地是自身的延续。例如,海蒙与父亲的性格迥异,还企图杀死父亲。不过,戏剧还指出,家庭是人类渴望(爱若斯[eros])永生的最有力表达。实际上,歌队颂扬爱若斯,正是在回应海蒙和克瑞翁之间的激烈争吵。歌队表面上颂扬爱若斯力量强大,"不可战胜",它让孝顺听话的孩子敢去质疑、违抗父王(781)。颂歌歌词强调了爱欲和死亡之间的密切联系。颂歌已经注意到不朽的诸神也无法逃脱爱欲的控制,但它仍关注爱欲对"朝生暮死"的人的影响(790)。颂歌以此指明,爱欲就是必死之人对永生的渴望。凡人面对死亡,身陷无助,唯以爱欲应对(参90,220,361)。①

[144]这样看来,克瑞翁无法为城邦牺牲独子,正是爱欲强大力量的反映。如果克瑞翁处死海蒙,就将死后无望,不再以其他方式存世,无法满足对永生的渴求。克瑞翁显然不能这样做。克瑞翁无法处死自己的亲骨肉,毕竟血脉相连,他也无法处死外甥女,毕竟她们也是亲骨肉。

克瑞翁与儿子的争吵再次唤醒了他对家庭的尊敬。克瑞翁对海蒙气愤不已,骂他是"坏透了的东西","被污染了",并非海蒙不能公然与国王争吵,而是他不该与父亲争吵(742,746)。波吕涅克斯入侵,忒拜濒临亡国,政治危机已让克瑞翁无暇顾及家庭,而海蒙肆无忌惮的行为,更令克瑞翁心中一颤,想起了久传的信念,怎可对父亲无礼,如此行为岂非忤逆不孝之大罪,广而言之,不忠于至亲便是不敬,罪大恶极。不过,克瑞翁惩罚他的外甥女们,即姐姐的女儿们,也是他自己的血肉至亲,难道不也是冒着犯大不敬之罪的危险吗?如果不忠于家便是"坏透了",那么忠于家庭就是全善了吗,有家人叛国也不顾吗?难道安提戈涅不该得到荣誉并免于惩罚吗?

克瑞翁最初认为,正义意味着忠于城邦胜过爱家,因为他认为,

---

① 该剧中 ερως 及相关词汇出现了六次。伊斯墨涅对安提戈涅说,"你是热心于[ερας]不可能之事"(90)。歌队向克瑞翁保证,"没有人愚蠢到向死者致敬(ερα)"(220)。歌队在第三颂歌中说,希望能成为"轻浮的爱(ερωιων)的幌子"(617)。论述爱的颂歌,一行之内两次提及 ερως(781)。最终,克瑞翁在剧末坦言,他想要死去,还说:"但我为我爱(ερω)的这些东西祈祷"(1336)。总而言之,这些内容表明爱欲不仅意味着与另一个人相爱,更广义上讲是,渴盼某些显然难以企及的东西,比如不死或不朽。格里菲斯声称安提戈涅的"爱只为父亲和哥哥,并无深意",但笔者看来,格里菲斯忽略了剧中爱欲一词的广义理解(2005,95-96)。努斯鲍姆也相似,他认为安提戈涅和克瑞翁都是非爱欲性的,也是忽略了剧中爱欲的广义。如参1984,64:"安提戈涅和克瑞翁一样远非爱欲(eros)之人。"另参萨克森豪斯,1992,71-72;西格尔,1981,197-199。应注意的是,伊斯墨涅明确讲道,安提戈涅在一定程度上是热心的(erotic,90),歌队在行617也作此说。克瑞翁在剧末也认为自己是爱欲之人(1336)。

家本来就不统一。如我们所见,整个剧情为该论点提供了大量证据。该论点还逐渐削弱了安提戈涅的信念,使她怀疑自己的正义和虔敬,并最终走向绝望。但是最终,克瑞翁自己也无法真正欣然认同自己最初的论点。克瑞翁无法将该观点用于自己家中。克瑞翁眼见自己的儿子忤逆犯上,扬言弑父,便重新相信家庭是神圣的共同体,背叛家庭,罪大恶极。

克瑞翁忧国忧邦,害怕乱及天下,或许归根到底是他害怕自己的死亡。不过,克瑞翁爱家,是希望在爱筑成的共同体中找到幸福,这种此生的幸福正是克瑞翁所祈盼的,也是由不朽的诸神所赐予的,克瑞翁还希望家中的后人能在他死后延续另一种生命。因此,克瑞翁之所以爱家,归根到底是由于他渴望不朽。

[145]在与海蒙争论的最后,克瑞翁同意完全赦免伊斯墨涅,并减轻安提戈涅的刑罚,以免犯下杀害亲人的重罪。克瑞翁甘愿任城邦陷入混乱,冒灭邦之险,也不愿引发诸神的怒火。诚然,克瑞翁宣称他试图保证"使整个城邦避免污染"(776;另参889)。但国王处死自己的亲人,为什么城邦会被污染,难以理解。从未有人说,国王埃特奥克勒斯杀死亲兄弟,于是忒拜就被污染了(141 – 146,170 – 172)。似乎可以讲,克瑞翁处死外甥女,带犯罪污点的仅有他一人而已,也只有他会受惩罚。因此,克瑞翁和海蒙的争吵结束时,克瑞翁不再如此前那样关注城邦利益,而是深感恐惧,担心诸神或由于他不忠于家庭而对他施加惩罚。①

因此,先知忒瑞西阿斯要求克瑞翁埋葬波吕涅克斯,否则会受到诸神惩罚,还暗示克瑞翁也应该释放安提戈涅,克瑞翁很快同意也合情理。实际上,克瑞翁一直都尊敬忒瑞西阿斯和诸神,恰如这位先知所说。显然,克瑞翁仍对先知无比尊重,忒瑞西阿斯警告克瑞翁小心神明的处罚,克瑞翁马上就害怕了(991 – 997;另参

---

① 因此,笔者不认同西格尔的主张,他认为克瑞翁在此处展现了心中的"理性主义"(1981,174)。

1058)。的确,最初忒瑞西阿斯要求埋葬波吕涅克斯时,克瑞翁很生气,指责忒瑞西阿斯不正义且贪婪。忒瑞西阿斯的要求多少有些武断,他向克瑞翁解释为何应该做出让步:鸟儿们"发出不详的、难以理解的叫噪",祭肉的燃烧不正常,城邦的"所有"祭坛和炉灶上都放着波吕涅克斯的血肉;不过,这些解释难以令人折服,再加上忒瑞西阿斯又是个盲人,完全依靠奴隶来了解整个事情(1001 - 1002,1016,1001 - 1016)。此外,克瑞翁在抨击忒瑞西阿斯的过程中,甚至也承认先知是明智的(1059)。最后,忒瑞西阿斯一项项地警告克瑞翁,首先是会失去儿子,接着他自己会被复仇三女神毁灭,即被哈得斯和诸神手下的复仇神魔们所毁灭,所以,克瑞翁心中充满虔敬的恐惧,与最初[146]同海蒙争吵之后的心情一样,只好彻底屈服了(1064 - 1079, 1095 - 1097, 1113 - 1114, 另参1199 - 1282;参773 - 780, 885 - 890)。克瑞翁埋葬了死去的波吕涅克斯,然后打算释放安提戈涅。结果,克瑞翁发现安提戈涅已死,儿子弑父未遂转而自杀赴死,于是克瑞翁肯定自己有违神法,犯下罪愆,对家行不义,还激怒了诸神,此时或许还记起了忒瑞西阿斯的预言,想到他自己害死儿子,诸神会对他施加惩罚,而儿子试图弑父犯上,他竟会责怪自己(1177 - 1178, 1261 - 1276, 1339 - 1341;另参1206 - 1220;另参1064 - 1067, 762 - 765)。克瑞翁的妻子咒骂他是杀害孩子的凶手,骂完之后也自杀了,在这之后,克瑞翁悲愤交加,痛责自己,悔恨自己的行为背弃家庭,称自己不义、不虔敬,却只字未提城邦的安定(1283 - 1353)。因此,与儿子争吵之后,克瑞翁重拾传统的家庭虔敬,相当迅速且彻底。

然而,正是克瑞翁重拾对家庭的传统虔敬,造成他走向了毁灭。克瑞翁决心完全屈服于忒瑞西阿斯之后,且在歌队的力劝之下,克瑞翁决定先释放活着的安提戈涅,然后埋葬死去的波吕涅克斯(1099 - 1112)。然而,克瑞翁想要肯定遵循神法的重要性——"我现在相信,一个人最好是一生遵守众神制定的律条"(1113 - 1115,[译按]参罗念生译文,前揭,页324)。——于是改变了主意,决定先埋葬死去的波吕涅克斯,然后再释放活着的安提戈涅(1196 - 1282)。该决定是灾难性的,克瑞翁晚来一步,没有救活安提戈涅。如果他及时赶到,那么安提戈涅、海蒙和欧律狄克的自杀都不会发生,安提戈涅和海蒙很可能会结婚,而克瑞翁也很可能能继续统治,尽管会为其过往内疚。那么,为何克瑞翁决定先去埋葬死尸,后去释放活着的女孩呢?他这么做似乎是出于对神法的忠诚以及对诸神怒火的恐惧。正是神法本身以及正是虔敬本身,强调尊敬死者比尊敬生者更重要,也强调来世比此生更重要。① 例如忒瑞西阿斯[147]坚决要求克瑞翁埋葬波吕涅克斯的尸体,但一开始完全没提及安提戈涅的事,后来也只是含糊地暗示克瑞翁应该释放安提戈涅(1015 - 1020, 1029 - 1030, 1064 - 1071)。② 同样,安提戈涅自己也坚信,为埋葬波吕涅克斯的遗体而牺牲她自己的生命,正是在履行宙斯和正义女神的神法(450 - 470)。克瑞翁的行为正好符合忒瑞西阿斯和安提戈涅的看法,正是这些行为导致了克瑞翁的毁灭。和安提戈涅一样,克瑞翁也更看重遗体而非生者。和安提戈涅一样,克瑞翁也走向了毁灭。因此该剧不仅见证了虔敬的巨大影响力,还见证了其巨大的破坏力。

虽然克瑞翁重拾神法信念,走向了毁灭,但是,他禁止埋葬波吕涅克斯的尸首,有违神法,难辞其咎。克瑞翁认为,他用叛国者尸体腐烂的可怕景象来恐吓民人,能引发民人对死亡的恐惧,于是任何人都不敢在城邦中挑起争斗。企图强化忒拜人对必死性的印象,以建立他们对强大统治者的忠心,但总是事与愿违。反而激起一种虔敬的反抗,安提戈涅、忒瑞西阿斯,甚至整个城邦的其他人最终(尽管开初并未如此)均狂热地坚信,死亡不是终结,我们不受自然必死

---

① 拉康指出,克瑞翁"从尸首入手"是因为他想要"顺应良知"(1997, 266)。

② 因此,笔者不认同西格尔的主张,他认为忒瑞西阿斯力劝克瑞翁先救安提戈涅。

性的限制,超自然神明力量强大,可赐予我们永生,还会在来世赏罚分明(参 278 - 279,1091 - 1107)。人心渴望永生,虔敬而强烈,克瑞翁终也难逃此欲。戏剧表明,统治者决不能低估对永恒的虔敬渴望与期许,它力量强大,所以统治者必须总体适应它的狂热,而不能违抗它。审慎的品德要求克瑞翁应当允许埋葬波吕涅克斯,尽管他是个叛国者。

广而言之,该剧表明克瑞翁那样的希望只是空想,城邦无法免于祸乱的威胁。正是由于虔敬情感的影响力,所以祸乱在某种程度上讲不可避免。虔敬在城邦中不可避免,却总会逐渐破坏城邦的秩序,形成威胁。实际上克瑞翁和海蒙之间的争吵[148]表明,虔敬也会逐渐破坏家庭,形成威胁。诸神在此生、在来世都会赏罚分明,它们是人类真正的统治者,这一信仰不可避免地削弱了所有人类统治者的权威。因此,安提戈涅违抗国王、舅舅克瑞翁,便援引诸神加以辩解,而海蒙违抗父王克瑞翁,也援引诸神辩解。实际上,海蒙一直威胁父亲,不久后竟真尝试弑父,这一事实正好表明虔敬对家庭有多大的破坏力。克瑞翁说,儿子与父亲争斗,实在是"坏透了",而海蒙则回答,与不正义且不虔敬的父亲争斗是正义的(742 - 745)。如果与不虔敬的父亲争吵是正义的,那么杀害这样的父亲还会不正义吗?(746 - 752,1220 - 1239)广义上讲,信仰诸神有助于天生的弱者反抗强者。该信仰激励臣民反抗统治者,女性反抗男性,儿子反抗父亲,盲人反抗视力完好的人。因此,该剧虽然强调了容纳虔敬的需求,但也强调了虔敬为祸的迅猛力量。

结　语

表面上,《安提戈涅》维护虔敬。克瑞翁违背神法受惩,而安提戈涅死于维护神法,却最终得以报仇雪恨。深入研究发现,该剧表明克瑞翁和安提戈涅都被他们的虔敬所毁。克瑞翁没能解救安提戈涅,因为他更重视安葬死者,而非拯救生者。安提戈涅在得救前自杀了,因为她不够信任来自海蒙的世俗的爱。虔敬暗含着某种厌世的情绪,即与超自然的诸神相比,人类变得渺小。这种厌世情绪剥夺机会,让他们两人无法抓住人类的幸福。

然而,戏剧的进程里有克瑞翁和安提戈涅两人,但唯有安提戈涅在尽力解决虔敬和正义的问题。在剧终,她至少开始正视问题,即自己的行为是否正义、虔敬而明智,正义是否就意味着忠于家庭,为来世幸福牺牲今生幸福是否正确,以及尽心为他人而活是否明智,是否可行。[149]克瑞翁从未正视这些问题。他要么坚定地相信正义意味着忠于城邦,要么坚定地相信正义意味着忠于家庭。克瑞翁屈服于海蒙之前的那一刻,还威胁海蒙要当面处死他的未婚妻(758 - 761,770 - 780)。而克瑞翁完全听从忒瑞西阿斯之前的那一刻,还愤怒地谴责忒瑞西阿斯是个"爱做不正派的事"的人(1059;参 1033 - 1063,1091 - 1114)。克瑞翁缺乏面对不确定性的力量。克瑞翁认为城邦或家庭中"混乱是最大的灾祸"(672),他同样认为没有什么灾祸会比人灵魂中的混乱更大。但唯有正视灵魂中的混乱,探寻哪些信仰为真,哪些信仰可以指引灵魂管理生活,这样才会有望探索真理,过上真实的生活。安提戈涅敢于正视混乱,暴露疑惑,显得比克瑞翁更优越。不像克瑞翁,安提戈涅不是简单地坚持信念,也不会轻易抛弃信念,而是极其珍视关于正义、关于幸福可能性的信念,并真诚地质疑这些信念。安提戈涅愿意质疑正义和虔敬,可以讲她比克瑞翁更强大、更勇敢、更"有男子气概"。①

［150］戏剧着重描述安提戈涅,引导读者思考正义与虔敬信念的最终结果。也引导读者随着安提戈涅的行为,沿着怀疑与质询之路继续深入。戏剧就这样引导着读者,从安提戈涅的虔敬英雄主义走向索福克勒斯的人性智慧。

---

① 诺克斯坚持说安提戈涅"赴死时没有悔悟","安提戈涅从未退让",而且就连安提戈涅的自杀"也是挑衅性的",因为她的自杀造成海蒙和欧律狄克的自杀,彻底击垮克瑞翁(1964,62,64,67,26)。诺克斯曾声称,安提戈涅最深刻的动机不是仇恨而是爱(116),所以诺克斯的主张就令人不解,他认为安提戈涅自杀的意图是要造成克瑞翁的儿子无辜夭亡,妻子愤而自杀,以此惩罚克瑞翁。但是,诺克斯从未为其关于安提戈涅为何自杀的主张呈现任何文本证据。尽管诺克斯承认安提戈涅死前也曾自我怀疑,但他却倾向于夸大安提戈涅的不妥协,还干脆将安提戈涅英勇的荣光——实际上,所有英勇的荣光——等同于不妥协(103-107;另参113)。安提戈涅是真正的英雄,因为不同于克瑞翁,她"坚持立场,不断反抗,慷慨赴死"(62;另参67-68)。"这个英雄拒绝屈服"(17)。这种"不妥协"是索福克勒斯笔下所有英雄的典型特征,如同阿喀琉斯一样,这些英雄"态度强硬,拒绝妥协"(9,51;参8-27,50-52)。因此,诺克斯没注意到,安提戈涅主动质疑自己令人印象深刻,就好像阿喀琉斯主动质疑自己,并出于同情和理解,答应了普里阿摩的恳求。

结语:尼采、柏拉图和亚里士多德论哲学与肃剧

[151]肃剧与哲学看起来是天生的死敌。肃剧表明,最伟大的人可能会不公正地遭受可怕的不幸。出于难以理解的因由,肃剧似乎要告诉我们,世界混乱无序、冷漠无情,还充满敌意,不会顾及我们对幸福、正义和理智的努力追求,所以从根本上讲,世界与我们内心最深处的渴望相矛盾。相对肃剧而言,哲学似乎教会人们,凭靠理智追求智慧对人而言就是最大的善,原因在于那样的理智既能有助于我们理解世界,又能引导我们走向幸福,那么至少可以说世界并不与我们最深切的渴望相对立。无可否认,英雄苏格拉底,在一定意义上也是哲学传统的奠基者,他会按道德和政治哲学传统,谴责"肃剧人生"是一种被众多谎言包围的生活(《克拉底鲁》,408 c7-8)。苏格拉底还坚持认为,荷马"不仅最具有诗人才分,还是第一位悲剧诗人呢",①但这样的诗人却应被逐出由哲人王统治的、最公正的政治社会(《王制》,607a2-3)。② [152]尼采以肃剧的名义

---

① 参张文涛译文,收录于《哲学之诗——柏拉图〈王制〉卷十义疏》,华东师范大学出版社,2012,页272。

② 正如李尔所述,"柏拉图认为,熟知荷马和伟大的希腊肃剧诗人就是一种心理性的大灾难"(1997,62)。用纳德福(Naddaff)的话说,苏格拉底希望"重写荷马史诗,以形成一种非肃剧性"(atragic,2002,42)。另参亚那(Annas),1981,96-101,338-344;哈里威尔(Halliwell),1996,347。努斯鲍姆认为,在《王制》中,柏拉图批评"肃剧价值",但他晚年收回了"以前所做的批评"(1986,83;另参1992,269)。欧本甚至认为,就某个重要方面而言,"《王制》就是最后的希腊肃剧"(1990,269)。

猛烈抨击哲学传统,也就不足为奇了。①

然而,哲学和肃剧一定是敌人吗?即使尼采以肃剧的名义抨击苏格拉底式哲学,但他毕竟也称自己为哲人,实际上的"第一个肃剧哲人"(1969,273;重点为原文所加)。在《快乐的科学》一书中,尼采认为《查拉图斯特拉如是说》是他最伟大的作品,也是一部肃剧(1974,274;另参347;1969,219-220)。

此外,在《王制》中,尽管苏格拉底猛烈抨击肃剧诗,但仍应思考,该抨击是否如最初印象那样绝对。例如,在卷十中,苏格拉底论证道,荷马"是第一位教师和领袖"(595c1-2,参张文涛译文,前揭,页227),但荷马显然缺乏智慧,因为他没有追随者(followers)。

> 不过,格劳孔哟,要是荷马真能教育人们,把他们改造得更好——因为在这些事情上他不是有能力模仿,而是有能力认识——那么,你觉得,难道他真的不会得到好多同志,并受到他们的尊敬和爱戴吗?(600c2-6,[译按]参张文涛译文,前揭,页246-247)②

然而,诚如苏格拉底所述,荷马"对于所有那些美妙的肃剧家,他看来都成为了第一位教师和领袖"(595c1-2,[译按]参张文涛译文,前揭,页227),也是肃剧本身的教师和领袖(598d7-e2),而且"不仅最具有诗人才分,还是第一位肃剧诗人呢(607a2-3,[译按]参张文涛译文,前揭,页272)。这引导人们思考,肃剧诗人——如埃斯库罗斯、索福克勒斯和欧里庇得斯这样的诗人——是否并非荷马的追随者,而且是否可按苏格拉底的标准认定荷马并非智慧之士。在《申辩》中,苏格拉底的说法也支持该看法。苏格拉底宣称

---

① 正如海德格尔所述,"肃剧经验与对其起源以及本质的沉思,属于尼采思想的真正基础"(1991,28-29)。

② 《王制》英译文参照布鲁姆,1991译文。

肃剧诗人"并不理解自己所说的"。① 但他也说，与其他人相比，能和"俄耳甫斯、穆塞俄斯、赫西俄德和荷马一起"待在冥府里会"无比的幸福"（41a6 - c4）。苏格拉底是否真如此低看荷马及其他肃剧诗人的智慧？这样的质疑难道不正合理吗？

尽管苏格拉底在《王制》中猛烈地攻击肃剧诗作，但同时也承认"自童年以来"就深爱着这种诗作，[153]并且若是听到对诗歌的辩护言之有理，也会感到"欣喜"与"高兴"（595b9 - c3，606e1 - 608a5；另参388e2 - 3；另对比《申辩》，22a8 - c8 和 40e4 - 41c8）。哲人亚里士多德所作辩护，似乎极具说服力。他认为肃剧本身便是哲学性的，而且在将灵魂引向哲学中，肃剧有着重要甚至关键性的作用。那么问题就是，哲学与肃剧是否真的互相矛盾。肃剧的教诲是否如它初看起来一样仿佛暗无前景？哲学的教诲是否真就一定充满希望呢？

尼采：肃剧人勇敢的真实

尼采赞扬肃剧，尤其赞扬肃剧面对真理的勇气。自苏格拉底以来，哲人们均相信，也如"哲学"一词（即"爱智慧"）所暗示的那样，真理讨人喜欢，所以关于世界的真理美丽动人，令人欣慰。他们相信，世界是一种和谐（cosmos）而非混乱（chaos），并且自然对人类友善，欢迎人类追求智慧、正义与幸福，仅需要这人能从纯粹的传统谬见中解放心志，并顺自然而生活。但尼采坚持认为这种信仰本身就是一个谬见：

你们想"按照本性"来生活？……此话之何等的骗人！你

---

① 参 22a8 - c6，[译按]参《苏格拉底的申辩》，吴飞译，华夏出版社，2007，页81 - 82。

们想一下像本性那样的东西,无度的挥霍,无尺度的漠不关心,无目的和考虑,无同情和公正,既富有又沉闷和无信心,你们想一下作为力量的漠不关心之本身,——你们如何能够按照这种漠不关心来生活? 生活——这不一定是想成为与这个本性不同的东西?(1989,15 - ;重点为原文所加;[译按]译文参《善恶之彼岸》,程志民译,华夏出版社,2000,页 7 - 8)

现在,哲人们(至少苏格拉底式的哲人们)不能忍受,自然残忍地漠视我们的道德与哲学渴望。哲人们表面上热爱真理,但很可能已模糊地意识到真理的残酷——"每种哲学在起源上讲都是长篇的肃剧"的讲法可能为真(1989,37,[译按]据英文直译)——但是哲人们却退缩了,不敢面对这种认识。举例而言,柏拉图"在现实面前就是一个懦夫"(1954a,558 - 9)。因此,哲学无意识而自欺地将合人心意的道德和理想强加给混乱的自然,"在自己的想象中创造了世界"(1989,16)。然而,肃剧人却要坚定地面对世界的真正混乱,或至少要求人尽最大可能地坚定不动摇。因为,

确实,人们毁灭于其完全的认识,甚至这也会属于生存的基本情况,——这样,衡量一个精神之强大的标准是:这精神在"真理"方面恰恰还坚持到何种程度。(49,[译按]参程志民译文,前揭,页 40)

有人会认为,肃剧人着实太过疯狂,居然愿意去面对这种致命的真理。难道如此真理不会毁了人类幸福与繁荣的所有可能性吗? 正如尼采自己所问的,

我们中的什么东西实际上愿意"求真理"? ……假定我们意愿真理,为什么不是宁求非真理? 非确定性? 甚至无知?(1989,9,101 - 2;重点为原文所加;[译按]参程译文,前揭,页 1)

然而,尼采认为,真理可能是"最高层面的伤害与危险",直面如此真理则可能会带给人无止境的苦难与折磨,所以如肃剧人那样直面真理,则可使人更加高尚(1989,49)。因为"意义深远的苦难造就高尚。……它几乎决定了人类遭受的苦难达到何等程度"(220;[译按]译文据英文直译,重点为原文所加)。根据尼采的说法,代替高贵苦难的不是高贵的满足感,而是"兽群的普遍的绿草地的幸福,带着对每个人来说的安全、无危险、舒适、生活便宜"(54,[译按]参程译文,前揭,页44)。尼采抨击以下崇尚"享乐主义"和"幸福论"的人的观点:

> 如果可能——没有更愚蠢的"如果可能"——你们想废除受苦;而我们呢?——情况看来恰恰是,我们宁可比曾经有过的受苦还更厉害、更糟糕地去受苦!健康舒适,就像你们对之所理解的——这肯定不是目的,这在我们看来是一个终结!一种状况,它使人立刻变成可笑的和可鄙的,——它使人的衰亡成为指日可待的!培育受苦、培育伟大的受难——你们是否知道,迄今为止,只有这种培育才能创造出人的全面提高?那种在不幸中的紧张——这种紧张为灵魂培育出坚强——,灵魂在可怕的毁灭景象中的战栗,灵魂在对不幸的忍受、坚持、解释和利用时的发明才能和勇敢,以及那种只由深度、秘密、假面具、精神、诡计、伟大给予灵魂的东西:[155]——这并不是在受难中,在伟大的受难的培育中给予灵魂的?(153–154;重点为原文所加,[译按]参程志民译文,前揭,页142)

尼采指出,肃剧人保持着人性,使自身变得高尚,正在于肃剧人勇敢面对世界真理的丑陋和痛苦,敢于面对世界本身的冷漠无情,还不惜英勇地牺牲幸福与福祉,哪怕它们为勇敢的真实所必需。

尼采也指出肃剧人并没有被宇宙的冷漠景象击垮,反而会从中得到乐趣。的确,"肃剧人甚至会接受最残酷的苦难:他足够强大,经历丰富(rich),有崇敬之心(capable of deifying),方能如此作为"(1968,543;[译按]据英文直译)。① 那么,真正的肃剧经验,并非怜悯肃剧英雄,也非恐惧会同样遭受英雄的苦难命运,更非恐惧世界的冷漠无情,而是在勇敢面对与接受"生存的恐惧和恐怖"的过程中,获得的一种简朴且称心的力量感与快乐感(1967,42)。

> 肃剧中的快感刻画了强壮的年代与本性:它们的难以超越(non plus ultra)或许就是神圣谐剧(divina commedia)。正是英雄精神,在肃剧性的残忍中接受了它们:它们足够坚强,拿经历的苦难当快感。(1968,450;重点为原文所加;[译按]据英文直译)②

> 纵欲狂欢的心理作为一种漫溢的生命和力量感,甚至痛苦在此之中也作为兴奋剂起效,这赋予我理解悲剧性情感的钥匙,而这样的情感既遭到亚里士多德,在特殊情况中也遭到我们悲观主义者的误解。……不是为了摆脱恐惧和同情,不是为了借助激烈的发泄,让自己从一种危险的情绪中得到净化——亚里士多德就是这么理解——:相反是为了,超越恐惧和同情,成为生成之永恒的喜悦自身,——这种喜悦还包含着对于毁灭的喜悦。(1954a,562-563;重点为原文所加;[译按]参卫茂平译文,《偶像的黄昏》,华东师范大学出版社,2007,页189-190)

---

① 另参1974,219:"什么使人如此英勇?——敢于同时面对人最高的苦难和最高的希望"(重点为原文所加;[译按]据英文直译)。

② 用海德格尔的说法就是,"悲剧盛行之处,可怕之物就与本质上适合于美的那些事物相对立。伟大本身和伟大的高度与深度和可怕之物共存;本想要得到其中一方越多,就会收获另一方越多"(1991,29;[译按]据英文直译)。

肃剧的快乐感或满足感，不仅仅在于观察别人与自己的痛苦，也在于愿意承受这种痛苦，甚至如尼采所承认的那样，要达到苦中取乐的程度。[156]

> 构成肃剧痛苦的快感的正是残忍；在所谓的肃剧怜悯中，以及实际上在一切崇高的东西中，在最高与最精致的形而上学的战栗中，那看上去惬意的感觉，仅仅是从混合的残酷中感受了甜蜜。（[译按]据英文直译）

世界漠视我们内心和脑海中最深处的渴望，即对幸福、正义和智慧的渴望，而肃剧人不仅有勇气面对世界的真理，还能在接受真理的过程中得到乐趣，所以这种乐趣必然使他能享受到身受痛苦的快感。

> 最后，可以考虑一下：甚至认识者也强迫自己的精神违背精神的嗜好，而且常常也违背他内心的愿望去进行认识，——即在他想肯定、热爱和崇拜的地方却说出否定——，作为残酷的艺术家和神化者起着支配作用；任何沉重的和彻底的索取就已经是精神的根本意志的一种暴力化，一种人的痛苦；精神的这种根本意志不停地希望达到外表和表面，——在任何认识的欲望中已经有了一点残酷。（1989,158－159；[译按]参程志民译文，前揭，页147）

然而，尼采接着以肃剧之名抨击苏格拉底式哲学传统，他明确指出真正的哲学经验，即追求真理的经验，其核心与肃剧经验相同：会有高贵的勇气与力量面对痛苦的真理，还会在迫使自己面对真理的过程中收获朴实的、残酷的快感。①

苏格拉底:肃剧英雄的软弱

苏格拉底在《王制》中对肃剧诗人的抨击,早已人所共知,柏拉图笔下的苏格拉底显然同意尼采的观点,两人均认为肃剧将最伟大的人描绘成受难者,以此教会我们,世界从根本上敌视我们对幸福的渴望。尼采认为,肃剧鼓励我们面对"生存的恐惧与恐怖",[157]以此让人更坚强、更勇敢,但是苏格拉底却认为肃剧激发了软弱(softness)甚至是怯懦(cowardice)。在《王制》卷三的开头,苏格拉底引用了《伊利亚特》(4)和《奥德赛》(3)中的七段文章,其中阿喀琉斯(Achilles)、女神喀耳刻(Circe)和荷马自己均描述了死亡和死后生活的本质,而后苏格拉底说:

> 这些段落以及所有类似的东西,我们恳求荷马和其他诗人别对我们发怒,如果我们勾销了它们,这不是因为它们没有诗意或大多数人听起来不觉得甜蜜,而是因为,如果这些东西越富有诗意,它们越不应该被孩子们和男人们听到,鉴于他们应该成为热爱自由的公民,害怕奴役甚于死亡……也许,这些东西有其他什么用场,然而,我们却为城邦的卫士们担心,生怕他们受这些令人汗毛竖立的东西的影响而变得更温和、更软弱,不如我们的要求。(387b1 – c5,[译按]参《理想国》[现译《王制》],王扬译注,华夏出版社,2012,页85)

---

① 海德格尔在描述尼采的思想时曾说,"肃剧仅控制那'精神'统治的地方,而且仅在知识与认知者(knowers)的王国中,至高的肃剧才能出现"(1991, 30;重点为原文所加;[译按]据英文直译)。

苏格拉底还说：

> 那么，我们可以合理地把那些有名人物的悲叹删除，或把它们分配给一些妇女，她们中最高尚的代表除外，以及分配给所有品质低劣的男人。(387e9 - 388a1；也参 381e1 - 6，[译按]参王扬译文，前揭，页 86)

苏格拉底又继续引用《伊利亚特》中的文字，即阿喀琉斯为他的朋友帕特罗克洛斯(Patroclus)之死哀悼，普里阿摩(Priam)为他的儿子赫克托耳(Hector)之死哀悼，女神忒提斯(Thetis)为她的儿子阿喀琉斯即将死去哀悼，宙斯为赫克托耳即将死去以及宙斯自己的儿子萨尔佩冬哀悼(Sarpedon，388a5 - d1)。苏格拉底认为，肃剧诗人笔下的人类生存状况令人生畏，而众英雄和诸神悲叹爱人的离世则哀婉动人，极富感染力，所以诗人们正是以极度的恐惧和深沉的悲伤感染着我们这些读者，还告诉我们，这样的恐惧和悲伤是对我们终有一死之命运的正当反应。① 与尼采不同的是，苏格拉底认为肃剧人生观直接粉碎了肃剧人的男子气概与勇气。

不过，苏格拉底关于肃剧影响的主张令人困惑，因为他的讨论集中于阿喀琉斯一人。在尼采看来，阿喀琉斯是"最伟大的英雄"(1967，43)。不过，苏格拉底认为阿喀琉斯软弱，没有男子汉气概，究竟何意？阿喀琉斯以勇气见称，英雄一世，如此看法，岂非荒唐？

[158]苏格拉底对肃剧的描述集中于荷马，即肃剧的"领袖"(《王制》598d8)，他"不仅最具有诗人才分，还是第一位悲剧诗人呢"([译按]参张文涛译文，前揭，页 272)。苏格拉底讨论荷马和其他肃剧诗人，背景是讨论正义城邦护卫者或统治者的教育问题，至

---

① 正如哈里威尔所述，肃剧英雄体现着"一种使悲痛成为绝对命令的生活感"(1996，344)。纳德福甚至认为，苏格拉底审视荷马是"为了创造一种真正阳刚的男人(aner)，真正毫无女性痕迹的男子汉"(2002，46)。

少在此最初认为护卫者们的"天性"是"智慧、刚烈、敏捷和有力"（376b11 - c5，[译按]参郭、张译文，前揭，页69）的，而护卫者最终也将定居于被哲人王所统治的城邦中。苏格拉底批判荷马和其他肃剧诗人，核心在于他们使人充满担忧和恐惧，把人变得过于软弱与怯懦。

首先，荷马和其他肃剧作家激发他们的读者惧怕诸神。因为荷马笔下的诸神，权势巨大，脾气乖戾，他们相互伤害，戕害人类。荷马笔下那最伟大的英雄阿喀琉斯，正是惧怕诸神之人。苏格拉底坚称，

> 我们不应该从荷马或任何其他诗人那里接受有关天神们的这种荒谬言论，当他脑子一时糊涂，说什么——
> 有这么两只大瓮放在宙斯的地盘上，里面装潢了命数，一只好，另一只可怕；
> 如果宙斯把两种命数分配给了同一个人，
> 有时他受厄运主宰，有时又承受好运；
> 如果不给他那些，那么，纯粹就是另一些，
> 可怕的饥饿逼着他流浪于辽阔的大地；
> 我们也不能容忍他声称宙斯是个总管——
> 好事和坏事都由他安排。（379c9 - e2；[译按]参王扬译文，前揭，页75）

并且

> 埃斯库罗斯的那句话，同样不能让年轻人听到，说什么——
> 神把罪因植入凡人心中，
> 每当神想彻底毁灭一个家庭。（380a1 - 4，[译按]参王扬译文，前揭，页75 - 76）

此外,诗人从我们童年起就恐吓我们说,诸神迷惑我们,实际上他们无处不在,却故意隐藏起来,如诗述"天神宛如异国而来的客人,带着不同的面目,走访人类的城邦"(381d3 – 4,[译按]参王扬译文,前揭,页78)。肃剧诗人展示了这样一个世界:我们生活在诸神的控制下,他们在任何时候都有可能会突然毁掉我们的幸福,破坏我们所珍视的一切。[159]肃剧诗人描绘英雄们害怕被毁以表明,对诸神的恐惧,正是人甚至是最伟大的人对世界的恰当回应。

苏格拉底辩称,诗人不应那样做,恰恰相反,他们应该这样教导我们:诸神是完美的,他们不变且自足,不干涉人类事务,也一定不会赏罚我们。护卫者必须坚信,人类所受灾祸并非诸神所赐(参379a7 – c7,380c6 – 381c2,382e8 – 383a5)。苏格拉底得出结论认为,必须删除诗人对诸神的描述,以此结束护卫者教育中关于诸神问题的讨论,"如果我们示来的城邦卫士真想成为一代敬畏天神、宛如天神的新人,尽人的最大努力"(383c3 – 5,[译按]参王扬译文,前揭,页82)。苏格拉底在此揭示了哲学护卫者的教育目标是使他们尽可能神圣,看上去跟永生的神一样无惧而自足。苏格拉底表明护卫者具有哲学性,似乎正要表明如下看法是合理的,人类作为一个整体应去追求像神一样的自足,并相信此种幸福在人的掌控之内。①

但是,诗人的捍卫者可能会问,不能永生的存在者仿效永生的神,这怎么合乎情理?正如荷马笔下的阿喀琉斯所说,诸神是永生不灭的,因而"无忧无虑"(《伊利亚特》,24.526)。但准确说来,正因为我们人类不能永生,所以我们才会惧怕,尤其惧怕我们自己和我们深爱的人最终会走向死亡,这难道不合理吗?如果幸福对于我们这样的存在者是可能的话,难道就一定不能再拥有对死亡之恶的

---

① 正如努斯鲍姆在她对《王制》的说明中所述,"我们应当模仿那些完全毫无人类需求与利益的存在者"(1986,158)。

意识以及对死亡的恐惧吗?

据苏格拉底所述,肃剧诗人激发人对诸神的恐惧,这种恐惧来源于我们对死亡的恐惧。我们特别惧怕诸神,因为诸神会让死亡降临在我们深爱的人和我们自己身上。于是,苏格拉底继续批判荷马,因为荷马说"地狱是确实存在的并且非常可怕"(386b4,[译按]参郭斌和译文,前揭,页82),还因为他将最伟大的英雄们描绘成惧怕死亡的人,惧怕他们自己及深爱之人的死亡。苏格拉底问,你能设想任何相信冥府存在的人,"他会不怕死亡,到了战场上,他宁可去死,[160]而不投降当奴隶?"(386b4 - 6,[译按]参王扬译文,前揭,页83)苏格拉底断言,无论是对自己还是对我们深爱的人而言,死亡都是一种恶,而相信死亡之恶甚至可以使最伟大的人也变得软弱怯懦,以至于宁愿沦为奴隶也不愿意赴死(参387c3 - 5)。

然而,苏格拉底所指的荷马式英雄——萨尔佩冬(Sarpedon)、奥德修斯、普里阿摩、赫克托耳以及尤其是阿喀琉斯——很明显,在战场上并非懦夫,即使他们都相信死亡是一种恶。他们都愿战斗,敢赴死,而不愿逃跑。在何种意义上,苏格拉底说他们是软弱的呢?①

苏格拉底可能想要表明,荷马式英雄是软弱的,并不在于他们恐惧死亡,并会在战斗中逃跑,而在于他们不甘于必死的命运,无法接受死亡之恶不可避免的事实,所以恐惧死亡,希望诸神可以保护他们和他们深爱的人免遭死亡之恶。正如苏格拉底所引和所提的文字表明,荷马和其他肃剧诗人刻画的神明,不仅脾气乖戾,令人恐惧,也可变得仁爱慈祥。宙斯爱护赫克托耳和他的儿子萨尔佩冬,女神忒提斯爱护她的儿子阿喀琉斯,阿波罗保护他的祭司克律塞斯(Chryses),宙斯将好与恶都赐予人类(388b8 - d1,392e2 - 394a7,397c9 - e2;另参363a6 - e3,364c5 - 365a3)。此外,苏格拉底所引文字表明,据荷马和肃剧诗人所述,诸神的确保护了一些人免受死

---

① 接下来关于苏格拉底与荷马的讨论大多参照鲍洛廷(1995)。

亡之恶。在《王制》卷三开头苏格拉底引用的7段文字中,第2段确实展示了冥王哈得斯(Hades)自己的判断,诸神和人都确实讨厌冥王的领地,第5段则描绘当帕特罗克洛斯的灵魂飘向冥府时,他为自己的死亡哀悼(386d1-2,9-10)。在引用的第3段文字里,阿喀琉斯梦到了帕特罗克洛斯,此后便得出结论认为真的有死后的生活,且死去与活着相似,而重要的是他深爱的帕特罗克洛斯居住在哈得斯的宫殿里,以一种死后的方式活着,成为活在阴间的一缕没有智识的幽魂和幽灵(386d4-5)。无可否认,在第1段引文中,已死的阿喀琉斯宣称宁愿像农奴一样活着,也不愿做冥间的统治者(386c5-7)。但正是那段《奥德塞》引文[161]谈及,阿喀琉斯与他深爱的帕特罗克洛斯在一起时,谈及他们活着的儿子们的英勇,感到无比欣慰(2.465-540)。此外,苏格拉底所引第7段文字中的《奥德赛》选段,提到阿喀琉斯与帕特罗克洛斯、埃阿斯(Ajax)、阿伽门农在冥府似乎很愉快地交谈(387a5-8;《奥德赛》,24.15-204)。最后的内容或许最为重要,在苏格拉底的第4段和中间一段引文中,女神喀耳刻向奥德修斯透露,忒瑞西阿斯在死后带着智识生活(《奥德赛》,10.490-95)。接着,诗人并未简单地将死亡描述为恶,而是为死后的永恒安乐提供了希望。① 所以,苏格拉底大概想指明,肃剧式和荷马式英雄是软弱的,因为他们并不把死亡当作自然的必然,而是把死亡当作是一种可以避免的恶,并希望诸神可以拯救他们。苏格拉底也大概想要表明,诗人会鼓励我们的软弱,不是鼓励我们在战斗中逃跑,而是鼓励我们希望诸神会拯救我们和我们深爱的人远离死亡的恶。因而,苏格拉底对肃剧的批判意义或在于此:肃剧教导我们,死亡是可怕的恶,无论我们自己怎么努力,

---

① 另参阿德曼托斯(Adeimantus)描述的诗人们的主张,他们认为诸神准予特定的人得享永恒福址(363a6-e3,364d3-365a3),也参刻法洛斯在330d4-331b7中的动人叙述,重述了诗人对死后生活的描述;另参《奥德赛》,11.601-26。

也无法得到幸福,所以我们人类只能把对幸福的希望寄托于诸神。因为只有诸神可以保护我们和我们深爱的人免受死亡之恶。由肃剧诗人及其笔下英雄们所提出的看似冷酷的观点,并非真正冷酷。它包含了希望,一种虔敬的希望,却被苏格拉底视为不合理智,放纵而软弱。①

肃剧从根本上讲是虔敬的,这说法似乎出人意料。乍看之下,肃剧似与虔敬相矛盾,因为英雄人物不应遭受苦难,而如果诸神真的存在,且关怀我们的话,[162]他们不会允许苦难降临到英雄身上。然而,苏格拉底提出,肃剧尽管似乎会质疑神圣意志的存在,但更加强调人对神圣意志的需要。因为准确说来,如果连最伟大的人都遭受可怕的苦难,那么留给我们自己的命运,难道不是痛苦的吗?人类没了神难道不是痛苦的吗?难道这种想法不能迫使我们产生渴望,去信奉那些关怀我们的诸神,以及信奉那些寄托着远离众恶希望的诸神吗?难道不能使我们产生一种希望吗,即在见不到神的表面世界之上或之下,还有一个看不见的拥有神秘运作方式的神圣秩序,而我们内心对幸福由衷的渴望正是符合这种秩序的?

然而,如果苏格拉底打算表明,合理应对人必有一死的命运,包括我们自己以及我们所深爱之人,并不是害怕死亡并希望诸神免除我们的死亡,而是顺从于死亡的必然性,那么可以怀疑为什么这样的顺从是合理的呢?在面对可怕的死亡时,顺从死亡的生活,哪里比得上幸福的生活呢,甚至怎么会比得上勉强可过的生活呢?苏格拉底认为,诗人应该教会那些高尚之人在面对死亡时,不要悲痛或号啕大哭,因为"一个高尚的人并不认为死亡对一个高尚的人来说

---

① 笔者赞同哈里威尔的看法,即在《王制》中,柏拉图告诫"肃剧倾向于积淀一种关于人类可能性的腐蚀性悲观主义",然笔者不赞同他的如下观点,即在柏拉图看来,肃剧英雄的思想"为他们自己的信仰所否定,以至于放弃希望,也不再相信最大的努力能在意义方面符合世界的标准"(1996,346;重点为笔者所加)。

是一件可怕的事,即使那人是他的朋友"(387d5-6,[译按]参王扬译文,前揭,页86)。在此,苏格拉底表明唯有相信死亡不是一种恶,才可以毫无畏惧地接受死亡。然而,苏格拉底没有论证死亡非恶的观点。不过,他为高尚之人在死亡面前不会悲痛或号啕大哭提供了另外一个理由,即高尚之人"在谋求幸福生活方面,最富有独立自主的精神,和其他人不同,他最不需要别人的帮助"(387d11-e1,[译按]参王扬译文,前揭,页86)。因为高尚之人比别人更少依赖他人,比别人更加自足。高尚之人的幸福是自足的,就像人类的幸福是可能的一样。因而,高尚之人努力想要变得像诸神一样自足。

然而,即使是高尚之人也不是真正的自足。

> 因此,对他来说,失去儿子或兄弟或家产或其他类似的东西,这根本没有什么可怕……因此,他也最不会哀号,而是最平静地忍受现实,每当这一类灾难向他袭来。(387e3-7,[译按]参王扬译文,前揭,页86)

即使是高尚之人也会为失去深爱的人而悲痛。难道他们完全不会害怕深爱之人离世吗,尽管程度比他们稍轻? 此外,他就一定不害怕自己的死也是一种恶吗? [163]最终,由于高尚之人所追求的自足对人而言并非完全能获取的,那么这种目标还合理吗? 追求自足的代价就是不需要其他人吗? 因而不能去爱其他人吗? 这样的代价,值得我们这些凡人付出吗? 人生没有了所深爱之人和物,就没有了那些浅薄和无价值的东西吗?

荷马的描述,感人至深,阿喀琉斯为帕特罗克洛斯之死悲伤,普里阿摩为儿子赫克托耳之死悲伤,忒提斯为其子阿喀琉斯之死悲伤,宙斯为赫克托耳之死和其子萨尔佩冬之死悲伤,苏格拉底提到这些描述之后,对好友说,

> 我的阿德曼托斯,如果我们的年轻人认真地听取了这些东

西,不嘲笑它们是不值得一听的言论,那么,几乎没有人会认为这类举止不配自己,因为自己本来就是凡人,没有人会斥责自己这么说这么做,如果这样的事落到了自己的头上,他既不知羞愧也不懂忍耐,为了一些小小的遭遇而大唱哀歌,悲叹不绝。(388d2 – 7,[译按]参王扬译文,前揭,页88)

苏格拉底认为,高尚的人不但不要为深爱之人离世感到悲伤,反而要轻蔑地嘲笑这种悲伤,不能像阿喀琉斯为帕特罗克洛斯,以及普里阿摩为赫克托耳所做的那样。高尚之人应发现,这种悲伤不合理智,看上去荒唐无比,或可成为谐剧的主题,但绝不属于肃剧。苏格拉底讲,高尚且又合乎理智之人的模范似乎就是年轻的克法洛斯(Cephalus),年轻的他嘲笑关于哈得斯的事(330d7 – e2;参328c7 – d4,329b2 – d5)。不过,以这种蔑视、无情以及不理解的态度看待他人的悲伤,怎么能是合乎理智的呢? 此外,对死亡的这种嘲笑如何能持之以恒呢? 毕竟,克法洛斯年轻时嘲笑哈得斯的故事,而当自己站在死亡门前时,他也感到十分害怕(330d7 – 331a1;另参328c1 – 3,321d6 – 9)。苏格拉底所描述的年轻哲人护卫,他们愉快地接受死亡,难道不是一种对死亡之恶的非人性且愚蠢的盲从吗? 至少就阿喀琉斯和普里阿摩所知道的真正的死亡之恶而言,难道阿喀琉斯或普里阿摩的悲伤就一定没有克法洛斯式护卫者的嘲笑声更理智吗?

在《王制》卷十中,苏格拉底再次批判肃剧诗人对英雄悲伤的刻画。然而,苏格拉底自己强调,高贵之人的确会为深爱之人离世感到悲伤,不过正如[164]肃剧诗人所教诲的那样,高贵之人只会私底下表达悲伤(603d5 – 604a8)。苏格拉底也认可肃剧诗人揭示出的真理,高贵之人在面对死亡之恶时也会感到悲伤。诗人似乎揭露了有关死亡之恶和人类处境堪忧的真理。① 苏格拉底批判诗人,他认为诗人鼓励我们当众哀悼而非压制悲伤,以至于削弱了勇气和理性。肃剧诗人

> 唤醒灵魂那个[低俗的]部分,并且喂养它,使得它强壮起来,从而破坏了[灵魂]那个理性的部分……当聆听荷马或其他哪位悲剧诗人,模仿某个英雄陷在悲痛里,而且在悲叹中长篇累牍地诉说个没完,甚至还一边唱,一边捶打胸膛,你知道,这时候,即便我们中间最好的人,也会欣然动容,恍然若失,跟着他感同身受,随之还肃然起敬地赞赏他是一位好诗人,赞赏这位最令我们如此心旌摇荡的人……而当自家的哀愁来临时,你又发觉,我们都会反过来以能够保持冷静,定心冷性为荣,因为,大丈夫固当如此,而我们以前赞赏过的那种态度却属女子行径……我们在自家的不幸中咬紧牙关抑制住的那个部分,那个渴望痛哭流涕,悲泗淋淋以求满足的部分……又从诗人们那儿得到了满足和快乐。而我们自然[或译天性]最好的这个部分,由于没有充分受到理性和习惯的教育,就放松了对那个多愁善感的部分的监管,因为这个最好的部分在看别的人受苦。(605b3–606b1,[译按]参张文涛译文,前揭,页266–268)

苏格拉底此处的批判意指,肃剧诗人公开并真实地刻画高贵之人内心的悲伤,以及人类堪忧的生存状况,削弱了我们强行压制悲伤的能力,削弱甚至摧毁了我们的理性能力。当一个人在充满悲伤的时候,的确不能清楚地思考世界和自身,[165]可是不去面对死亡

---

① 因此,笔者认为努斯鲍姆对《王制》的断言,毫无根据,偏离原意太远:"柏拉图不断重复的论述,即有关人类生活中什么重要、什么不重要的正确信仰,除掉了我们心中恐惧的根"(1986,386)。另,努斯鲍姆认为"对苏格拉底而言,好人不能被伤害"(1992,268)。

之恶,一味地回避必死的悲伤处境,也就不能清楚地思考世界和自身。难道一个真正理智的、哲学的人生就不需要如肃剧诗人所鼓励的那样,去面对残酷的真理吗?

苏格拉底进而认为,政治共同体制定法律,要求人类在死亡面前隐藏他们的悲伤,因为"属人的东西"是不"值得太严肃的呢"(604b9-c1,[译按]参张文涛译文,前揭,页261)。法律要求人们做出自我牺牲,比如他们的朋友及孩子,以保护好共同体,并且要求他们不要把牺牲太当真,也不要将损失看得太重。苏格拉底自己也承认,失去深爱的人是真正的损失,而正如诗人所述,无论人们试图将这样的悲伤隐藏多深,亦是如此。因而要求人不看重这种损失,似乎并不理智。此外,对人而言不去重视"属人的东西",且不严肃对待自己终将死亡的命运和处境,这又如何合乎理智呢?在柏拉图的《斐多》中,苏格拉底自己在死亡的那一天,宣称哲人"一辈子只是学习死,学习处于死的状态"(64a-6,[译按]参杨绛译文,《斐多》,生活·读书·新知 三联书店,2011,页15)。苏格拉底以此表明,对死亡的反思是哲人活动的核心。因而,据苏格拉底所言,肃剧作家鼓励我们认真对待死亡,难道是不正确的吗?

在《王制》卷十中,苏格拉底仍然坚称死亡对人类而言不是一种恶,灵魂永生不灭,而好人则享受永恒的快乐(608c1-621d3)。苏格拉底似乎要完全否定肃剧诗人对人生所持的阴郁看法,并以此结束该对话。不管死后的生活对我们这类存在而言是否会是纯粹的幸福(参《尼各马可伦理学》,1099b32-1100a30,1101a22-1101b9),好人在死后获得奖励的说法也仍然是未经证实的论述或神话,苏格拉底在此以及在《斐多》中均承认此疑虑(《王制》,611a10-612a5;《斐多》,63b5-c4,84c5-7,86d5-e4,91a1-b7,106c9-e7,107a8-b9)。因而,对死亡之恶的肃剧性描绘,以及对人类面对死亡时的忧伤的描绘,似乎真实可信。肃剧诗人关注人类的有死性真理,关注有死性带给人类生活的忧伤,难道是不正确的吗?爱智者就一定不能面对这个不可热爱的真理吗?

[166]《王制》表明,苏格拉底的确意识到哲人所追求的智慧包括痛苦而丑陋的真理,因此也意识到对于过哲学生活的人而言,必须要有默默忍受痛苦的能力。无可否认,苏格拉底在对话中强调了智慧之爱的爱欲特征,并表明哲人所追求的智慧单纯而完美,"真是一种极不寻常的美物"(474b4 - 476d7,485d3 - e1,508d4 - 509a7,[译按]参王扬译文,前揭,页246)。但是在洞穴比喻中,苏格拉底表明哲人至少在最开始一定是被迫追求智慧的。

> 当某人被松了绑,被逼迫突然站立起来,扭过脖子,开始行走,并且抬眼看到了光源,他很痛苦地做着这一切事情,而且,因光线耀眼,他不能认清那些他从前只见其影的东西,你想他会说些什么,如果某人告诉他说,从前,他看到的是虚影,现在,他比从前更接近事物的本质而且已转而面对实体,他也就会看得更正确,特别是当对方指给他看每一个正在沿墙而走的人,向他提问,逼他回答那是什么?你不认为他会感到茫然,并且仍会相信他从前看到的东西比现在对方指给他看的东西更真实?……如果某人硬把他从那里拖出来,经过坎坷、陡峭的道路,一直不松手,直到把他拉出了黑暗,见到太阳的光辉,难道他不会感到痛苦,对自己被告人这么拖拉而感到恼怒,当他来到了阳光中,眼睛中充满了光线,不是就连任何一件目前所称的真实的东西他也不能看到?(515c6 - 516a3,[译按]王扬译文,前揭,页251 - 252)

哲学解放于洞穴幻想,苏格拉底如此描述突显了哲学著名的非爱欲品质,以此表明,就某种重要意义而言,对智慧的追求是一种痛苦的追求,还表明追求智慧需要面对痛苦的真理,恰如面对有死性的真理一样(515e1 - 43 与 30d1 - 331d9 相比较)。

如《申辩》所述,苏格拉底坚称哲学生活对人来说最好(38a1 - 7)。世界已然定性,人也塑造成形,所以人可以在对世界真相的反思中找到满足与快乐。① 如此讲来,至少大自然对人类追求智慧与幸福的渴望是友好的,[166]而非漠不关心。但哲人的幸福并不纯粹,而是混合着悲伤。准确地说,正是由于哲学人生是幸福的,所以哲人定会为幸福必然结束这一真理而感到悲伤。正如在《会饮》中蒂俄提玛(Diotima)所认为的,且此观点苏格拉底也同意,即"人们爱的是自己拥有好的东西([译按]或译为拥有善)"(205a5-8;另参206a3-13)。②

苏格拉底的论点是,获得智慧最好,因此认识必死性的残酷真理对人有益。如前文所述,苏格拉底在《斐多》中宣称哲人一辈子只是学习死,学习处于死的状态(64a4-6)。然据《斐多》所言,苏格拉底在死之前,至少花费了一部分时间,忙于创作音乐和讲述哲学故事这类非哲学的活动,以满足他的愿望,即相信灵魂不死(60c8-61b7,61d10-e4,70b5-7,91a1-b7,108c3-114d7)。将死的苏格拉底并没有仅仅思考死亡,也未主要思考死亡。认识到人的有死性固然有益,但不断思考死亡之恶并非好事。或许哲人式的死亡实践及处于死的状态,不仅要求人学习如何去面对和接受死亡的必然性,也要求人学习如何以及何时能免于因思考残酷的死亡而产生不必要的痛苦。③ 正如在莎士比亚《暴风雨》的末尾,苏格拉底式的普洛斯彼罗(Prospero)说,"每三种思考中就有我的墓穴"(V. i312;重点为本文作者所加)。哲人的幸福是阴郁的,被死亡的阴影所笼罩。肃剧诗人关注悲伤的生命的有限性,他们的幸福也是如此,与那些学习死,学习处于死的状态的苏格拉底式哲人并没有多

---

① 对此构想的表达,参施特劳斯,1953,75。
② [译按]参柏拉图,《柏拉图的〈会饮〉》,刘小枫译,华夏出版社,2003,页82。
③ 该点可参阿伦斯多夫,1995,147。

大的不同。①

苏格拉底对肃剧诗人的批判最明显的是,诗人们鼓励我们沉湎于面对人必有一死的悲伤中,正如他们笔下的英雄们一样。肃剧诗人展示那些人类楷模的苦难,[168]为读者上了可怕的一课,即人类幸福在此生是不可能的。更具体说来就是,诗人们认为存在着神秘并强大的诸神,他们有能力摧毁我们,也有能力让我们免于摧毁,这样就使读者们产生了一种宗教恐惧。但诗人却告诉我们,诸神既可以救赎又可以摧毁我们,就这样引导读者将幸福的希望寄托于诸神,并致力于以某种方式来安抚诸神。苏格拉底对肃剧诗人的批判最根本的是,诗人塑造英雄,使读者偏离理性,朝向虔敬,心中充满恐惧却又满怀希望。

然而,这种批判假定了肃剧诗人将英雄当作人类楷模,例如荷马只会赞美他的阿喀琉斯,或如索福克勒斯只会赞美他的俄狄浦斯。但就算按苏格拉底自己的话来说,事情果真如此吗?在《王制》卷二末尾,苏格拉底对阿德曼托斯(Adeimantus)说,

> 赫拉被她儿子捆住,赫菲斯托斯被他父亲抛弃,因为赫菲斯托斯想帮助挨打的母亲,以及荷马描述的天神之间的一系列斗争,这些一律都不可在城邦中流传,不管此类故事有寓意或没有寓意。因为,一个年幼的人没有能力辨别什么故事有寓意、什么没有,然后,他在这般年纪所接受的种种观点往往变得难以驱除、难以转变。(378d3 - e1;[译按]参王扬译文,前揭,页73。另参色诺芬,《会饮》,3.6)

---

① 因此笔者至少证实了哈里威尔的说法,"在两种对世界的最终假定之间进行柏拉图式对比:第一种,人类生活被外在的力量所支配,这些力量对人类追求幸福漠不关心,并能粉碎这种追求;第二种,真正幸福的源泉不在别处,而正在于个人灵魂对善与恶的选择中"(1996,347)。

苏格拉底表明,荷马的宗教观或肃剧观不同于他笔下的英雄。苏格拉底对荷马以及肃剧诗人笔下英雄的批判,也可能正是肃剧诗人的批判所在。或许苏格拉底在《王制》中对肃剧诗人的猛烈抨击,对准的是他们诗作的表面,而非内部的、"隐藏的意义"。为考察苏格拉底的真意,即肃剧诗人自身可能也是肃剧人生观的批判者,我们必须转而研究亚里士多德《诗学》的相关论述。

亚里士多德:通过肃剧进行哲学教育

亚里士多德与尼采一样捍卫肃剧,但他是以理性生活的名义来捍卫肃剧的。亚里士多德的主要观点是肃剧(即最好的肃剧)[169]并未将其肃剧英雄作为人类楷模。① 英雄们令人赞叹,但也存在瑕疵,因而是英雄们自己造成了苦难。最重要的是,肃剧强调智慧的重要性,用智慧避免可去除的痛苦。肃剧最初引发了我们对英雄的怜悯和对我们自身的恐惧。肃剧指出英雄苦难的原因,是由于他们自己犯了重大的理解过错,从而最终消除或削弱我们的怜悯和恐惧。肃剧以此最终教会我们,最伟大的人就是拥有可以避免这些过错的智慧的人,即明智的人或哲学诗人。

亚里士多德声称,所有诗歌的乐趣,包括肃剧诗,都起源于学习的哲学性乐趣。对人而言,学习并享受学习就是在沉思事物的模仿或重现。

> 事物本身看上去尽管引起痛感,但惟妙惟肖的图像看上去却能引起我们的快感,例如尸首或最可鄙的动物形象。其原因也是由于求知不仅对哲学家是最快乐的事,对一般人亦然,只

---

① 亚里士多德在《诗学》中对肃剧的描述主要是,肃剧应该是什么以及"最好的"肃剧是什么(尤参 1452b28 – 1453a30;另参 1455a16 – 1456b8)。

是一般人求知的能力比较薄弱罢了。我们看见那些图像所以感到快感,就因为我们一面在看,一面在求知,断定每一事物是某一事物,比方说,"这就是那个事物"。(1448b10 - 17,[译按]参罗念生译文,《诗学》,人民文学出版社,2002,页10)

亚里士多德在此不仅表明,诗歌的乐趣是理论上或是哲学上的乐趣,即理解上的乐趣,而且他还表明,诗歌为哲学提供了不可或缺的帮助。因为借助诗歌(尤指肃剧诗歌),人思考事物带上了乐趣,免去了本会有的痛苦与厌恶,日常视而不见的问题会变得更清晰,想得更深刻。① 例如[170],要一个人直面一具尸首,却丝毫不感到悲伤、恐惧或厌恶,就算可以做到,也十分困难。不过,在舞台上观看尸体,如在一出肃剧中(例如埃阿斯和海蒙的尸体),便使读者有机会认真思考英雄之死的深刻含义,广而言之,就是思考我们有死性本质的深刻含义。肃剧将我们与死者的直接关系和死亡的直接见闻抽象化,帮助我们思考死亡,却不必直面死亡的可怕面容。尽管所有的诗歌均会激发研习哲学的欲望,但亚里士多德表明肃剧尤为有助于我们面对"引发恐惧和怜悯"的真实,而我们通常却认为这些真实太过痛苦,无法思考(1452a1 - 3)。②

---

① 笔者必定不赞同李尔的论点,他认为据亚里士多德所述,"我们从肃剧中得来的乐趣,主要并不在于理解的欲望得到满足"(1992,321)。笔者也不赞同萨克维尔(Salkever)的论点,他认为"从《诗学》看,显然在阅读或欣赏肃剧的过程中,没有什么能与'特别的乐趣'相比,'天生的哲人'在仔细观察动植物时收获这种乐趣……更谈不上会有本体论的稀有狂喜"(1986,303)。另参哈里威尔,2002,199 - 200。笔者认为努斯鲍姆的讲法接近真实,她强调亚里士多德"继承并提炼了肃剧的洞察力",她还强调自己相信"诗的哲学价值"(1986,421;1992,283)。

② 至于舞台上的死亡与肃剧之间的联系,参 1452b11 - 13,1453b14 - 1454a34。亚里士多德在此所举的例子,只要是激发了怜悯与恐惧的行为,几乎全都涉及死亡,可参戴维斯(Davis),1992,28。

亚里士多德继续解释,肃剧也能助我们思考世界,免除情感的遮蔽。肃剧是诗歌的一种形式,"借引起怜悯和恐惧来使这种情感得到陶冶"(1449b27 – 8,[译按]参罗念生译文,前揭,页16)。肃剧是诗歌的一种形式,帮助我们扫除或减弱情绪以提升学习。这些情绪是学习的阻碍,让我们不能清楚地思考和看透世界。肃剧有助于我们学习,不仅仅能帮助我们思考如有死性一样的痛苦真理,也能帮助我们免受怜悯和恐惧等此类情绪的影响,情绪会使我们逃避或否认痛苦的真理。此外,由于怜悯肃剧英雄的苦难,恐惧可能会遭受同样的苦难,于是我们心中就会虔敬地恐惧诸神,还会虔敬地希望得到诸神援助。可以说,让我们的心灵摆脱这些情绪,似乎就是让我们的思想摆脱宗教情绪的束缚。与苏格拉底相反,亚里士多德认为,人的情绪误导人们,误以为人类此生无福可享,无法凭借理智过上幸福生活,[171]而把幸福的唯一希望寄托于神秘而可怕的诸神,而肃剧为哲学灵魂提供了一种宝贵的教育,将灵魂从情绪中解放出来。①

但是,肃剧如何引发我们的怜悯和恐惧呢?又如何消除它们呢?或许最重要的是,据亚里士多德所述,肃剧是完全清除了灵魂中的怜悯和恐惧,还是只清除了一部分呢?肃剧旨在引领我们成为完全冷静的、深思熟虑的人吗?或者肃剧只是消除在某种程度上我

---

① 亚里士多德两次提到,肃剧致力于引导或规范我们的灵魂($\psi\nu\chi\alpha\gamma\omega\gamma\epsilon\iota$——1450a32 – 33,1450b17 – 18)。关于《诗学》中的虔诚问题,亚里士多德曾说"这些事关诸神",因为"那些传说也许像色诺芬所说,不宜于说,也不真实;但却有此种传说"(1460b36 – 1461a1,[译按]参罗念生译文,略有改动,前揭,页79)。据说色诺芬曾说他不相信荷马与赫西俄德的诸神。参拉尔修(Diogenes Laertius)9.18以及色诺芬,残篇11,12 Diels,第五版以及残篇15,16,19,23 – 26,32,34D。

们身上不合理的怜悯和恐惧?①

亚里士多德认为肃剧经验的发生有两个阶段。首先,我们观看伟大的人——那些比我们一般人"好"的人(1448a10 - 12,16 - 18)——遭受"逆境"(1451a12),且剧情持续时间需在一天之内(1449b11 - 14)。我们怜悯他们,是由于顺境的突然逆转,而且我们害怕自己也会遭受同样的厄运。若是如此高高在上、不同凡响的人都不能避免突如其来、无法预料的灾难,那么我们又怎能奢望幸免呢?(参《修辞学》,1383a10 - 15)于是,经由此类反思,再细究剧情,反复思量后,我们能意识到,怜悯英雄与恐惧自身并不理智。肃剧以这种方法似可先引发我们的怜悯和恐惧,接着又再把它们消除。

肃剧如何引发我们的怜悯和恐惧,似乎有理有据,但肃剧如何使我们免受那些情绪的影响却含混不清。这种感觉的彻底转变,即从怜悯和恐惧到它们的消失,是如何发生的呢? 首先最简单的似乎是,肃剧耗尽了我们的情感,比如[172]引得我们大哭,来削弱我们的怜悯和恐惧。② 再如在《伊利亚特》中,阿喀琉斯听了普里阿摩的说辞,感到心痛,自己痛哭了一场,然后再更客观地思考人的生存问题,因为他"哭声响彻房屋……啼泣的欲望从他的心里和身上完全消退"(24.512 - 7,[译按]参罗念生译文,《罗念生全集》卷5,前揭,620页)。观看肃剧同样引人落泪,但悲伤之余,思绪会更加清晰,头脑也更冷静。

然而,为了真正消除怜悯和恐惧,大概必须用心想明白那些怜悯和恐惧实际上毫无根据。但肃剧如何或在多大程度上表明怜悯和恐惧的强烈情感是毫无根据的呢? 亚里士多德对这个问题的第

---

① 有关情感宣泄的讨论,如下内容极具启发,洛德,1982,119 - 37,159 - 64;努斯鲍姆,1986,388 - 391;哈里威尔,1986,184 - 201,350 - 6;拉康,1992,244 - 247;李尔,1992。

② 该点可参西格尔,1996。

一个解释似乎是,我们认识到英雄苦难的必然性,就可清除对他的怜悯和对自身的恐惧。亚里士多德强调,

> 诗人的职责不在于描述已发生的事,而在于描述可能发生的事,即按照可然律或必然律可能发生的事……所以,写诗这种活动比写历史更富于哲学意味,更被严肃的对待。(1451a37 - 1451b6,[译按]参罗念生译文,前揭,页24)

此外,亚里士多德反复强调,在糟糕的肃剧中,剧情内容毫无可能,也绝非必然,而在最好的肃剧中,剧情初看起来,令人称奇,神秘万分,但是接着我们就会认识到事件发生的必然性(1451b34 - 1452a24,1454a33 - 36;另参1450b28 - 35,1451a11 - 15,1451b8 - 10)。据亚里士多德所述,在肃剧中,不会有不合逻辑之事,也不应有神秘之事或奇迹(1454a37 - b8,1460a26 - b2,1461b19 - 24)。与尼采不同,亚里士多德认为,最好的肃剧诗人理性地描述世界,而且这个世界不是由神秘的力量或诸神来掌控,而是由可理解的、自然的必然性所掌控。由肃剧诗人创造的"神话"是肃剧的"灵魂",但"神话"并非由神讲述或由神启发的,也非幻想、秘语或奇迹,"神话"是人类技艺与人类天性的产物,对人类理智而言清晰可解(1450a37 - 38;另参1451a22 - 24,1455a29 - 34;也参1459a30 - 31)。①

[173]亚里士多德似要表明,理解了肃剧英雄没落的必然性,就会消除我们对他的怜悯和我们对自身的恐惧。然而,正如亚里士多德所述,如果肃剧描述伟大人物必然毁灭,不也是在说,人类羸弱不堪,难觅幸福吗?这样不会使我们陷入绝望之中吗?肃剧难道不会

---

① 哈里威尔甚至认为"亚里士多德与肃剧诗人在哲学上保持友好关系……代价则是亚氏被世俗化"(1986,233;参84 - 5,89 - 92,98 - 108,165 - 167,229 - 233)。另参洛德,1982,172 - 174,178 - 179。

使我们心生最后一丝渴盼,希望会有某种奇迹,某种神助来对抗自然的必然性,让我们得到幸福吗?① 如此说来,难道肃剧不会激起我们对肃剧英雄的怜悯、对自身的恐惧、对诸神的希望吗?

然而,亚里士多德解释说,最好的肃剧英雄不仅仅是伟大的或让人钦佩的人。即使这些英雄"好"($βελτους$)于普通人,但亚里士多德仍坚称他们并非肯定是"高贵的"($επιεκεις$,对堪 1448a17 – 8 与 1452b30 – 36)。亚里士多德甚至讲道,高贵之人从好运到坏运的突转并不那么可怕,也不可怜,反而令人厌恶,甚至可以讲是渎神的($μιαρον$ – 1452b36)。另一方面,邪恶的人从坏运到好运的突转"最不具有肃剧性",也不"博爱",②不会引发怜悯和恐惧(1452b37 – 38)。亚里士多德认为肃剧不应该动摇我们的正义感,不应该让高贵之人对世间正义绝望,也不能让高贵之人怀抱一线希望,即盲目相信正义必得实现,就算不在此生,也会在来世。如若不然,肃剧就会显得厌世(misanthropic)而非博爱,因为博爱即要怜爱世人,也就意味着要确保世人可以仅凭努力即可获得人世正义,而无需超越人世力量的帮助(另参 1456a19 – 23)。③ 肃剧会激发并[174]消除怜悯和恐惧,但也显然应避免描述邪恶的胜利来冒犯我们的正义感,点燃我们的道德义愤。肃剧不能让我们免于愤怒,也或许是不应该如此,因为一定程度的愤怒对于高贵来说是必要的(参《尼各马可伦理学》,1125b26 – 1126b10)。但肃剧可以并应该会使我们免于恐惧和怜悯,这两者鼓励我们惧怕诸神,并期望得到神助。

亚里士多德坚持认为,肃剧不应该只写邪恶的人受罚,讨好我

---

① 至于恐惧、怜悯以及宗教情感之间的联系,参《政治学》,1342a4 – 15。
② [校按]博爱(philanthropic)一词,意义重大,可参刘小枫著,《普罗米修斯之罪》,生活·读书·新知 三联书店,2012,页 18。
③ 因此笔者不赞同孔斯坦(Konstan)的论点,他认为 $φιλανθρωπον$ [博爱]意为不考虑"受害者品质"的"同情",不过笔者却支持与其相反的观点,认为该词意即"道德满足"(孔斯坦,2001,47;另参 2005,46 – 47,88)。

们的正义感(1453a1-5)。肃剧不应该有悖于正义的希望,即惩恶扬善,但它应该提防我们产生一种草率而自满的信念,即盲目地相信正义在这个世界总能实现,而人类已经没有了苦难。肃剧必须引导人们关注人间显而易见的恶,以此激发我们的怜悯和恐惧。但它也须在某种程度上让我们不受那些情绪的影响。

亚里士多德说(1453a5-7)怜悯是由不该遭受的不幸引起的,而恐惧是由一个和我们相似的人遭受不幸引起的。亚氏接着继续描述肃剧英雄应该是:

> 这些人不十分善良,也不十分公正,而他之所以陷于厄运,不是由于他为非作恶,而是由于他犯了某种过错[άμαρτιαν]。这种人声名显赫,生活幸福,例如俄狄浦斯、堤厄斯忒斯以及出身于他们这样的家族的著名人物。完美的布局应有单一的结局,而不是如某些人所主张的,应有双重的结局,其中的转变不应由逆境转入顺境,而应相反,由顺境转入逆境,其原因不在于人物为非作恶,而是在于他犯了大过错[άμαρτιαν],这些人物应具有上述品质,甚至宁可更好,不要更坏。(1453a7-17,[译按]参罗念生译文,前揭,页33-34)

于是,肃剧首次塑造了这类形象,即英雄遭受了他本不应该遭受的厄运,并且这样的命运与我们相似。英雄刚开始看起来有品德或至少是正派的。但细加思索,我们会发现英雄的不幸是自己造就的,他自己要为不幸负责。不过,不幸本是[175]可以避免的。如何避免呢?似乎不是借助道德,而是借助智慧,才可以避免过错。正如亚里士多德在整部《诗学》中清楚表明,术语 άμαρτια [失误]就指某人理解中的过错。

术语 ámaρτια 及变体在《诗学》中出现了 15 次。① 《诗学》第一次出现"失误"是在亚里士多德提及谐剧英雄时,谐剧英雄的"失误"并不严重,不会带来毁灭性的伤害(1449a33 - 36)。该词的第二次出现更为重要,亚里士多德批判所有"过错"(ámaρτιαν - 1451a19 - 20)的诗人,因为亚氏两次谈到这些诗人"认为"(οιονται - 1451a16,21)情节的整一性构成了主人公的整一性(1451a15 - 22)。② 接着亚里士多德在解释肃剧英雄遭遇的不幸"不是因为本身的邪恶,而是因为犯了某种严重的过错(ámaρτιαν)"之时,使用了该术语两次。在余下出现的 11 次中,ámaρτιαν 均用以描述诗人的过错,以及其相关诗评的理解过错。亚里士多德的描述清楚表明,在他看来,肃剧英雄的根本失败不是道德问题而是理智问题。英雄受难并非由于正义或道德的失败,而是理解的失败。

为什么亚里士多德认为肃剧英雄"不具十分的德性,也不是十分的公正"呢?为什么肃剧英雄不是最正义或最高尚的,却反而是不明智的呢?亚里士多德说,一个不明智的人在正义和美德方面也就不能卓越不群。肃剧英雄的受难并非世界的不公,也无法证明人类所有的幸福均脆弱不堪,却可以证明一个有些品德却并不明智的人难有好运。

[176]认识肃剧英雄的过错,显然能真正宣泄情感。首先,英雄似乎一定不应遭受不幸,因为他没有恶习,也不为恶,品德相对高尚,也还称得上正义。但一个看似如此伟大的人,却遭遇突如其来

---

① 参 1449a33 - 34,1451a19 - 20,1453a10,1453a16,1453a24,1454b17,1454b35,1456b15,1460b16,1460b18,1460b20,1460b24,1460b30,1460b31,1461b8。至于有价值的讨论,参洛德(Lord),1982,165 - 174;努斯鲍姆,1986,382 - 383;哈里威尔,1986,220 - 222。

② 另参 1456b15 - 17:"普罗塔戈拉曾指责'女神,歌唱这愤怒吧'一语因为荷马本来想祈求,却发了命令,——据普罗塔戈拉说,叫人做某事或不做某事是一个命令——但谁能承认这是个过错呢(ημαρτηϑαι)?"([译按]参罗念生译文,前揭,页57)

的可怕的不幸,于是激发了我们对他的怜悯和对自身命运的恐惧。随后,我们发现,英雄的不幸均为自找,是犯严重过错所致。我们的怜悯被消除了,因为从某种意义上讲,他的苦难是应得的。我们的恐惧被消除了,因为他跟我们不一样,至少我们已获得他所缺乏的智慧。最后,肃剧指向智慧,将其作为首要的品行。肃剧英雄受难似乎是因为缺乏智慧。肃剧故事初看起来令人不快,一个完美的人遭受不应得的不幸,但是随后故事又记述前车之鉴,犯错之人没有本应有的明智,从而招致了不幸。①

但是,肃剧就完全消除了我们对肃剧英雄的怜悯和对自身命运的恐惧吗?缺乏智慧的英雄就要为所有的苦难负责,合理吗?只要我们明智,就可免受那英雄的所有苦难,又合理吗?

亚里士多德认为这样的结论不合理。他还认为肃剧不应只写道德故事,只说好人获胜,坏人遭难。像《奥德赛》那样的肃剧似乎最好,[177]"到头来,好人获赏,坏人受罚,结果不同",但亚氏解释说这并非诗歌本身优秀,而是"观众太过软弱"(1453a30 - 35)。大团圆的结局令人愉快,势不两立的仇敌最后成了朋友,谁都没有杀害谁,但这结局只适合于谐剧,而非肃剧(1453a35 - 39)。好人走好

---

① 李尔认为,据亚里士多德所述,肃剧并不会教育读者,因为它的主要读者是"善良的人……不需要教育",并且"生活中的真事,也会具有肃剧性,但我们也不应在其中寻找任何乐趣,这种乐趣却可在诗人的肃剧性描写中找到"。因此,李尔得出结论认为,据亚里士多德所述,"如果诗有着正面价值,那么它必定存在于伦理教育领域之外"(1992,319 - 321;重点为笔者所加)。笔者认为,李尔忽视了亚里士多德对伦理美德与智慧所作的重要区别,也即是忽略了"伦理教育"与理论教育之间的区分。道德高尚的人不仅要明智,而且更重要的是,需要智慧以成就道德的高尚。正如努斯鲍姆所述,"无论某人有多好,仍有提升的空间,需要听取更多建议,也需要更多经验(1992,282)。此外,设若亚里士多德所述不假,求知过程中真有思辨的乐趣(《诗学》,1448b10 - 17),并且从"真实发生的肃剧事件"中也可学到重要而有益的真理,那么李尔的说法似乎并不合理,他认为,据亚里士多德所述,人一定不能沉思这些事件以获得"任何"乐趣。

运,坏人遭厄运,相信这种说法的人心性软弱,缺乏思考力。所有人必须面对有死性的现实之恶。例如所有人必须面对他们深爱之人离世。亚里士多德认为,谐剧的一个主要特征就是转移了对死亡的关注。但肃剧似乎比谐剧更接近哲学,因为肃剧直面人世的残酷真理,为我们提供帮助。似乎肃剧并不屈服于人的弱点。谐剧使我们相信好人走好运,坏人遭厄运,但肃剧却提醒我们所有人同享终有一死的命运。谐剧诱使我们忘记有死性,但肃剧则不然。肃剧英雄的过错使他遭受本可避免的不幸,但即便英雄足够明智,也无法避免人终有一死的恶。智慧可以使人避免那些本可避免的不幸,但仅仅是本可避免的不幸。

因而,亚里士多德认为肃剧没有完全消除我们的怜悯和恐惧。就认识到肃剧英雄所犯过错而言,以及就认识到他加重了人生的苦难而言,我们将不会害怕或怜悯他的命运。但就凡人终将一死的自然必然性才是真正的苦难根源而言,我们会害怕并怜悯他的命运。肃剧帮助我们分清哪种不幸源于可避免的过错,哪种不幸是源于自然的必然性。肃剧以此方法点明了我们对智慧的需求。但肃剧也突显,即使是最明智之人的人生也有不可消灭的阴郁特征。①

[178] 如果亚里士多德说法正确,那么最伟大的肃剧诗人自身便具有哲学性,但亚里士多德的说法正确吗?对亚氏而言,最具启发性的肃剧就是索福克里斯笔下有关俄狄浦斯的戏剧。亚里士多德在《诗学》中赞扬了《俄狄浦斯王》9 次,并且有 3 次说它是"最杰出"或"最好"的肃剧,或者是最杰出与最好的戏剧之一(1452a24 –

---

① 因此笔者认为李尔的观点不妥,他认为"在亚里士多德的肃剧概念中,个体角色为罪恶负责,而整个世界是无罪的……甚至在肃剧中,或可讲尤其在肃剧中,人与世界最本质意义上的善再次得到肯定"(1992,335)。笔者认为哈里威尔也不妥,他认为亚里士多德的"肃剧概念所需要的那种类型"甚至将不会"使我们遇到如下的质朴观念,即人类渴望幸福,但世界对此根本视而不见,也漠不关心"(2002,226;另参 1986,235 – 237)。

26,1452a32 - 33,1453a7 - 12,1453a17 - 22,1453b6,1453b29 - 31, 1454b6 - 8,1455a16 - 18,1460a27 - 32;1452a32 - 33,1453a17 - 22, 1455a16 - 18)。

本书中,笔者发现索福克勒斯忒拜戏剧事实上证实了如下论题,即至少肃剧诗人是具有哲学性的。对剧中杰出英雄详加分析——从《俄狄浦斯王》中的反宗教的政治理性主义和《俄狄浦斯在科罗诺斯》中的宗教反理性主义,到安提戈涅的虔敬的英雄主义以及忒修斯的谨慎的政治理性主义——我们最终在索福克勒斯自己身上发现了真正的理性主义模型,他展示了天生的哲学明晰性以及不妥协性和人性。索福克勒斯的观点因而比最初看起来更接近苏格拉底的理性主义。不过也正如笔者在本章所示,古典哲人的观点也不如初看上去那么乐观,反而更加阴郁,似乎与肃剧诗人索福克勒斯的观点更相近了。笔者希望该研究可以大大拓宽并加深我们对古典理性主义和肃剧的理解,并进一步促进对伟大古典肃剧诗人的政治研究与哲学研究。

参考书目

Adams, S. M, 1957,《剧作家索福克勒斯》(Sophocles the Playwright), Toronto: University of Toronto Press。

Ahrensdorf, Peter J., 1995,《苏格拉底之死与哲学生活》(The Death of Socrates and the Life of Philosophy), Albany: State University of New York Press。

Annas, Julia, 1981,《柏拉图〈王制〉导论》(An Introduction to Plato's Republic), Oxford: Clarendon Press。

Anzieu, Didier, 1966,《神话的心理学解释与情结之前的俄狄浦斯》(Oedipe avant le complexe ou de l'interpretation psychanalytique des mythes), 见 Les Temps Modernes, 245 (October):675 – 715。

Beer, Josh, 2004,《索福克勒斯与雅典民主的肃剧》(Sophocles and the Tragedy of Athenian Democracy), Westport, CT: Praeger。

Benardete, Seth, 1999,《神圣的罪业:索福克勒斯的〈安提戈涅〉义疏》(Sacred Transgressions: A Reading of Sophocles' Antigone), South Bend, IN: St. Augustine's Press。

———2000,《行为之争:希腊诗歌与哲学论集》(The Argument of the Action: Essays on Greek Poetry and Philosophy), Chicago: University of Chicago Press。

Bloom, Allan, 1991,《柏拉图的〈王制〉》(The Republic of Plato), 2nd edition, New York: Basic Books。

Bloom, Harold, 1988,《导论》(Introduction), 见《当代批判性解释:索福克勒斯的〈俄狄浦斯王〉》(Modern Critical Interpretations: Sophocles' Oedipus Rex), Ed. Harold Bloom, New York: Chelsea House,

页 1-4。

Bolotin, David, 1980,《论索福克勒斯的〈埃阿斯〉》(On Sophocles' *Ajax*), 见 *St. John's Review*, 32:1 (July)。

——— 1995,《荷马的批判与柏拉图〈王制〉中的荷马式英雄》(The Critique of Homer and the Homeric Heroes in Plato's *Republic*)。见 *Political Philosophy and the Human Soul*, Eds. Michael Palmer and Thomas Pangle. Lanham, MD: Rowman and Littlefield, 页 83-94。

Bowra, C. M., 1944,《索福克勒斯肃剧》(*Sophoclean Tragedy*), Oxford: Clarendon Press。

Calme, Claude, 1996,《幻觉、盲目与面具:索福克勒斯〈俄狄浦斯王〉中感情的激进化》(Vision, Blindness, and Mask: The Radicalization of the Emotions in Sophocles' *Oedipus Rex*)。见 *Tragedy and the Tragic*, Ed. M. S. Silk, Oxford: Clarendon Press, 页 17-37。
[179]

Carter, D. M., 2007,《希腊肃剧的政治学》(*The Politics of Greek Tragedy*), Exeter, UK: Bristol Phoenix Press。

Dannhauser, Werner J., 1974,《尼采的苏格拉底观》(*Nietzsche's View of Socrates*), Ithaca: Cornell University Press。

Davis, Michael, 1992,《亚里士多德诗学:哲学之诗》(*Aristotle's Poetics: The Poetry of Philosophy*), Lanham, MD: Rowman and Littlefield。

Dodds, E. R., 1968,《〈俄狄浦斯王〉之误解》(On Misunderstanding the *Oedipus Rex*), 见 *Twentieth Century Interpretations of Oedipus Rex*, Ed. Michael J. O'Brien. Englewood Cliffs, NJ: Prentice-Hall, 页 17-29。

Edmunds, Lowell, 1996,《索福克勒斯〈俄狄浦斯在科罗诺斯〉中的戏剧空间与历史地位》(*Theatrical Space and Historical Place in Sophocles' Oedipus at Colonus*), Lanham, MD: Rowman and Littlefield。

Ehrenberg, Victor, 1954,《索福克勒斯与伯里克勒斯》(*Sophocles*

and Pericles), Oxford: Basil Blackwell。

Euben, J. Peter, 1986,《导论》(Introduction), 见 *Greek Tragedy and Political Theory*, Ed. J. Peter Euben, Berkeley: University of California Press, 页 1 – 42。

——1990,《政治理论的肃剧》(*The Tragedy of Political Theory*), Princeton: Princeton University Press。

——1997,《俄狄浦斯情结与政治科学》(Oedipean Complexities and Political Science), 见 In*Corrupting Youth: Political Education, Democratic Culture, and Political Theory*, Ed. J. Peter Euben, Princeton: Princeton University Press, 页 179 – 201。

Foley, Helene P., 1996,《作为道德代理人的安提戈涅》(Antigone as Moral Agent), 见 *Tragedy and the Tragic*, Ed. M. S. Silk, Oxford: Clarendon Press. 页 49 – 73。

Freud, Sigmund, 1927,《梦的解析》(*The Interpretation of Dreams*), Trans. A. A. Brill, New York: Macmillan。

Fukuyama, Francis, 1989,《历史的终结?》(The End of History?) *The National Interest* 16(Summer), 页 3 – 18。

Fustel De Coulanges, Numa Denis, 1900,《古代城邦》(*La Cité Antique.*), Paris: Libraire Hachette。

Goethe, Johann Wolfgang von, 1984,《与爱克尔曼的对话》(*Conversations with Eckermann*), Trans. John Oxenford, San Francisco: North Point Press。

Gould, Thomas, 1988,《俄狄浦斯的无辜:哲人论〈俄狄浦斯王〉》(The Innocence of Oedipus: The Philosophers on the *Oedipus Rex*), 见 *Modern Critical Interpretations: Sophocles' Oedipus Rex*, Ed. Harold Bloom, New York: Chelsea House, 页 49 – 63。

Grene, David, 1967,《现实与英雄模式:易卜生、莎士比亚与索福克勒斯的最后戏剧》(*Reality and the Heroic Pattern: Last Plays of Ibsen, Shakespeare, and Sophocles*), Chicago: University of Chicago

Press。

Griffith, Mark, 2005,《索福克勒斯〈安提戈涅〉中的欲望主题》(The Subject of Desire in Sophocles' *Antigone*), 见 *The Soul of Tragedy: Essays in Athenian Drama*, Eds. Victoria Pedrick and Steven M. Oberhelman, Chicago: University of Chicago Press, 页 91 – 135。

Halliwell, Stephen. 1986.《亚里士多德诗学》(*Aristotle's Poetics*), Chapel Hill: University of North Carolina Press。[180]

———1996,《柏拉图对肃剧的否定》(Plato's Repudiation of the Tragic), 见 *Tragedy and the Tragic*. Ed. M. S. Silk, Oxford: Clarendon Press. 页 332 – 49。

———2002,《模仿美学:古代文本与现代问题》(*The Aesthetics of Mimesis: Ancient Texts and Modern Problems*), Princeton: Princeton University Press。

Hegel, Georg, 1962,《黑格尔论肃剧》(*Hegel on Tragedy*), Eds. Anne and Henry Paolucci, Garden City, NY: Anchor Books。

Heidegger, Martin, 1980,《形而上学导论》(*An Introduction to Metaphysics*), Trans. Ralph Manheim, New Haven: Yale University Press。

———1991,《尼采》(*Nietzsche*), Vol. II, Trans. David Farrell Krell, Harper: San Francisco。

———1998,《形而上学导论》(*Einführung in die Metaphysik*), Tübingen: Max Niemeyer Verlag。

Jebb, Richard C., 1955,《索福克勒斯:俄狄浦斯在科罗诺斯》(*Sophocles: Oedipus Coloneus*), Cambridge: Cambridge University Press。

———1966,《索福克勒斯的俄狄浦斯王》(*The Oedipus Tyrannus of Sophocles*), Cambridge: Cambridge University Press。

———1979,《安提戈涅》(*Antigone*), Cambridge: Cambridge University Press。

Johnson, P. J., 1997,《女人的第三张面孔：对〈安提戈涅〉的心理社会再思考》(Woman's Third Face: A Psycho-Social Reconsideration of Sophocles' *Antigone*),见 *Arethusa*, 30: 369-398。

Kaufmann, Walter, 1968,《肃剧与哲学》(*Tragedy and Philosophy*), Princeton: Princeton University Press。

Kitto, H. D. F., 1958,《索福克勒斯：剧作家与哲人》(*Sophocles: Dramatist and Philosopher*), Oxford: Oxford University Press。

Knox, Bernard, 1964,《英雄的脾气：对索福克勒斯肃剧的研究》(*The Heroic Temper: Studies in Sophoclean Tragedy*), Berkeley: University of California Press。

——1998,《俄狄浦斯在底比斯》(*Oedipus at Thebes*), New Haven: Yale University Press。

Konstan, David, 2001, Pity Transformed. London: Duckworth。

——2005,《亚里士多德论肃剧情感》(Aristotle on the Tragic Emotions),见 *The Soul of Tragedy: Essays in Athenian Drama*, Eds. Victoria Pedrick and Steven M. Oberhelman, Chicago: University of Chicago Press, 13-25。

Lacan, Jacques, 1997,《雅克·拉康研讨会：第三卷》(The Seminar of Jacques Lacan: Book VII), *The Ethics of Psychoanalysis* 1959-1960, Trans. Dennis Porter, New York: W. W. Norton。

Lane, Warren J., and Lane, Ann M., 1986,《〈安提戈涅〉的政治学》(The Politics of *Antigone*),见 *Greek Tragedy and Political Theory*, Ed. J. Peter Euben, Berkeley: University of California Press, 页162-182。

Lattimore, Richmond, 1958,《希腊肃剧诗》(*The Poetry of Greek Tragedy*), Baltimore: Johns Hopkins University Press。

Lear, Jonathan, 1992,《净化》(Katharsis),见 *Essays on Aristotle's Poetics*, Ed. Amélie Oksenberg Rorty, Princeton: Princeton University

Press,页 315 - 340。[181]

──1997,《〈王制〉内外》(Inside and Outside the *Republic*),见 *Plato's Republic*: *Critical Essays*. Ed. Richard Kraut, Lanham, MD: Rowman and Littlefield,页 61 - 94。

Locke, John, 1988,《政府论》(*Two Treatises of Government*), Ed. Peter Laslett, Cambridge: Cambridge University Press。Lord, Carnes, 1982,《亚里士多德政治思想中的教育与文化》(*Education and Culture in the Political Thought of Aristotle*), Ithaca: Cornell University Press。

Meier, Christian, 1993,《希腊肃剧的政治艺术》(*The Political Art of Greek Tragedy*), Trans. Andrew Webber, Baltimore: Johns Hopkins University Press。

Mills, Sophie, 1997,《忒修斯、肃剧与雅典王国》(*Theseus, Tragedy and the Athenian Empire*), Oxford: Clarendon Press。

Mogyoródi, Emese, 1996,《〈安提戈涅〉中的肃剧自由与命运:对"肃剧"中"古代邪恶"角色的注释》(Tragic Freedom and Fate in Sophocles' *Antigone*: Notes on the Role of the "Ancient Evils" in "the Tragic"),见 *Tragedy and the Tragic*, Ed. M. S. Silk, Oxford: Clarendon Press. 页 358 - 376。

Montaigne, Michel de, 1958,《蒙台涅全集》(*The Complete Essays of Montaigne*), Trans. Donald Frame, Stanford: Stanford University Press。

Naddaff, Ramona A., 2002,《流放诗人:对柏拉图〈王制〉审查的成果》(*Exiling the Poets: The Production of Censorship in Plato's Republic*), Chicago: University of Chicago Press。

Nietzsche, Friedrich, 1954a,《偶像的黄昏》(*Twilight of the Idols*),见 *The Portable Nietzsche*, Trans. Walter Kaufmann, New York: Viking Press. 页 463 - 563。

──1954b,《查拉图斯特拉如是说》(*Thus Spoke Zarathus-*

tra), In *The Portable Nietzsche*, Trans. Walter Kaufmann, New York: Viking Press. 页 103 – 439。

———1967,《肃剧的诞生》(*The Birth of Tragedy*), Trans. Walter Kaufmann. New York: Vintage Books。

———1968,《权力意志》(*The Will to Power*), Trans. Walter Kaufmann and R. J. Hollingdale, New York: Vintage Books。

———1969,《瞧,这人》(*Ecce Homo*), Trans. Walter Kaufmann, New York: Vintage Books。

———1974,《快乐的科学》(*The Gay Science*), Trans. Walter Kaufmann, New York: Vintage Books。

———1989,《善恶之彼岸》(*Beyond Good and Evil*), Trans. Walter Kaufmann, New York: Vintage Books。

———1997,《曙光》(*Daybreak*), Trans. R. J. Hollingdale, Cambridge: Cambridge University Press。

Nussbaum, Martha, 1986,《善之脆弱:古希腊悲剧和哲学中的运气与伦理》(*The Fragility of Goodness: Luck and Ethics in Greek Tragedy and Philosophy*), Cambridge: Cambridge University Press。

———1992,《肃剧与自足:柏拉图与亚里士多德论恐惧与怜悯》(Tragedy and Self – Sufficiency: Plato and Aristotle on Fear and Pity), 见 *Essays on Aristotle's Poetics*, Ed. Amélie Oksenberg Rorty, Princeton: Princeton University Press. 页 261 – 90。[182]

O'Brien, Michael J, 1968,《导论》(Introduction), 见 *Twentieth Century Interpretations of Oedipus Rex*, Ed. Michael J. O'Brien, Englewood Cliffs, NJ: Prentice – Hall, 页 1 – 16。

Opstelten, J. C., 1952,《索福克勒斯与希腊悲观主义》(*Sophocles and Greek Pessimism*), Trans. J. A. Ross, Amsterdam: North – Holland。

Ormand, Kirk, 1999,《交易与少女:索福克勒斯肃剧中的婚姻》(*Exchange and the Maiden: Marriage in Sophoclean Tragedy*), Austin:

University of Texas Press。

Racine, Jean, 1965,《斐德罗》(*Phèdre*), Paris: Libraire Larousse。

Rehm, Rush, 1992,《希腊肃剧剧场》(*Greek Tragic Theatre*), London: Routledge。

Reinhardt, Karl, 1979,《索福克勒斯》(*Sophocles*), Trans. Hazel Harvey, and David Harvey。New York: Barnes and Noble Books.

Rocco, Christopher, 1997,《肃剧与启蒙:雅典政治思想与现代性困境》(*Tragedy and Enlightenment: Athenian Political Thought and the Dilemmas of Modernity*), Berkeley: University of California Press。

Rorty, Richard, 1989,《偶然、反讽与团结》(*Contingency, Irony, and Solidarity*), Cambridge: Cambridge University Press。

———1991,《客观性、相对主义与真理》(*Objectivity, Relativism, and Truth*), Cambridge: Cambridge University Press。

Ruderman, Richard S. , 1999,《奥德修斯与启蒙的可能性》(*Odysseus and the Possibility of Enlightenment*), 见 *American Journal of Political Science*, 43: 138 - 161。

Salkever, Stephen, 1986,《肃剧与民众教育:亚里士多德对柏拉图的回应》(*Tragedy and the Education of the Demos: Aristotle's Response to Plato*), 见 *Greek Tragedy and Political Theory*, Ed. J. Peter Euben, Berkeley: University of California Press, 页 274 - 304。

Saxonhouse, Arlene, 1986,《从肃剧到等级制度再到肃剧:希腊政治思想中的妇女》(*From Tragedy to Hierarchy and Back Again: Women in Greek Political Thought*), *American Political Science Review*, 80: 403 - 418。

———1988,《城邦世界中的理性暴政》(*The Tyranny of Reason in the World of the Polis*), *American Political Science Review*, 82: 1261 - 1275。

———1992,《畏惧差异:古代希腊思想中政治科学的诞生》(*Fear of Diversity: the Birth of Political Science in Ancient Greek*

Thought),Chicago：University of Chicago Press。

Schwartz,Joel D,1986,《〈俄狄浦斯王〉中的人类行为与政治行为》(Human Action and Political Action in *Oedipus Tyrannos*),见 *Greek Tragedy and Political Theory*. Ed. J. Peter Euben,Berkeley：University of California Press,页 183－209。

Scodel,Ruth,1984,《索福克勒斯》(*Sophocles*),Boston：Twayne Publishers。

Segal,Charles,1966,《索福克勒斯对人类的赞扬与〈安提戈涅〉的冲突》(Sophocles' Praise of Man and the Conflicts of the *Antigone*),In *Sophocles：A Collection of Critical Essays*, Ed. Thomas Woodward. Englewood Cliffs,NJ：Prentice–Hall,页 62－85。

———1981,《肃剧与文明：对索福克勒斯的一种诠释》(*Tragedy and Civilization：An Interpretation of Sophocles*) Cambridge,MA：Harvard University Press。[183]

———1986,《希腊肃剧与社会：一种结构主义视角》(Greek Tragedy and Society：A Structuralist Perspective),见 *Greek Tragedy and Political Theory*,Ed. J. Peter Euben,Berkeley：University of California Press. 页 43－75。

———1993,《俄狄浦斯王：肃剧英雄与知识的界限》(*Oedipus Tyrannus：Tragic Heroism and the Limits of Knowledge*),New York：Twayne Publishers。

———1995,《索福克勒斯的肃剧世界》(*Sophocles' Tragic World*),Cambridge,MA：Harvard University Press。

———1996,《希腊肃剧中的净化、观众与谢幕》(Catharsis, Audience, and Closure in Greek Tragedy),见 *Tragedy and the Tragic*,Ed. M. S. Silk,Oxford：Clarendon Press. 页 149－172。

———2001,《索福克勒斯的俄狄浦斯王》(*Sophocles' Oedipus Tyrannus*),New York：Oxford University Press。

Silk,M. S.,1996,《综述导论》(General Introduction),见 *Trage-*

dy and the Tragic*, Ed. M. S. Silk, Oxford: Clarendon Press. 页 1 - 11。

Silk, M. S., and Stern, J. P. 1981,《尼采论肃剧》(*Nietzsche on Tragedy*), New York: Cambridge University Press.

Slatkin, Laura, 1986,《俄狄浦斯在科罗诺斯：放逐与综合》(*Oedipus at Colonus: Exile and Integration*), 见 *Greek Tragedy and Political Theory*, Ed. J. Peter Euben, Berkeley: University of California Press, 页 210 - 221。

Sophocles, 1966,《俄狄浦斯王》(*The Oedipus Tyrannus*), Ed. Richard C. Jebb, Cambridge: Cambridge University Press。

———1975,《传说》(*Fabulae.*), Ed. A. C. Pearson, Oxford: Oxford University Press。

Strauss, Leo, 1953,《自然权利与历史》(*Natural Right and History*), Chicago: University of Chicago Press。

Tessitore, Aristide, 2003,《索福克勒斯的菲罗克忒特斯之正义、政治与虔敬》(*Justice, Politics, and Piety in Sophocles' Philoctetes*), *Review of Politics*, vol. 65: 61 - 88。

Tocqueville, Alexis de, 2000,《美国的民主》(*Democracy in America*), Trans. Harvey C. Mansfield and Delba Winthrop, Chicago: University of Chicago Press。

Tyrrell, Wm. Blake, and Bennett, Larry J, 1998,《重新扑捉索福克勒斯的安提戈涅》(*Recapturing Sophocles' Antigone*), Lanham, MD: Rowman and Littlefield。

Van Nortwick, Thomas, 1998,《俄狄浦斯：一种男性生活的意义》(*Oedipus: The Meaning of a Masculine Life*), Norman: University of Oklahoma Press。

Vellacott, Philip, 1971,《索福克勒斯与俄狄浦斯：对俄狄浦斯王的一种研究》(*Sophocles and Oedipus: A Study of the Oedipus Tyrannos*), New York: Macmillan。

Vernant, Jean-Pierre, and Vidal-Naquet, Pierre, 1988,《古希腊神话与肃剧》(*Myth and Tragedy in Ancient Greece*), Trans. Janet Lloyd, Brooklyn, NY: Zone Books。

Waldock, Arthur, 1966,《剧作家索福克勒斯》(*Sophocles the Dramatist*), Cambridge: Cambridge University Press。[184]

Walker, Henry J., 1995,《忒修斯与雅典》(*Theseus and Athens*), Oxford: Oxford University Press。

Whitman, Cedric H., 1971,《索福克勒斯:一种英雄人文主义研究》(*Sophocles: A Study of Heroic Humanism*), Cambridge, MA: Harvard University Press。

Wilson, Joseph P., 1997,《英雄与城市:一种对索福克勒斯〈俄狄浦斯在科罗诺斯〉的解释》(*The Hero and the City: An Interpretation of Sophocles' Oedipus at Colonus*), Ann Arbor: University of Michigan Press。

Winnington-Ingram, R. P., 1980,《索福克勒斯:一种解释》(*Sophocles: An Interpretation*), Cambridge: Cambridge University Press。

Wohl, Victoria, 2002,《毁灭中的爱:古代雅典民主中的爱欲》(*Love Among the Ruins: The Erotics of Democracy in Classical Athens*), Princeton: Princeton University Press。

Zeitlin, Froma, 1986,《忒拜:雅典戏剧中的自我剧场与社会》(Thebes: Theater of Self and Society in Athenian Drama),见 *Greek Tragedy and Political Theory*, Ed. J. Peter Euben, Berkeley: University of California Press,页 101-141。[185]

索 引

Adams, S. M., 49, 65, 67, 70, 75, 83
Aeschylus, 2, 152
Ahrensdorf, Peter J., 167
Annas, Julia, 151
Antigone (see also Sophocles)
Antigone
and Creon, 90 – 3, 96, 97 – 8, 115, 120 – 6, 146 – 7
and divine law, 101 – 2, 120 – 1, 126 – 7, 128 – 32, 134, 131
and Haemon, 91, 113, 133 – 4
Hegel on, 107, 115
and her family, 86 – 7, 96 – 7, 110 – 12, 122 – 6, 127 – 33
heroism of, 90 – 3, 98 – 9, 101, 104, 149
and Ismene, 98 – 100, 105 – 10, 112 – 13
piety of, 85 – 7, 100 – 1, 104 – 5, 108 – 10, 120 – 2, 128, 134
and Sophocles, 150
and Thebes, 121, 126
understanding of justice, 96 – 7, 111 – 12, 120 – 32
burial of the dead, 101 – 4, 146 – 7
Creon
and the chorus, 114
and divine law, 114, 115 – 16, 120, 134 – 6, 146 – 7
Goethe on, 88
and Haemon, 125, 135 – 46

Hegel on, 115
and his family, 114, 135 – 8, 140 – 6
piety of, 87 – 8, 122, 144 – 8
and Teiresias, 89, 145 – 7
and Thebes, 87 – 8, 116 – 20, 136 – 41
understanding of justice, 115 – 20, 122 – 4, 134 – 46
Daring (*tolma*), 93 – 6, 104
Eros, 95, 97, 113, 133, 143 – 4
gods in, 85 – 90
Goethe on lines 904 – 920, 131
Ismene
and Antigone (see Antigone and Ismene)
and Socrates, 106, 113
second choral ode (on man), 93 – 6
Heidegger on, 93, 95
anti – rationalism (see also Piety)
of Oedipus, in Oedipus at Colonus, 54 – 5, 56 – 7, 68 – 9, 72 – 3, 82 – 3
anti – rationalism (cont.) of Sophocles, according to Nietzsche, 1 – 6, 14, 82 – 3
Anzieu, Didier, 97
Aristophanes, 62
Aristotle, 7, 8, 153, 170, 177
Nicomachean Ethics, 64, 165, 174
Poetics, 48, 169
on error (*hamartia*), 174 – 6, 177
on purgation (catharsis) of pity and fear, 169, 170 – 4, 176 – 7
on tragedy and philosophy, 168 – 78
on tragedy and piety, 171

Politics, 173
Rhetoric, 66, 71, 131, 139, 171
Nietzsche on, 155
Beer, Josh, 49, 54, 77, 83
Benardete, Seth, 5, 10, 12, 18, 22, 39, 89, 98, 100, 109, 125
Bible
Exodus, 62
I Samuel, 104
blindness of Oedipus, 50 - 5
Bloom, Allan, 152
Bloom, Harold, 5, 25
Bolotin, David, 6, 160
Bowra, C. M., 49, 65, 67, 70, 73, 77, 82, 83
burial of the dead, 101 - 4, 146 - 7
Calme, Claude, 54
Carter, D. M., 115, 140
Catharsis (see Aristotle; purgation)
Dannhauser, Werner J., 3
Daring (*tolma*), 93 - 6, 104
Davis, Michael, 170
Diodorus Siculus, 5, 54, 101
Diogenes Laertius, 171
divine law (see also gods; piety)
 and Antigone, 101 - 2, 120 - 1, 126 - 7, 128 - 32, 134
 and Creon, 114, 115 - 16, 120, 134 - 6, 146 - 7
Dodds, E. R., 6, 13, 34, 38, 45
Edmunds, Lowell, 51, 61
Ehrenberg, Victor, 6, 22, 88, 93
Enlightenment liberalism, 1, 83

eros, 95, 97, 113, 133, 143–4

error (*hamartia*), 174–6, 177

Euben, J. Peter, 6, 151

Euripides, 152

The Phoenecian Women, 11 *Suppliants*, 101, 102

family (see also incest and patricide) and Antigone (see also *Antigone*; Antigone and Ismene) 86–7, 96–7, 110–12, 122–6, 127–33

and Creon (see also *Antigone*; Creon and Haemon) 114–15, 135–8, 140–6

and Oedipus (see also *Oedipus the Tyrant*; Oedipus and Jocasta) 13, 30–8, 39–42

Foley, Helene P., 131

Freud, Sigmund, 33

Fukuyama, Francis, 1

Fustel de Coulanges, Numa Denis, 101, 102

gods (see also divine law; piety; Teiresias)

in *Antigone*, 85–90

in *Oedipus at Colonus*, 48–58, 73, 79–81

in *Oedipus the Tyrant*, 14–18, 19–23

Goethe, Johann Wolfgang von, 115

on *Antigone*, lines 904–920, 131

on Creon, 88

Gould, Thomas, 6, 22

Grene, David, 49, 56, 61, 67, 68, 70, 79

Griffith, Mark, 74, 97, 143

Halliwell, Stephen, 151, 157, 161, 167, 170, 171, 172–3, 175, 177

Hamartia (see error) Hegel, Georg, 88

on Antigone, 107, 115
on Creon, 115
Heidegger, Martin, 5
on Nietzsche and tragedy, 152, 156
on Oedipus, 25
on second choral ode (on man) in *Antigone*, 93, 95
on tragedy, 155
heroism of Antigone, 90 - 3, 98 - 9, 101, 104, 149
of Oedipus, 15
of Theseus, 82 - 3
Hesiod, 171
Homer, 171, 175
Iliad, 22, 37, 75, 90, 101, 102, 127, 157, 159, 172
Odyssey, 37, 127, 157, 160 - 1, 177
in Plato, 151, 152 - 3, 157 - 63, 168
incest and patricide in *Oedipus at Colonus*, 58 - 9, 60 - 3, 66
in *Oedipus the Tyrant*, 9 - 10, 13 - 14, 21 - 2, 28, 30 - 43
Isocrates, 9
Jebb, Richard C., 42, 56, 61, 71, 77, 86 - 7, 93, 107 - 8, 125, 131
Johnson, P. J., 74, 97
Justice 正义
Antigone's understanding of, 96 - 7, 111 - 12, 120 - 32
Creon's understanding of, 115 - 20, 122 - 4, 134 - 46
Kaufmann, Walter, 49, 73
Kitto, H. D. F., 13
Konstan, David, 173 - 4
Knox, Bernard, 5, 9, 18, 22, 49, 50, 54, 56, 82, 83, 86, 88, 91, 93, 97, 100, 106, 120, 131, 135, 136, 140, 142, 149

Lacan, Jacques, 97, 115, 146, 171
Lane, Warren J. and Ann M., 113
Lattimore, Richard, 6, 12, 16, 22
law (see divine law; tyranny of Oedipus)
Lear, Jonathan, 151, 169, 171, 176, 177
Locke, John, 1
Lord, Carnes, 171, 173, 175
Meier, Christian, 115, 136, 140
Mills, Sophie, 49, 67, 70, 75, 77, 79, 81, 82, 83
modern political rationalism, 1 – 2, 83 – 4
Mogyoródi, Emese, 113
Montaigne, Michel de, 101
Naddaff, Ramona A., 151, 157
Nietzsche, Friedrich, 3, 5, 7, 8, 156, 168, 172
on Aristotle, 155
on Oedipus, 3 – 4, 82 – 3
on Socrates, 2 – 3
on Sophocles' anti–rationalism, 1 – 6, 14, 82 – 3
on tragedy and philosophy, 1 – 3, 151 – 2, 153 – 7
Nussbaum, Martha, 14, 93, 95, 118 – 19, 120, 136, 142, 143, 151, 159, 164, 170, 171, 175, 176
O'Brien, Michael J., 45
ode on man (second choral ode) in *Antigone*, 93 – 6
Heidegger on, 93, 95
Oedipus at Colonus (see also Sophocles)
Creon and Thebes, 67, 75 – 6
gods in, 48 – 58, 73, 79 – 81
Oedipus
anger of, 66, 69 – 75, 82 – 3

anti‐rationalism of, 54 − 5, 56 − 7, 68 − 9, 72 − 3, 82 − 3
blindness of Oedipus, 50 − 5
Nietzsche on, 3 − 4, 82 − 3
piety of, 53 − 8, 59 − 60, 64 − 5, 66 − 9, 71 − 3, 82 − 3
Sophocles and, 82 − 4
suffering of, 50 − 1, 60 − 1, 64 − 8
and Teiresias, 53 − 4
and *Oedipus the Tyrant*, 48 − 50
patricide and incest, 58 − 9, 60 − 3, 66
piety of Athenians, 79 − 80, 81 − 2
Theseus
heroism of, 82 − 3
political rationalism of, 75 − 7, 80 − 3
and Teiresias, 80
Oedipus the Tyrant (see also Sophocles)
gods in, 14 − 18, 19 − 23
incest and patricide, 9 − 10, 13 − 14, 21 − 2, 28, 30 − 43
Oedipus
and his family, 13, 30 − 8, 39 − 42
Heidegger on, 25
heroism of, 15
and Jocasta, 14, 24 − 5, 35 − 8, 40 − 1
Nietzsche on, 3 − 4
piety of, 14 − 15, 19 − 25, 27, 32, 43 − 6
political rationalism of, 16 − 19, 45 − 6, 52 − 3
Sophocles and, 45 − 7
and Teiresias, 16 − 17, 20 − 2, 27 − 9, 39 − 40, 51 − 3
and Thebes, 10 − 12, 18, 23 − 4, 25 − 30, 34 − 5
tyranny of, 9 − 13, 15 − 19

and *Oedipus at Colonus*, 48 - 50
riddle of the Sphinx, 4 - 5, 15 - 16, 52 - 3, 54
Second Messenger, 42
Opstelten, J. C. 67, 77, 83
Ormand, Kirk, 22, 40, 131, 138
patricide (see incest and patricide)
philosophy (see tragedy and philosophy)
piety (see also anti - rationalism; divine law; gods; Teiresias)
and tragedy
in Aristotle's Poetics, 171
in Plato's Republic, 160 - 2
of Antigone, 85 - 7, 100 - 1, 104 - 5, 108 - 10, 120 - 2, 128, 134
of Athenians, 79 - 80, 81 - 2
of Creon, 87 - 8, 122, 144 - 8
of Oedipus
in *Oedipus at Colonus*, 53 - 8, 59 - 60, 64 - 5, 66 - 9, 71 - 3, 82 - 3
in *Oedipus the Tyrant*, 14 - 15, 19 - 25, 27, 32, 43 - 6
Plato (see also Socrates), 151
Apology of Socrates, 102, 152, 153, 166
Cratylus, 151
Crito, 62
Laws, 10, 62, 64, 102
Meno, 64
Phaedo, 102, 165, 167
Republic, 10, 151, 152, 159, 164
on tragedy and philosophy, 152 - 3, 156 - 68
on tragedy and piety, 160 - 2

Symposium, 167
Nietzsche on, 153
Plutarch, 15, 75, 77
political rationalism (see also rationalism of Sophocles) modern, 1 - 2, 83 - 4
of Oedipus, 16 - 19, 45 - 6, 52 - 3
of Theseus, 75 - 7, 80 - 3
Protagoras, 175
purgation (*catharsis*) of pity and fear, 169, 170 - 4, 176 - 7
Racine, Jean, 6
rationalism of Sophocles, 6 - 8, 45 - 7, 77, 82 - 4, 148 - 50, 178
Rehm, Rush, 22
Reinhardt, Karl, 6, 17, 49, 61, 67, 68, 70, 74, 75, 76, 82, 83, 85, 91, 93, 131, 140
riddle of the Sphinx, 4 - 5, 15 - 16, 52 - 3, 54
Rocco, Christopher, 5, 6, 16, 22, 25, 45, 54 夫
Rorty, Richard, 1
Ruderman, Richard S., 46, 71
Salkever, Stephen, 169 - 70
Saxonhouse, Arlene, 6, 7, 15, 33, 46, 96, 98, 104, 133, 143
Schwartz, Joel D., 5
Scodel, Ruth, 77, 83
Segal, Charles, 4, 5, 6, 22, 49, 50, 54, 56, 67, 68, 70, 81, 83, 88, 94 - 5, 96, 104, 109, 125, 143, 145, 147, 172
Shakespeare, William
Henry IV, *Parts One and Two*, 33
Tempest, 167
Silk, M. S., 3, 5

Slatkin, Laura, 59, 57, 75

Socrates (see also Plato) 2, 3, 4, 7, 8, 102, 106, 113, 151 - 2, 153, 157, 160, 164, 170

and Ismene, 106, 113

and Sophocles, 1 - 4, 6 - 8, 178

Nietzsche on, 2 - 3

on tragedy and philosophy, 151 - 2, 156 - 68

Sophocles (*see also Antigone*; *Oedipus at Colonus*; *Oedipus the Tyrant*)

Ajax, 20, 21, 55, 37, 101, 102

and Antigone, 150

and Oedipus, 45 - 7, 82 - 4

Philoctetes, 15, 21

rationalism of, 6 - 8, 45 - 7, 77, 82 - 4, 148 - 50, 178

and Second Messenger in *Oedipus the Tyrant*, 42

and Socrates, 1 - 4, 6 - 8, 178

and Theseus, 77

Trachinian Women, 15, 62

Sphinx (see riddle of the Sphinx)

Stern, J. P., 3

Strauss, Leo, 166

suffering of Oedipus, 50 - 1, 60 - 1, 64 - 8

Teiresias

and Creon, 89, 145 - 7

and Oedipus, 16 - 17, 20 - 2, 27 - 9, 39 - 40, 51 - 4 斯

and Theseus, 80

Tessitore, Aristide, 6

Thebes

and Creon

in*Antigone*,87 - 8,116 - 20,136 - 41
in*Oedipus at Colonus*,67,75 - 6
and Oedipus,10 - 12,18,23 - 4,25 - 30,34 - 5
Thucydides,4,7,9,22,66,77,63
Tocqueville,Alexis de,1
tragedy and philosophy
in Aristotle's*Poetics*,168 - 78
in Plato's*Republic*,152 - 3,156 - 68
Nietzsche on,1 - 3,151 - 2,153 - 7
Socrates on,151 - 2,156 - 68
tragedy and piety (see piety and tragedy)
tyranny of Oedipus,9 - 13,15 - 19
Tyrrell,Wm. Blake,and Larry J. Bennett,87,92,108,109,115,125,131
Van Nortwick,Thomas,16,54
Vellacott,Philip,12,13,21
Vernant,Jean – Pierre,5,6,12,33,41,54,76,88,97,142
Vidal – Naquet,Pierre,5,6,12,33,41,54,76,88,97,142
Waldcock,Arthur,6,14,49,83
Walker,Henry J. ,77,79,83
Whitman,Cedric, 6, 12, 22, 49, 53, 64, 67, 68, 70, 76, 77, 81,83
Wilson,Joseph P. ,5,6,13,16,49,51,56,61,68,73,74,81,82
Winnington – Ingram,R. P. ,49,50,56,57,62,67,68,70,71,72,74,75,82,87,90,98,
110,115,131
Wohl,Victoria,10
Xenophanes,171

Xenophon
Hellenica, 9, 101, 102
Hiero, 9
Memorabilia, 4
Symposium, 168
Zeitlin, Froma, 51, 81, 138

图书在版编目（CIP）数据

希腊肃剧与政治哲学：索福克勒斯忒拜剧作中的理性主义与宗教/（美）阿伦斯多夫著；袁莉等译.—北京：华夏出版社，2013.10
（西方传统：经典与解释）
书名原文：Greek Tragedy and Political Philosophy: Rationalism and Religion in Sophocles' Theban Plays
ISBN 978-7-5080-7738-3

Ⅰ.①希… Ⅱ.①阿… ②袁… Ⅲ.①索福克勒斯（前 496～前 406）－悲剧－戏剧研究 ②政治哲学－研究－古希腊 Ⅳ.①I545.073 ②D091.2

中国版本图书馆 CIP 数据核字（2013）第 157167 号

Greek Tragedy and Political Philosophy: Rationalism and Religion in Sophocles' *Theban Plays*, 1st edition (9780521515863) by Peter J. Ahrensdorf first published by Cambridge University Press 2009.
All rights reserved.
This simplified Chinese edition for the People's Republic of China is published by arrangement with the Press Syndicate of the University of Cambridge, Cambridge, United Kingdom.
© Cambridge University Press & 华夏出版社 2013.
This book is in copyright. No reproduction of any part may take place without the written permission of Cambridge University Press and 华夏出版社.
This edition is for sale in the People's Republic of China (excluding Hong Kong SAR, Macau SAR and Taiwan Province) only.

此版本仅限在中华人民共和国境内（不包括香港、澳门特别行政区及台湾地区）销售。
版权所有，翻印必究。
北京市版权局著作权合同登记号：图字 01-2009-6176 号

希腊肃剧与政治哲学

作　　者	（美）阿伦斯多夫			
译　　者	袁莉 欧阳霞 蒋丹 江欣柯			
译　　校	崔嵬			
责任编辑	孙颖			
出版发行	华夏出版社	经　销	新华书店	
印　　刷	北京建筑工业印刷厂南厂			
装　　订	三河市李旗庄少明印装厂			
版　　次	2013 年 10 月北京第 1 版	2013 年 10 月北京第 1 次印刷		
开　　本	880×1230　1/32	印　张	7.25	
字　　数	189 千字	定　价	35.00 元	

华夏出版社　　地址：北京市东直门外香河园北里 4 号　　邮编：100028
　　　　　　　　网址：www.hxph.com.cn　　电话：(010) 64663331（转）

若发现本版图书有印装质量问题，请与我社营销中心联系调换。

西方传统：经典与解释

古今丛编

恐惧与战栗
[丹麦]基尔克果 著

墙上的书写——尼采与基督教（修订增补本）
[德]洛维特／沃格林 等著

古希腊文学常谈
[英]多佛 等著

穆佐书简
[奥]里尔克 著

撒路斯特与政治史学
刘小枫 编

民主的本性——托克维尔的政治哲学
[法]马南 著

希罗多德的王霸之辨
吴小锋 编／译

梅尔维尔的政治哲学——《切雷诺》及其解读
李小均 编／译

第二代智术师——罗马帝国早期的文化现象
安德森 著

英雄诗系笺释
[古希腊]荷马 著

统治的热望
——修昔底德笔下的阿尔喀比亚德和帝国政治
[美]福特 著

席勒美学的哲学背景
[美]维塞尔 著

雅典谐剧与逻各斯
——《云》中的修辞、谐剧性及语言暴力
[美]奥里根 著

莱园哲人伊壁鸠鲁
罗晓颖 选编

果戈里与鬼
[俄]梅列日科夫斯基 著

托尔斯泰与陀思妥耶夫斯基（第一卷）
[俄]梅列日科夫斯基 著

托尔斯泰与陀思妥耶夫斯基（第二卷）
[俄]梅列日科夫斯基 著

自传性反思
[德]沃格林 著

黑格尔与普世秩序
[美]希克斯 等著

新的方式与制度
——马基雅维利的《论李维》研究
[美]曼斯菲尔德 著

论埃及神学与哲学——伊希斯与俄赛里斯
[古希腊]普鲁塔克 著

凯撒的剑与笔
李世祥 编／译

纪念苏格拉底——哈曼文选
刘新利 选编

科耶夫的新拉丁帝国
[法]科耶夫 等著

夜颂中的革命和宗教——诺瓦利斯选集卷一
[德]诺瓦利斯 著

大革命与诗话小说——诺瓦利斯选集卷二
[德]诺瓦利斯 著

《利维坦》附录
[英]霍布斯 著

巨人与侏儒
[美]布鲁姆 著

或此或彼（上、下）
[丹麦]基尔克果 著

海德格尔与有限性思想（重订版）
刘小枫 选编

海德格尔式的现代神学
刘小枫 选编

走向古典诗学之路
——相遇与反思：与伯纳德特聚谈
[美]伯格 编

论宗教大法官的传说
[俄]罗赞诺夫 著

上帝国的信息
[德]拉加茨 著

双重束缚
[美]基拉尔 著

西方传统：经典与解释
Classici et Commentarii
HERMES
刘小枫 主编

俄耳甫斯教祷歌
吴雅凌 编译

俄耳甫斯教辑语
吴雅凌 编译

黑格尔的观念论
[美]皮平 著

古今之争中的核心问题
[德]迈尔 著

浪漫派风格——施莱格尔批评文集
[德]施莱格尔 著

神圣的罪业
[美]伯纳德特 著

论永恒的智慧
[德]苏索 著

宗教经验种种
[美]詹姆斯 著

尼采反卢梭
[美]凯斯·安塞尔-皮尔逊 著

施米特对自由主义的批判
[美]约翰·麦考米克 著

舍勒思想评述
[美]弗林斯 著

诗与哲学之争
[美]罗森 著

基督教理论与现代
[德]特洛尔奇 著

亚历山大的克雷蒙
[意]塞尔瓦托·利拉 著

伊壁鸠鲁主义的政治哲学
[意]詹姆斯·尼古拉斯 著

神圣与世俗
[罗]伊利亚德 著

中世纪的心灵之旅——波纳文图拉神学著作选
[意]圣·波纳文图拉 著

弓弦与竖琴——从柏拉图解读《奥德赛》
[美]伯纳德特 著

论古人的智慧
[英]培根 著

希伯莱圣经历代注疏

希腊化世界中的犹太人
[英]威尔逊 著

第一亚当和第二亚当
[德]朋霍费尔 著

卢梭注疏集

政治制度论
[法]卢梭 著

哲学的自传——卢梭的《孤独漫步者的遐思》
[法]卢梭 著

文学与道德杂篇
[法]卢梭 著

设计论证——卢梭的《社会契约论》
[美]吉尔丁 著

卢梭的自然状态
[美]普尔特纳 等著

卢梭的榜样人生——作为政治哲学的《忏悔录》
[美]凯利 著

柏拉图注疏集

理想国
[古希腊]柏拉图 著

谁来教育老师——《普罗塔戈拉》发微
刘小枫 编

立法者的神学——柏拉图《法义》卷十绎读
林志猛 编

柏拉图对话中的神
[德]薇依 著

厄庇诺米斯
[古希腊]柏拉图 著

柏拉图的《厄庇诺米斯》
程志敏 选编

论柏拉图对话
[德]施莱尔马赫 著

柏拉图《美诺》疏证
[美]克莱因 著

神话诗人柏拉图
张文涛 选编

人应该如何生活
[美]布鲁姆 著

阿尔喀比亚德
[古希腊]柏拉图 著

叙拉古的雅典异乡人
——柏拉图《书简七》探幽
彭磊 选编

阿威罗伊论《王制》
[阿拉伯]阿威罗伊 著

《王制》要义
刘小枫 选编

柏拉图的《会饮》
[古希腊]柏拉图 等著

苏格拉底的申辩
[古希腊]柏拉图 著

苏格拉底与政治共同体
[美]尼科尔斯 著

政制与美德——柏拉图《法义》疏解
[美]潘戈 著

《法义》导读
[法]卡斯代尔·布舒奇 著

论真理的本质
[德]海德格尔 著

哲人的无知
[德]费勃 著

米诺斯
[古希腊]柏拉图 著

亚里士多德注疏集

《政治学》疏证
[意]托马斯·阿奎那 著

尼各马可伦理学义疏
——亚里士多德与苏格拉底的对话
[美]伯格 著

哲学之诗——亚里士多德《诗学》解诂
[美]戴维斯 著

对亚里士多德的现象学解释
[德]海德格尔 著

城邦与自然——亚里士多德与现代性
刘小枫 编

论诗术中篇义疏
[阿拉伯]阿威罗伊 著

哲学的政治——亚里士多德《政治学》疏证
[美]戴维斯 著

莱辛注疏集

汉堡剧评
[德]莱辛 著

关于悲剧的通信
[德]莱辛 著

《智者纳坦》研究版
[德]莱辛 等著

启蒙运动的内在问题——莱辛思想再释
[美]维塞尔 著

莱辛剧作七种
[德]莱辛 著

历史与启示——莱辛神学文选
[德]莱辛 著

论人类的教育——莱辛政治哲学文选
[德]莱辛 著

色诺芬注疏集

居鲁士的教育
[古希腊]色诺芬 著

驯服欲望——施特劳斯笔下的色诺芬撰述
[法]科耶夫 等著

论僭政——色诺芬《希耶罗》义疏
[美]施特劳斯 著

色诺芬的《会饮》
[古希腊]色诺芬 著

施特劳斯集

霍布斯的宗教批判
[美]列奥·施特劳斯 著

斯宾诺莎的宗教批判
[美]列奥·施特劳斯 著

门德尔松与莱辛
[美]列奥·施特劳斯 著

哲学与律法——论迈蒙尼德及其先驱
[美]列奥·施特劳斯 著

迫害与写作艺术
[美]列奥·施特劳斯 著

柏拉图式政治哲学研究
[美]列奥·施特劳斯 著

阅读施特劳斯
[美]斯密什 著

《会饮》讲疏
[美]列奥·施特劳斯 著

柏拉图《法义》的论辩与情节
[美]列奥·施特劳斯 著

什么是政治哲学
[美]列奥·施特劳斯 著

古典政治理性主义的重生
[美]列奥·施特劳斯 著

施特劳斯与流亡政治学
[美]谢帕德 著

犹太哲人与启蒙
　　——施特劳斯演讲与论文集：卷一
　　[美]列奥·施特劳斯 著

苏格拉底问题与现代性
　　——施特劳斯演讲与论文集：卷二
　　[美]列奥·施特劳斯 著

回归古典政治哲学——施特劳斯通信集
　　[美]列奥·施特劳斯 著

隐匿的对话——施米特与施特劳斯
　　[德]迈尔 著

苏格拉底与阿里斯托芬
　　[美]列奥·施特劳斯 著

尼采注疏集

尼采眼中的苏格拉底
　　[美]丹豪瑟 著

尼采的使命——《善恶的彼岸》绎读
　　[美]朗佩特 著

尼采与现时代——解读培根、笛卡尔与尼采
　　[美]朗佩特 著

动物与超人之间的绳索
　　[德]A. 彼珀 著

维吉尔注疏集

《埃涅阿斯纪》章义
　　王承教 选编

维吉尔的帝国
　　阿德勒 著

品达注疏集

幽暗的诱惑——品达、晦涩与古典传统
　　[美]汉密尔顿 著

新约历代经解

属灵的寓意
　　[古罗马]俄里根 著

赫西俄德集

神谱笺释
　　吴雅凌 撰

赫西俄德：神话之艺
　　[法]居代·德·拉孔波 等著

赫拉克勒斯之盾笺释
　　罗逍然 译笺

莎士比亚绎读
　　莎士比亚笔下的爱与友谊
　　　　[美]布鲁姆 著

　　莎士比亚戏剧与政治哲学
　　　　彭磊 选编

　　莎士比亚的政治盛典
　　　　[美]阿鲁里斯/苏利文 编

　　丹麦王子与马基雅维利
　　　　罗峰 选编

古希腊诗歌丛编

阿尔戈英雄纪
　　[古希腊]阿波罗尼俄斯 著

阿里斯托芬集

《阿卡奈人》笺释
　　[古希腊]阿里斯托芬 著

但丁集

但丁的圣约书
　　[美]霍金斯 著

美国宪政与古典传统

美国1787年宪法讲疏
　　[美]阿纳斯塔普罗 著

修昔底德集

修昔底德笔下的演说
　　[美]斯塔特 著

古希腊政治理论
　　格雷纳 著

塔西佗集

塔西伦的政治史学
　　曾维术 编

古典学丛编

古典语文学常谈
　　克拉夫特 著

古希腊肃剧注疏集

希腊肃剧与政治哲学
　　阿伦斯多夫 著

中国传统：经典与解释
Classici et Commentarii
刘小枫　陈少明 ◎ 主编

中国传统：经典与解释

从公羊学论《春秋》的性质
阮芝生 撰

药地炮庄·总论
[明]方以智 著

松阳讲义
[清]陆陇其 著

起凤书院答问
[清]姚永朴 撰

青原志略
[明]方以智 原编

冬炼三时传旧火——港台学人论方以智
邢益海 编

药地炮庄
[明]方以智 著

周礼疑义辨证
陈衍 撰

经学通论
[清]皮锡瑞 著

韩愈志
钱基博 著

论语辑释
陈大齐 著

《庄子·天下篇》注疏四种
张丰乾 编

荀子的辩说
陈文洁 著

古学经子——十一朝学术史述林
王锦民 著

经学以自治——王闿运春秋学思想研究
刘少虎 著

《铎书》校注
孙尚扬　肖清和 等校注

大学素质教育读本

古典诗文绎读　西学卷·古代编（上、下）
古典诗文绎读　西学卷·现代编（上、下）

经典与解释辑刊（刘小枫　陈少明 主编）

1　柏拉图的哲学戏剧
2　经典与解释的张力
3　康德与启蒙
4　荷尔德林的新神话
5　古典传统与自由教育
6　卢梭的苏格拉底主义
7　赫尔墨斯的计谋
8　苏格拉底问题
9　美德可教吗
10　马基雅维利的喜剧
11　回想托克维尔
12　阅读的德性
13　色诺芬的品味
14　政治哲学中的摩西
15　诗学解诂
16　柏拉图的真伪
17　修昔底德的春秋笔法
18　血气与政治
19　索福克勒斯与雅典启蒙
20　犹太教中的柏拉图门徒
21　莎士比亚笔下的王者
22　政治哲学中的莎士比亚
23　政治生活的限度与满足
24　雅典民主的谐剧
25　维柯与古今之争
26　霍布斯的修辞
27　埃斯库罗斯的神义论
28　施莱尔马赫的柏拉图
29　奥林匹亚的荣耀
30　笛卡尔的精灵

31 柏拉图与天人政治
32 海德格尔的政治时刻
33 荷马笔下的伦理
34 格劳秀斯与国际正义
35 西塞罗的苏格拉底
36 基尔克果的哲学与政治
37 《理想国》的内与外
38 诗艺与政治
39 律法与政治哲学
40 古今之间的但丁

雅努斯：古典拉丁语文读本
古典拉丁语文学述要
危微精一：政治法学原理九讲
琴瑟友之：钢琴与古典乐色十讲

刘小枫集

诗化哲学 ［重订本］
拯救与逍遥 ［修订本］
走向十字架上的真
这一代人的怕和爱 ［增订本］
现代性与现代中国：现代性社会理论绪论
沉重的肉身
圣灵降临的叙事 ［增订本］
罪与欠
西学断章
现代人及其敌人
儒教与民族国家
拣尽寒枝
施特劳斯的路标
重启古典诗学
共和与经纶
设计共和
卢梭与我们
好智之罪：普罗米修斯神话通释
民主与爱欲：柏拉图《会饮》绎读
民主与教化：柏拉图《普罗塔戈拉》绎读
巫阳招魂：《诗术》绎读

编修 ［博雅读本］

凯若斯：古希腊语文读本 ［全二册］
古希腊语文学述要